CHRIS MEYER

DER BLUTKÜNSTLER

THRILLER

Ullstein

Besuchen Sie uns im Internet:
www.ullstein.de

Originalausgabe im Ullstein Taschenbuch
1. Auflage Juni 2021
2. Auflage 2021

Umschlaggestaltung: zero-media.net, München
Titelabbildung: © FinePic®, München
Satz: Pinkuin Satz und Datentechnik, Berlin
Gesetzt aus der Kepler
Druck und Bindearbeiten: CPI books GmbH, Leck
ISBN 978-3-548-06376-8

Für J. M.
Danke.

1

22. Mai 1987

»Töte sie.«

Die Stimme des Mannes war ruhig und entschlossen. Sie hallte in dem gekachelten Raum wider, der mit seinen weißen Fliesen an Boden und Wänden an einen Schlachtraum erinnerte. Die Temperatur lag weit unter zehn Grad, damit die Vorräte in den Regalen gut gekühlt werden konnten. Es war so kalt, dass man den Atem sehen konnte.

Der Mann würde keinen Millimeter von seiner Forderung zurückweichen, das wusste der Junge sofort. Flehen und Bitten hatten ihn schon in der Vergangenheit kaltgelassen. Und dennoch musste er es versuchen.

»Aber ... das kann ich ihm nicht antun. Er liebt sie, nichts auf der Welt liebt er mehr als sie!« Der Junge versuchte, das Zittern aus seiner Stimme zu verbannen. Er überlegte, ob er laut schreien sollte. Aber hier unten würde ihn niemand hören, das wusste er von seinen anderen Besuchen. Der große Vorratskeller war wie ein Bunker. Sobald die schwere Tür ins Schloss gefallen war, drang kein Laut mehr aus dem fensterlosen Raum. Lebensmittel wurden hier schon lange nicht mehr gelagert. Trotzdem wurde er dauerhaft gekühlt.

Lächelnd kam der Mann einen Schritt auf ihn zu und legte ihm beruhigend eine Hand auf die Schulter. Fast väterlich blickte er ihn an.

»Es geht hier nicht um ihn«, erwiderte er ruhig. »Es geht nur um dich. Du musst sie töten. Für dich.«

Der Junge brauchte einen Moment, um die Worte zu verstehen. »Aber wieso?«

»Töten ist ein Ventil, es ist dein Ventil. Ihr Tod wird für dich so sein, als würdest du ein Überdruckventil öffnen, um endlich alles rauszulassen, was sich in dir angestaut hat.« Der Mann nickte ihm aufmunternd zu.

»Aber es wird sich doch wieder Neues in mir anstauen ...«, wandte der Junge ein.

Der Mann sah ihm tief und eindringlich in die Augen. Dann sagte er: »Richtig. Und Töten wird für dich immer eine Möglichkeit sein, dich von diesem Ballast zu befreien. Es wird dir Freude bereiten, glaub mir, die Sache an sich wird dir schon Spaß machen, und das Gefühl, das dich hinterher durchströmt, wird mehr sein als nur Erleichterung. Du wirst glücklich sein.« Der Mann lächelte den Jungen sanft an. »Alles, was dich quält, wirst du vergessen haben, sobald du sie tötest.«

Fast trotzig schüttelte der Junge den Kopf. Er wollte das nicht, er wollte sie nicht töten. Er wusste doch, was er damit anrichten würde. »Ich kann das nicht. Und ich will es nicht!«

Ihm war klar, dass das Konsequenzen haben würde. Vielleicht würde er wieder die Nacht hier unten verbringen müssen, ohne Decke und ohne Licht. Aber das war ihm egal.

Im nächsten Augenblick erstarrte er vor Schreck, als er sah, was der Mann hochhielt. Es war der Schatz, den er ihm geraubt hatte, das Wichtigste, das er besaß.

»Wenn du sie tötest, bekommst du es wieder«, sagte der Mann und wedelte mit dem kostbaren Gegenstand vor der Nase des Jungen herum. Sein Lächeln war verschwunden. »Wenn du versagst, werde ich es verbrennen.« Er holte ein Feuerzeug aus seiner Hosentasche und hielt es demonstrativ hoch.

Panik überkam den Jungen. Nein, das durfte er nicht, er durfte es nicht anzünden! Er konnte ihn hier einsperren, in diesem verfluchten, kalten Loch, er konnte ihn auch wieder auf den Dachboden bringen, wie er es schon einige Male getan hatte, das war ihm alles egal.

Aber sein Schatz war ihm nicht egal. Es gab keinen Ausweg, das wurde ihm in diesem Augenblick bewusst.

Langsam senkte der Junge den Kopf und blickte in ihre aufgerissenen Augen, die ihn panisch anstarrten. Sie zitterte vor Angst und jammerte leise und so herzzerreißend, dass es ihn körperlich schmerzte. Konnte er es tun? Konnte er sie wirklich töten?

»Nimm das Messer und schneide ihr die Kehle durch.

Jetzt!« Die Stimme des Mannes klang nun drohend, seine Geduld war zu Ende.

Zitternd nahm der Junge das Messer in die Hand, das vor ihm auf dem Tisch lag. Es war so lang wie sein Unterarm. In der scharfen Klinge spiegelte sich das Neonlicht, das den Raum in einem bläulichen Weiß erscheinen ließ. Er wusste nicht, ob der Mann recht hatte und er sich besser fühlen würde, wenn er sie umbrachte. Er wusste ja noch nicht mal, ob er das überhaupt schaffen würde. Aber er wusste eins mit Sicherheit: Er musste seinen Schatz retten, denn ohne ihn konnte er nicht weiterleben, das spürte er tief in seinem Herzen.

Dem Jungen liefen Tränen über das Gesicht, als er sich mit dem Messer in der Hand zu ihr auf den Boden kniete. Die Fesseln hielten sie fest, sie war nicht in der Lage, sich zu rühren.

»Tom wird mir das nie verzeihen …«, wimmerte der Junge. Dann holte er aus und stach zu. Nicht ein Mal, sondern zwei Mal, drei Mal. Er zählte nicht mit, bemerkte danach nur, dass das Blut bis an die Decke gespritzt war.

Ein heller Blitz ließ ihn kurz aufschrecken, dann sank der Junge erschöpft in der roten Lache zusammen, die sich am Boden gebildet hatte. Es stimmte. Er fühlte sich besser, fühlte sich auf wunderbare Weise erleichtert, fast befreit.

Aus dem Augenwinkel sah er, wie der Mann zufrieden lächelte.

2

Jule Mey war schon früh auf den Beinen. Seit Wochen hatten sie und ihre Chefin Senta van Darten auf diesen Tag hingearbeitet. Senta, die eigentlich Sabine Schmidt hieß, hatte ihren Geburtsnamen vor über zehn Jahren abgelegt, als sie sich als Galeristin in Düsseldorf selbstständig gemacht hatte. *Galerie Sabine Schmidt* klang eben nicht so gut wie *Galerie van Darten*, und auch wenn Jule diese Künstlernamen-Allüren eigentlich albern fand, musste sie ihr in diesem Fall recht geben. Abgesehen davon waren Allüren sowieso Sentas Fall. Jule schrieb das der Tatsache zu, dass Senta selbst gerne Künstlerin geworden wäre und sich mangels Talent auf den Verkauf von Kunst konzentriert hatte. Das allerdings mit großem Erfolg.

Die letzten Wochen waren sehr intensiv gewesen, und sie hatte ihre Chefin von einer neuen Seite kennengelernt. Fokussiert, energiegeladen und lösungsorientiert hatte sie auf die Vernissage hingearbeitet. Jule kannte

Senta sonst als eher launisch und divenhaft, aber in dieser Zeit war sie so viel umgänglicher gewesen, dass Jule sie beinahe ins Herz geschlossen hätte. Aber ganz vergessen konnte sie die letzten drei Jahre dann doch nicht, in denen sie in der Galerie gearbeitet hatte. Es hatte zu viele Tage gegeben, an denen Jule zu nichts anderem als Kaffeekochen und Staubwischen eingesetzt worden war, begleitet von den ständigen spitzen und bösartigen Bemerkungen ihrer Chefin.

Aber der Frust der letzten Jahre, in denen die Galerie eher mäßig gelaufen war, war heute vergessen. Senta hatte es geschafft, namhafte, zum Teil berühmte Künstler für sich zu gewinnen. Die Presse hatte wohlwollend berichtet, die lokale Düsseldorfer Prominenz sich in Scharen angesagt, und so war die bevorstehende Vernissage schon seit Wochen ausgebucht.

Gestern war Jule erst um neun Uhr abends nach Hause gegangen, und obwohl alles perfekt vorbereitet war, wollte Senta noch bleiben.

»Ich mach' noch eine letzte Runde«, hatte sie zu ihr gesagt. Ihre berühmte »letzte Runde«, in der sie jedes Bild in den Ausstellungsräumen abschritt und noch einmal gerade rückte, konnte schon mal zwei Stunden dauern. Trotzdem wollte Senta an diesem Morgen wieder um sieben in der Galerie sein. Um elf Uhr würde die Vernissage beginnen, und Jule hatte keine Ahnung, was sie bis dahin machen sollten. Aber Senta hatte darauf bestanden, also war sie nun hier.

Umso mehr wunderte sie sich, dass sie vor verschlossenen Türen stand. Es war doch schon kurz nach acht, hatte Senta vielleicht verschlafen?, dachte Jule und musste schmunzeln. Wenn ihrer perfektionistischen Chefin das ausgerechnet heute passierte, würde die Gute ganz schön in Wallung geraten.

Jule kramte ihren Schlüssel aus der Tasche und schloss die weiß lackierte Tür zur Galerie auf. Sie schaltete das Licht an und legte ihre Tasche auf dem Eingangstresen ab, der in demselben Weiß glänzte wie alle anderen Möbel und auf dem schon die polierten Champagnergläser standen. Um zehn würden die Häppchen gebracht werden. Die Getränke müssten eigentlich alle kalt sein, überlegte Jule, die gestern Abend noch eigenhändig den Kühlschrank aufgefüllt hatte.

»Fuck«, entfuhr es ihr, als sie sicherheitshalber einen Blick hineinwarf. Der verdammte Kühlschrank hatte schon häufiger Probleme gemacht, aber dass er ausgerechnet heute seinen Geist aufgeben musste, war nun wirklich schlechtes Timing.

Jule nahm eine Flasche Rosé-Champagner heraus und stellte fest, dass sie lauwarm war. Auch wenn es Senta überhaupt nicht leiden konnte, wenn man ihr hinterhertelefonierte, blieb ihr jetzt nichts anderes übrig, als die Chefin anzurufen. Warmer Champagner war nun wirklich das Letzte, was sie ihren Gästen heute servieren wollten.

Sie zog ihr Handy aus der Tasche und tippte auf Sentas Kontakt. Überrascht blickte sie auf, als kurz darauf Adeles Hit *Hello* aus den hinteren Räumen der Galerie zu hören war. Jule hatte nie verstanden, warum ihre Chefin ausgerechnet diesen Song zu ihrem Klingelton gemacht hatte, und sich immer gefragt, wie man ihn in einer Menschenmenge oder bei Verkehrslärm überhaupt wahrnehmen konnte.

War Senta doch schon hier? Aber warum hatte sie dann die Tür abgeschlossen und das Licht nicht eingeschaltet?

»Senta?« Jules Stimme hallte in den kahlen Räumen.

Plötzlich hatte sie ein mulmiges Gefühl in der Magengrube. Sie ging um den Empfangstresen herum und hielt noch einmal kurz inne. »Senta? Bist du da?«

Zögernd ging Jule durch den schmalen Gang, der in die hinteren Ausstellungsräume führte. Auch hier war alles dunkel. Adeles Stimme hallte durch die Räume.

Ob Senta ihr Handy gestern Abend vergessen hatte? Nein, das war ausgeschlossen. Senta und ihr Handy waren eine Einheit; ohne ihr geliebtes iPhone 12 machte sie kaum einen Schritt. Jule schaltete das Licht an und betrat den größten Raum der Galerie, in dem nur die großflächigen Werke hingen. Ihr Blick fiel auf die gegenüberliegende Wand, und sie blieb wie angewurzelt stehen. Das Szenario, das sich ihr bot, war vollkommen grotesk. Sie wollte glauben, dass es sich um ein neues Kunstwerk handelte, irgendeine Überraschung, die Senta ihr verschwiegen hatte.

Jule drückte die Auflegen-Taste auf ihrem Handy, und Adele verstummte. Zitternd ging sie ein paar Schritte weiter, um dann erneut stehen zu bleiben.

Nein, das war keine Kunst.

Als die Erkenntnis einsetzte, schrie Jule. Sie schrie so laut, wie sie es noch nie in ihrem Leben getan hatte.

»Was für eine Sauerei«, entfuhr es Bernhard Müller, als er mit seinen Kollegen vom BKA den Tatort betrat. Die Spurensicherung war schon bei der Arbeit: Zwei Männer in hellen Schutzanzügen sammelten fleißig Spuren, während ein dritter Fotos von dem Grauen schoss, das sich ihnen bot. Am Ende des weiß getünchten Raumes, an dessen Wänden abstrakte Kunstwerke hingen, befand sich eine große Leinwand. Darauf hatte jemand mit langen Zimmermannsnägeln eine Frau genagelt. Sie trug ein gelbes Kleid, das blonde Haar war mädchenhaft zu Zöpfen geflochten. Der Schädel darunter war gespalten und die Hirnmasse mit Nägeln neben dem Kopf befestigt. Blut, das aus zahllosen Wunden tropfte, hatte sich auf dem ganzen Bild verteilt und am Boden eine große Pfütze gebildet, die sich inzwischen in eine geronnene Masse verwandelt hatte.

»Die Scheiße kommt mir bekannt vor«, murmelte Müller, und seine Mitarbeiterin Ira Sokolov nickte.

»Erinnert schwer an die Sache in Bremen. Und in Hamburg.«

»Und München. Jetzt hat es unseren Mann also nach Düsseldorf getrieben.«

»Wenn es denn ein Mann war«, gab Ira zu bedenken.

Müller seufzte. »Sorry, aber ich kann mir nicht vorstellen, dass so etwas eine Frau macht.«

»Weil Frauen nicht so brutal sind?«, versetzte Ira spöttisch.

»Ja. Nein! Ach Mensch, du weißt doch, was ich meine.« Iras Gleichberechtigungssinn machte auch vor Mördern nicht halt. »Wer ist das Opfer?«

»Senta van Darten, die Besitzerin der Galerie. Heißt eigentlich Sabine Schmidt, das andere ist so eine Art Künstlername. Ihre Assistentin Jule Mey hat sie gefunden«, antwortete Ira. »Sie sitzt da vorne.«

Sie wies auf eine blasse junge Frau, die mitgenommen auf einem Stuhl in der Ecke saß und gerade von einem Kollegen der Kripo befragt wurde. Geschockt starrte sie ihn an und knetete dabei eine Strähne ihrer langen schwarzen Haare, als wäre sie außerstande, die Hände ruhig in den Schoß zu legen.

»Ich nehme an, sie hat nichts gesehen?« Müller wischte sich den Schweiß von der Stirn. Er fing oft an zu schwitzen, wenn er an einem Tatort war. Es war das einzige Anzeichen dafür, dass ihn seine Arbeit noch erschüttern konnte, obwohl er in seinen über dreißig Dienstjahren schon einiges gesehen hatte. Die zwanzig Kilo Übergewicht, die sich in der Zeit fast ausschließlich an seinem Bauch angesammelt hatten, unterstützten den Schweißfluss noch zusätzlich.

»Ja«, antwortete Ira. »Genau wie bei den anderen Fällen. Sie hat die Leiche gefunden, aber sonst nichts gesehen.«

»Gut. Ich unterhalte mich jetzt mit ihr, und du schaffst mir in der Zeit diesen Seelenleser heran.«

»Bitte wen?«, fragte Ira und rümpfte demonstrativ die Nase.

»Wie viele Typen kennst du, die man so nennt?«, fragte Müller und verdrehte die Augen. »Er ist seit einer Weile wieder in Deutschland. Wir haben schon ein paarmal versucht, Kontakt zu ihm aufzunehmen, aber bisher war er wegen irgendeiner privaten Geschichte nicht zu erreichen.«

»Und du meinst, das hat sich jetzt geändert?« Ira verschränkte die Arme. Es war ihr deutlich anzusehen, dass sie nicht die geringste Lust hatte, den Befehl ihres Chefs auszuführen.

»Ist mir verdammt egal, ob sich das geändert hat oder nicht«, schnaufte Müller. »Es gibt offensichtlich irgendeinen Irren, der sich einen Spaß daraus macht, Frauen auf die brutalstmögliche Art in Szene zu setzen, um es mal so zu formulieren. Ich will, dass wir alle Kräfte bündeln und uns voll und ganz auf den Fall konzentrieren. Und dieser Bachmann soll nun mal der Beste sein. Also schaff ihn in mein Büro! Ob der privat irgendwelchen Ärger hat, ist mir vollkommen schnuppe, klar?«

3

Eine warme Erregung rieselte durch seinen Körper, während er auf den Drucker starrte. Sie hatte nichts mit sexueller Erregung zu tun, die empfand er sowieso nur sehr selten, und meistens wusste er dann nicht, wie er damit umgehen sollte. Nein, dieses Gefühl, das er jetzt spürte, war außergewöhnlicher und viel wichtiger für ihn. Es war eine Mischung aus Stolz und der Gewissheit, etwas Großes geschaffen zu haben.

Der Drucker ratterte weiter, bis er das glänzende Fotopapier ausspuckte. Langsam zählte er bis zwanzig, um auch ganz sicher zu sein, dass die Farbe trocken war und nichts verschmierte. Vorsichtig nahm er das bedruckte Papier schließlich heraus.

»O mein Gott ...«, stieß er hervor. Tränen der Freude stiegen ihm in die Augen. Er hatte sich selbst übertroffen, ja, das konnte er ohne jede Eitelkeit sagen. Die Farben waren so intensiv, so kraftvoll und ausdrucksstark. Das Gelb des Kleides bildete einen wundervollen

Kontrast zu den roten Blutspritzern, die wiederum von den grauen Hirnstücken aufgelockert wurden und das Bild daher nicht zu sehr dominierten. Das schmerzverzerrte Gesicht harmonierte perfekt mit den panisch aufgerissenen Augen, die tot in die Kamera starrten. Die gesamte Komposition war mehr als gelungen.

Fast zärtlich strich er über das Fotopapier und die Wunden, die es zeigte. Wenn er das erste Mal mit der Klinge über die Haut glitt, erinnerte ihn das immer an damals, als er klein und sie noch in seinem Leben gewesen war. Er hatte sie, wann immer möglich, bei ihrer Arbeit beobachtet. Die Leinwände, die sie benutzte, waren bei der Lieferung mit einer dünnen Plastikfolie straff umwickelt. Sie schlitzte sie mit einem Messer oder einer Schere auf, und die Folie sprang dann mit einem schnappenden Geräusch auseinander, ganz so, als fühlte sie sich befreit von der Last, die Leinwand weiter umschlingen zu müssen.

Als er die Klinge durch Sentas Haut fahren ließ, war das ganz ähnlich gewesen. Das Fleisch klaffte auf, zuerst sah es weiß aus, dann kam langsam das blutige Rot dazu. Und hatte es nicht auch ein Geräusch gemacht, als die Haut aufplatzte? Er glaubte schon.

Ihr Körper war eine hervorragende Leinwand gewesen. Er hatte seine Augen geschlossen und war wie im Rausch mit der Klinge über ihren Leib geglitten. Man musste fühlen, was man tat, es musste aus dem Innersten kommen, sonst hatte es keinen Ausdruck. Und er hatte es sehr deutlich gefühlt, hatte genau gespürt, wo die einzelnen Striche hinmussten. Der Oberkörper brauchte viel mehr kleine Striche als der Unterkörper. Nur die Brüste ließ er immer unversehrt. Dabei musste er aufpassen. So eine Brustwarze war im Eifer des Gefechts schnell abgesäbelt, und das konnte den Gesamteindruck des Bildes völlig versauen. Dasselbe galt für den Intimbereich. Er hatte sich gefreut, dass Senta komplett rasiert gewesen war, denn so konnte er sich austoben, ohne dass auch nur ein Haar die Komposition störte.

Er wusste, dass alle großen Künstler ihre Bilder wie in Trance malten. Das war ihm bei Senta ganz ähnlich gegangen. Er war der Gott, der aus einem normalen Körper ein Kunstwerk für die Ewigkeit gemacht hatte.

Für eine Weile hielt er inne. Er kniff die Augen zusammen und betrachtete Sentas Kopf. Zweifel stiegen in ihm auf. Hätte er die Gehirnstücke doch anders drapieren sollen? Der Größe nach hatte er sie neben den Kopf genagelt – war das vielleicht zu banal? Hätte er sie nicht doch einfach bunt durcheinanderwürfeln sollen, so als wären sie zufällig ihrem Schädel entsprungen?

Er seufzte. Ja, das hier war bisher sein Meisterwerk. Aber selbst für einen Jahrhundertkünstler wie ihn gab es immer noch etwas zu verbessern.

Vorsichtig legte er das gedruckte Bild in den goldenen Bilderrahmen, der im Barockstil gehalten war. Auch wenn es nur eine billige Kopie war, hatte dieser Rahmen doch eine gewisse Wirkung. Sorgfältig verschloss er ihn von hinten und drehte ihn dann fast ehrfurchtsvoll um.

»O mein Gott ...«, entfuhr es ihm erneut. Die Schönheit des Bildes war einfach überwältigend. In der Mitte stand nun das gelbe Kleid, umgeben von rotem Blut und eingefasst von einem goldenen Rahmen, der die Farbe des Kleides noch einmal spiegelte. Er lächelte. Vielleicht war er noch nicht perfekt, aber weit entfernt davon war er auch nicht mehr.

Zufrieden hängte er das Bild an den Nagel, den er dafür vorgesehen hatte. Es passte wunderbar zu den anderen Werken, die bereits an der Wand hingen.

Ohne seinen Blick von dem Bild abzuwenden, setzte er sich in den Sessel, der nur für diesen Zweck in dem winzigen Raum stand. Einem Raum, der höchstens sechs Quadratmeter maß und das wahrscheinlich kleinste Museum der Welt beherbergte.

Der einzige Ort, an dem er glücklich war. Und den er für die nächsten vierundzwanzig Stunden nicht verlassen würde.

4

Tom Bachmann brauchte einen Moment, um zu begreifen, dass er in einem fremden Bett lag. Viel geschlafen hatte er nicht, aber das tat er ohnehin nie. Vorsichtig schob er die hübsche nackte Frau, die sich an ihn gekuschelt hatte, ein Stück zur Seite. Sie schlief tief und fest, auch noch, als er aufstand – zum Glück. Er wollte sie auf keinen Fall wecken.

Während er lautlos in seine Hose schlüpfte, betrachtete er die Frau. Wie hieß sie noch? Sie hatte ihm ihren Namen sicher genannt, aber er konnte sich beim besten Willen nicht daran erinnern. Nicht, weil er betrunken gewesen wäre, er trank praktisch nie Alkohol, nein, es hatte ihn einfach nicht interessiert, wie sie hieß. Nun, vermutlich würde er es nie erfahren, denn dass es zu einem weiteren Kontakt kommen würde, war ausgeschlossen. Die Frau war bildhübsch, und der Sex war auch ganz in Ordnung gewesen, aber Tom hatte kein Interesse, noch ein weiteres Wort mit ihr zu wechseln. One-Night-Stand war One-Night-Stand, und mehr als Sex hatte er nicht gewollt. Da die Unbekannte das genauso gesehen hatte wie er, plagte Tom auch kein schlechtes Gewissen, als er aus der Wohnung schlich.

Auf dem Weg nach Hause dachte er kurz darüber nach, wie es wohl wäre, mit einer Frau eine richtige Beziehung zu haben. So mit »Guten Morgen, Schatz!« und romantischem Abendessen in einer gemeinsamen Wohnung. Er schüttelte unwillkürlich den Kopf. Unvorstellbar! Sex – klar, den brauchte jeder hin und wieder, auch Tom hatte seine Bedürfnisse. Manchmal hatte er zwar das Gefühl, dass es einfacher wäre, wenn er sie nicht hätte, aber er konnte die Natur nun einmal nicht abstellen, so gerne er das vielleicht auch wollte. Er wusste, dass er eine gewisse Wirkung auf Frauen hatte. Obwohl er fast vierzig war, hatte sich noch kein Grau in sein dichtes dunkles Haar verirrt. Außerdem hatte er kein Gramm Fett an seinem durchtrainierten Körper, eine Folge der Tatsache, dass er jeden Tag zehn Kilometer laufen ging, an schlechten Tagen sogar zwanzig. Das war seine Droge, die einzige, die er regelmäßig nahm.

Für einen Moment überlegte Tom, wie es wohl wäre, wenn er jemanden finden würde, der genauso viel laufen würde wie er. Ob es anders wäre mit einer Frau, die dieselben Leidenschaften hätte? Ob er sich in so eine verlieben könnte?

Schwachsinn, dachte er im nächsten Augenblick. Bei seinen Pflegeeltern hatte er zwar gesehen, wie eine glückliche Ehe aussehen konnte, aber für sich selbst konnte er so etwas kategorisch ausschließen. Er konnte ja noch nicht einmal sagen, auf welchen Typ Frau er stand. Haarfarben interessierten ihn genauso wenig wie Konfektionsgrößen, und ob eine schlau oder lustig war, war ihm ebenfalls egal, denn unterhalten wollte er sich sowieso nicht. Nein, er war definitiv kein Beziehungstyp, und er hatte keine Ahnung, wie es sich wohl anfühlte, verliebt zu sein.

Als er zu dem Mehrfamilienhaus kam, in dem er wohnte, sah er die Frau schon von Weitem vor der Haustür stehen.

»Tom Bachmann?«, sprach sie ihn an und reichte ihm die Hand. »Mein Name ist Ira Sokolov. Ich arbeite fürs BKA.«

»Aha.« Tom übersah die Hand und kramte nach dem Schlüssel in seiner Jacke.

Seit er aus den USA zurückgekehrt war, hatte das BKA in regelmäßigen Abständen versucht, Kontakt zu ihm aufzunehmen. Er war nach Hause gekommen, um seinem Pflegevater beizustehen, der vor nicht einmal einer Woche einem Krebsleiden erlegen war. Tom hatte den BKA-Leuten mehrfach gesagt, dass er keine Zeit hatte, und empfand es fast als unverschämt, dass sie ihn jetzt, einen Tag nach Georgs Beerdigung, sogar persönlich aufsuchten.

»Wir wissen, dass Sie familiär sehr eingebunden waren«, fuhr Ira Sokolov fort. »Ich möchte Ihnen mein Beileid zum Tod Ihres Vaters aussprechen.«

»Pflegevaters.«

»Trotzdem. Mein herzliches Beileid.«

Tom nickte nur, ohne sie anzusehen. Wo war nur der verdammte Schlüssel? Er durchsuchte seine Hosentaschen. Endlich! Er spürte etwas Metallisches.

»Ich habe mehrfach versucht, Sie auf dem Handy zu erreichen …«

»Seit dem Tod meines Pflegevaters habe ich es nicht mehr ständig bei mir«, unterbrach Tom sie, holte den Schlüssel aus der Tasche und steckte ihn ins Schloss.

Er war mehrere Wochen lang vierundzwanzig Stunden am Tag für Eva und Georg erreichbar gewesen, hatte sein Handy sogar mit ins Bett genommen, um seinen Pflegeeltern beistehen zu können, für den Fall, dass der Moment kam. Als es dann so weit war, hatte er noch zwölf Stunden an Georgs Bett gesessen und seine Hand gehalten, bis sein Pflegevater für immer die Augen geschlossen hatte, besiegt vom Krebs. In diesen Stunden hatte er sein Handy ausgeschaltet, und daran hatte er bis auf ein paar Ausnahmen auch nichts geändert.

»Was wollen Sie von mir?«, fragte Tom, wandte sich ihr zu und sah sie zum ersten Mal an.

»Mein Chef, Bernhard Müller, möchte Sie sprechen«, antwortete Ira Sokolov. »Es handelt sich um eine äußerst wichtige Angelegenheit.«

Tom zuckte mit den Schultern. »Bernhard Müller? Sagt mir nichts.«

»Er leitet im Morddezernat des BKA die Abteilung für Serienmörder«, erklärte sie. »Sie können mir glauben, er würde Sie nicht um Hilfe bitten, wenn es sich nicht um einen äußerst dringlichen Fall handelte.«

Tom starrte an Ira Sokolov vorbei ins Nichts. Als sein Pflegevater noch lebte, hatte er dem BKA eine deutliche Abfuhr erteilt. Nach wie vor war er davon überzeugt, dass das die richtige Entscheidung gewesen war, denn er hatte voll und ganz für ihn da sein wollen. Aber das war jetzt vorbei.

Konnte er das Böse wieder in sein Leben lassen? Er wusste, dass er es früher oder später brauchen würde, wie ein Raubtier seine Beute brauchte. Und er hatte das Gefühl, dass das eher früher als später der Fall sein würde. Das Böse zu bekämpfen, war zu seinem Lebensinhalt geworden, es war das Einzige, was die Leere in ihm wenigstens für einige Stunden füllen konnte. Nur wenn er auf der Jagd war, hatte er seine eigene dunkle Seite unter Kontrolle. War er auf der Spur eines Serienkillers, konnte er seine Triebe voll und ganz auf die Ermittlungen lenken. Dann waren sie hilfreich. Fehlte ihm dieses Ventil aber, konnte er für nichts garantieren. Die Arbeit als Profiler war für ihn wie eine Sucht, die alles Dunkle in ihm überdeckte. Und jetzt spürte er, dass er auf Entzug war.

Langsam richtete er den Blick wieder auf die Beamtin. »Und was macht das BKA, wenn ich Nein sage?«

Ira Sokolov seufzte. »Ehrlich gesagt wird mein Chef kein Nein akzeptieren. Vermutlich werde ich dann vor Ihrer Wohnung Stellung beziehen und Sie so lange bequatschen müssen, bis Sie mit ihm sprechen.«

Tom verzog spöttisch den Mund. »Eine Horrorvorstellung.« Er wartete ein paar Sekunden, ehe er fortfuhr. »Nun, Sie haben Glück. Jetzt, da mein Pflegevater tot ist, habe ich wieder Kapazitäten. Und die Arbeit wird mir helfen, wieder in bessere Stimmung zu kommen.«

Ira Sokolov verzog das Gesicht. »Ich weiß nicht, ob unsere Tätigkeit dafür geeignet ist.«

Tom winkte ab. »Doch. Für mich ist sie das.« Der brutale Mord an einer unbekannten Person würde ihm niemals so nahe gehen wie der schleichende und qualvolle Tod seines Ziehvaters. »Ich würde mir gerne etwas Frisches anziehen und mein Handy holen. Wollen Sie mit hochkommen?«

Als die Beamtin vom BKA ihm in seine Wohnung folgte, fragte sich Tom kurz, ob es ihm unangenehm sein sollte, dass sie das Chaos in den Zimmern sah. Eigentlich war es ihm egal, auch wenn ihm ihr erstaunter Blick nicht entging. Kein Wunder, dachte er, im Großen und Ganzen bestand seine Wohnung ja nur aus Kartons und einem überdimensionalen Fernseher.

»Sie gucken wohl gerne Filme«, bemerkte Ira Sokolov und schob mit dem Fuß einen alten Pizzakarton zur Seite.

»Ich habe gar keinen TV-Anschluss«, antwortete Tom. Er verschwand im Schlafzimmer und zog ein frisches Hemd aus einem der Kartons. Auf Dauer würde er sich einen Kleiderschrank zulegen müssen. »Ich benutze den Bildschirm nur zum Zocken«, rief er ihr durch die offene Tür zu, während er sich umzog.

»Ah, was spielen Sie denn?«, fragte Ira Sokolov. »Ach nein, erklären Sie es mir nicht. Ich kenne mich mit dem Zeug eh nicht aus.«

Tom kam zurück ins Wohnzimmer und sah, dass sie eine Waffe in der Hand hielt, mit der man auf den Bildschirm zielen konnte. Er nickte ihr zu. »Ballerspiele«, sagte er. »Pädagogisch nicht gerade wertvoll, aber ich bin ja schon groß.«

Sie nickte ebenfalls. »Haben Sie Ihr Handy?«

Tom schlug sich vor die Stirn. »Stimmt, das verdammte Ding. Ich habe es in den letzten Tagen kaum gebraucht.«

»Das wird sich jetzt vermutlich ändern«, sagte Ira Sokolov und warf ihm einen vielsagenden Blick zu.

Eine halbe Stunde später lenkte sie den Wagen auf den Parkplatz des BKAs. Das Gebäude lag in Bonn-Meckenheim, nicht weit von Toms Wohnung in der Innenstadt entfernt. Das große, dunkle Bauwerk war ihm immer noch vertraut. Früher hatte er viele Stunden hier verbracht, bevor es ihn für Jahre in die USA verschlagen hatte. Die Atmosphäre aus Verwaltungsmief und hochprofessioneller Kriminalistik hatte sich bis heute nicht verändert. Es fühlte sich ein bisschen so an, als käme er nach Hause, auch wenn er wusste, dass es so nicht war.

Hatte Tom überhaupt ein Zuhause? Wenn, dann war es das Haus seiner Pflegeeltern, in dem er immerhin sechs Jahre seines Lebens verbracht hatte. Aber Eva wollte es bald verkaufen und in eine Seniorenresidenz ziehen. Damit fiel das einzige Heim weg, das er je gehabt hatte.

Ira Sokolov führte ihn in das Büro von Bernhard Müller, und das Erste, was Tom an dem älteren Mann auffiel, war dessen Körpergröße. Bernhard Müller war gut einen Kopf größer als Tom selbst, was schon etwas heißen wollte, da Tom es immerhin auf einen Meter fünfundachtzig brachte. Müllers korpulente Figur und seine polierte Glatze verliehen dem Mittfünfziger etwas Riesenhaftes.

»Ich bin wirklich froh, dass Sie hier sind«, begrüßte er ihn mit donnernder Stimme und einem so festen Händedruck, dass Tom sich kurz Sorgen um seine Finger machte. »Ihr Lebenslauf ist beeindruckend. Psychologie-Studium mit Schwerpunkt Verhaltensforschung an der Universität in Stanford, und danach direkt zum FBI. Respekt.«

»Danke.«

»Sie wissen, wie man Sie hier nennt?«

Tom unterdrückte ein Seufzen. »Ich habe davon gehört.«

»Überall spricht man nur vom Seelenleser, wenn es um Sie geht«, sagte Müller und grinste breit. »Ist Ihnen vermutlich nicht so lieb, was? Sie gelten ja als sehr öffentlichkeitsscheu.«

»Nun, ich bevorzuge die Bezeichnung Profiler, wenn es Ihnen recht ist.«

»Ich bin da ganz bei Ihnen«, sagte Müller. »Diese Mystifizierungen sind in unserem Job nicht hilfreich.

Wir brauchen Leute, die einen klaren und kühlen Kopf behalten, wir brauchen *Sie.* Bitte nehmen Sie Platz«, fügte er hinzu und deutete auf eine Sitzecke rechts neben der Tür.

Tom setzte sich, wartete, bis Müller dasselbe tat, und blickte sein Gegenüber erwartungsvoll an. Er spürte ein angenehmes, vertrautes Prickeln im Bauch – die Vorfreude auf einen Fall. »Worum geht es denn überhaupt?«

»Wir haben eine Tote. Eine ermordete Galeristin in Düsseldorf. Und es ist nicht der erste Fall dieser Art«, begann Müller. »Bereits vor drei Monaten haben wir eine Frau tot aufgefunden, die wie die Galeristin ein gelbes Kleid trug und die Haare zu Zöpfen geflochten hatte. Das war in Bremen. Vor zwei Jahren gab es einen vergleichbaren Fall in Hamburg, wieder dieses Kleid, wieder die Zöpfe. Und vor fünf Jahren die gleiche Inszenierung einer Toten in München.«

»Die Abstände werden kürzer«, bemerkte Tom knapp. Er brauchte keine weiteren Informationen, um bereits sicher zu wissen, dass es sich hier um einen Serientäter handelte. Die besondere und sich wiederholende Art der Opfer-Inszenierung sprach Bände.

»Ja«, stimmte Müller ihm zu, »und wir tappen leider immer noch völlig im Dunkeln. Und ich befürchte, dass es nicht der letzte Mord dieser Art sein wird.«

»Sehr gut möglich«, bestätigte Tom. »Wenn die Abstände kürzer werden, spricht das dafür, dass der Killer jetzt häufiger sein Bedürfnis befriedigen muss. Dafür kann es unterschiedliche Gründe geben, aber wie auch immer diese aussehen mögen – Fakt ist, dass sein Drang zu töten stärker geworden ist.«

Müller atmete tief durch. »Ich möchte Ihnen ein Angebot machen. Ich biete Ihnen die Leitung der Sonderabteilung III an, der Abteilung für besonders grausame Fälle, die nicht an die Öffentlichkeit gelangen dürfen.«

»Das wäre meine nächste Frage gewesen«, sagte Tom. »Warum dürfen die Fälle nicht an die Öffentlichkeit?«

»Das ist absolut notwendig. Alle vier Frauen wurden aufs grausamste zu Tode gefoltert. Und alle waren wie kleine Mädchen verkleidet. Sie können sich vielleicht ausmalen, was die Presse daraus machen würde. Genau deshalb gibt es die Sonderabteilung III.«

»Ja. Wenn die Zeitungen darüber berichten, würde sich wahrscheinlich kein Mensch mehr auf die Straße trauen.«

Müller strich sich über die Glatze. »Was immer in dem Kerl vorgeht, er ist zurzeit die gefährlichste Person in diesem Land.«

Das bezweifle ich doch sehr, dachte Tom, behielt es aber für sich.

»Nehmen Sie das Angebot an?«, hakte Müller nach. »Zur üblichen, sowieso schon guten Vergütung werden auch die Überstunden bezahlt. Und denken Sie bitte kurz an die Altersversorgung, die das BKA ihren Mitarbeitern bietet.«

Tom verkniff sich einen Kommentar. Sonderzuschläge und Altersversorgung waren die Argumente, die vermutlich die meisten Menschen überzeugen konnten.

Aber nicht ihn. Er hatte sich aus Geld und Sicherheit noch nie etwas gemacht, das war nicht der Grund, warum er Profiler geworden war. Aber den wahren Grund würde er Müller bestimmt nicht auf die Nase binden. Er würde ihn sowieso nicht verstehen. Es gab ohnehin nur eine Person auf der Welt, die ihn verstand.

Wieder spürte Tom das angenehme Prickeln im Bauch. Ihm war bewusst, wie sehr er die Arbeit inzwischen brauchte und wie gelegen ihm das Angebot im Grunde kam. Zurück in die USA zu gehen, war im Moment keine Option für ihn. Zwar könnte er sofort wieder beim FBI anfangen, aber er wollte Eva, seine Pflegemutter, noch nicht alleine lassen und in der schwersten Zeit ihres Lebens für sie da sein. Kurz flackerten Bilder der Fälle, die Tom für das FBI bearbeitet hatte, vor seinem inneren Auge auf – Bilder, die den meisten Menschen Albträume beschert hätten. Er unterdrückte ein Seufzen. Nein, er konnte es nicht leugnen. Die Arbeit für das FBI war immer ausgesprochen befriedigend gewesen. Vielleicht lag es an den lockeren Waffengesetzen oder einfach nur an der schieren Größe des Landes, jedenfalls gab es in den USA weitaus mehr Serienmorde als hier. Neben der guten Ausbildung, die er in Stanford bekommen hatte, war das einer der Gründe gewesen, warum er damals nach Amerika geflohen war. Das Land der unbegrenzten Möglichkeiten war eben auch das Land der unbegrenzten Verbrechen. Und lag weit weg von Deutschland, mit dem er seine schlimmsten Erinnerungen verband.

Vielleicht ist es an der Zeit, dachte Tom, es noch mal mit meinem Heimatland zu versuchen. Auch wenn mir die Altersversorgung am Arsch vorbeigeht.

Er räusperte sich. »Irgendwie glaube ich nicht, dass ich sonderlich alt werde, um wirklich in den Genuss der Pension zu kommen. Aber das soll Sie nicht kümmern.« Er reichte Müller die Hand. »Ich nehme Ihr Angebot an.«

Bernhard Müller fiel sichtlich ein Stein vom Herzen. Eifrig schüttelte er Toms Hand. »Ich freue mich, dass Sie an Bord sind! Willkommen im Team!«

5

Schon seit einer ganzen Weile beobachtete er den Kerl. Es war nicht zu übersehen, wie er sich an die kleinen Mädchen heranmachte. Jetzt lungerte er wieder auf dem Spielplatz herum, versuchte an der Rutsche, den Mädchen unter den Rock zu fassen, ganz unauffällig, als wollte er ihnen die Leiter hinaufhelfen. Warum sah das nur niemand? Warum sah nur er, der Beobachter, ihn, diesen ekelhaften Kerl, der nach außen den lieben Familienvater raushängen ließ und überall so beliebt war? Zum Kotzen!

»Komm in meine Arme geflogen, Emma! Ja! Flieg!« Das kleine Mädchen rutschte lachend die Rutsche hinunter, wobei es die Arme in die Luft schwang, als wollte es fliegen. Unten fing er es auf und wirbelte es noch einmal herum, sodass dem Mädchen ganz schwindelig wurde. Taumelnd hielt es sich an seinem Bein fest. Er hockte sich lachend zu der Kleinen hin, strich ihr beruhigend über den Rücken, immer weiter nach unten.

»Ganz ruhig, Emma. War der Flug etwas zu wild?«

Jetzt war seine Hand schon auf ihrem Po, und wie zufällig schob er beim beruhigenden Streicheln ihr Kleidchen hoch.

Verdammter Mistkerl! Da war ein widerlicher Pädo, der unter den Augen der Mütter und Väter am Spielplatzrand kleine Mädchen betatschte, und keiner merkte es. Und warum merkte es keiner? Weil alle auf ihr Handy starrten, weil Daddy Ralph Lauren trug und gut aussah, weil er freundlich lächelte und vor allem: weil er seine eigene Tochter dabeihatte.

»Willst du heute Nachmittag vielleicht noch mit Lina spielen?«, fragte der Pädo das kleine Mädchen. Lina, die Tochter dieses Ekels, saß etwas abseits im Sand und baute eine Burg. Die ganze Zeit war sie peinlich darauf bedacht, ihre Beine zu kreuzen, als wollte sie dringend verhindern, etwas zu zeigen, was sie nicht zeigen wollte. Sie zog dauernd ihr kurzes Röckchen herunter, als hoffte sie, dadurch mehr von ihrer nackten Haut bedecken zu können. Sie war vielleicht fünf Jahre alt, schätzte der Beobachter. Wie sie sich verhielt, wie sie die Beine zusammenkniff, wenn ihr Vater sie hochhob, wie sie ihn liebte und trotzdem Angst vor ihm hatte – der Beobachter erkannte die Alarmzeichen sofort. Selbst wenn er die Bilder von ihrem Missbrauch im Darknet nicht gesehen hätte, wenn er nicht jedes Wort gelesen hätte, mit dem ihr eigener Vater in der Chatgruppe geprahlt hatte, wäre ihm in diesem Augenblick klar gewesen, dass sie ein Opfer war.

»Lina, Mäuschen, hast du Lust, heute Nachmittag noch mit Emma zu spielen?«, fragte Daddy gut gelaunt. Lina nickte nur stumm.

»Ich frag' die Mama!«, sagte Emma fröhlich und rannte mit wehenden Haaren zu einer blonden Frau, die auf einer Bank am Spielplatzrand saß, das Handy in der Hand. Lächelnd kam sie auf Daddy zu, nachdem ihre Tochter ihr von ihrem Vorhaben erzählt hatte.

»Das wäre wirklich total super, wenn du Emma heute Nachmittag mitnehmen könntest, Rolf«, sagte die Frau, die den Pädo offensichtlich kannte. Natürlich. Fast alle Übergriffe an Kindern kamen aus dem nahen Umfeld. Der Papa, der Onkel, der nette Nachbar, der Vater der besten Freundin. »Meine Mutter liegt im Krankenhaus, und ich würde sie gerne nachher besuchen. Das ist ohne Emma natürlich deutlich stressfreier.«

Pädo-Rolf machte ein besorgtes Gesicht. »Mensch, Sara, es ist hoffentlich nichts Ernstes?«

»Neue Hüfte. Ist nicht ohne, aber sie hat das Schlimmste überstanden.«

»Da bin ich aber froh. Sag deiner Mutter gute Besserung von mir. Und klar, Emma kann so lange bei uns bleiben, wie du das möchtest. Das ist überhaupt kein Problem. Lina freut sich!«

Die Mutter lächelte dankbar und übergab ihre Tochter in seine Hände. Wie ahnungslos sie war.

Aber ich lass dich nicht aus den Augen, dachte der Beobachter, als er dem Pädo folgte, der nun an jeder Hand ein kleines Mädchen hielt.

Fröhlich gingen die drei über die Straße, wobei der Mann eindeutig am besten gelaunt war. Kein Wunder, er konnte es vermutlich kaum noch erwarten.

Aber diesmal würde es anders laufen.

Der Beobachter setzte sich in die überdachte Bushaltestelle direkt gegenüber von Pädo-Rolfs Haus. Er konnte sehen, wie seine Frau in der Küche werkelte, während er nett und zuvorkommend mit ihr zu plaudern schien. Die beiden wirkten wie ein Vorzeigeehepaar, jung, gut aussehend, in einem netten Vorstadthäuschen. Ein Elternpaar, das seiner Tochter alles bieten konnte.

Wusste Mami wirklich nicht, was Papi trieb? Der Beobachter konnte sich das nicht vorstellen. Seine Mutter hatte damals genau gewusst, was los war, wenn er wieder einmal grün und blau geschlagen ins Bett ging. Sie hatte sich gegen ihren Mann nur nicht wehren können, und das war ihr schlussendlich selbst zum Verhängnis geworden. Manchmal hatte sie sich schützend vor ihren achtjährigen Sohn geworfen, wenn der wieder als Punchingball für seinen saufenden Vater hatte herhalten müssen. Geholfen hatte es nichts. Im Gegenteil. Irgendwann hatte er sie einfach totgeprügelt.

Die Mutter auf den Friedhof, der Vater in den Knast, der Sohn ins Heim. Ab in die nächste Hölle.

Der Beobachter versuchte, die Gedanken an die vergangenen, dunklen Zeiten auszublenden. Irgendwann hatte er sein Leben selbst in die Hand genommen. Nicht die Vergangenheit hatte ihn zu dem gemacht, der er heute war. Hätte er sich seinem Schicksal gefügt, dann wäre er heute entweder ein gut bezahlter Auftragskiller oder ein drogenabhängiger Penner, der nach Belieben tötete, entweder für einen neuen Schuss oder weil er einfach Bock darauf hatte.

Aber so war er nicht. Er war eben nicht der brutale Idiot geworden, der er mit seiner Vita durchaus hätte werden können. Er hatte sich auf die Seite des Guten geschlagen, und das war einzig und allein sein Verdienst.

Die Tür öffnete sich, und eine gut aussehende blonde Frau verließ das Haus, die kleine Lina an der Hand.

»Bringst du Emma dann nach Hause?«, fragte die Frau, und der Beobachter hörte keinen Hauch von Besorgnis in ihrer Stimme. Entweder ahnte sie wirklich nichts, oder sie wollte es nicht wahrhaben.

»Natürlich, Liebling.« Daddy ging in die Knie und drückte seine Tochter an sich. »Viel Spaß bei Oma und Opa«, sagte er liebevoll. »Wir sehen uns dann morgen.«

»Ist gut, Papa.«

Mutter und Tochter stiegen in den Wagen, während Emma an der Hand des Pädos in der offenen Tür stand und den beiden fröhlich nachwinkte. Als sie weg waren, ging er in die Hocke, um mit dem Mädchen auf Augenhöhe zu sein.

»Willst du noch ein Eis für den Heimweg?«, fragte er fröhlich, und das kleine Mädchen strahlte über das ganze Gesicht.

»Ja!«

»Dann komm noch mal kurz mit rein ...«

Hand in Hand gingen die beiden zurück ins Haus,

und schon von der Bushaltestelle aus konnte der Beobachter die Beule in Daddys Hose sehen.

Jetzt kam es auf das richtige Timing an. Der Beobachter durfte auf keinen Fall zu lange warten, wenn er Emma heil aus dieser Situation herausbringen wollte. Aber natürlich wollte er auch nicht, dass sie ein ganz anderes Trauma erlitt und sah, was er selbst vorhatte. Er kannte die Masche des Pädos inzwischen, hatte sie oft genug auf den Videos im Darknet gesehen. Es gab nur ein kleines Zeitfenster, in dem er zuschlagen konnte.

Der Beobachter schlich um das Haus herum in den gepflegten Garten. Der Rasen erinnerte an einen Golfplatz, in den Blumenbeeten war kein Unkraut zu sehen. Penible Ordnung hatte er schon bei einigen Pädos erlebt, und er fragte sich, ob es zwischen beiden Vorlieben einen Zusammenhang gab.

Die Verandatür stand offen, und so konnte er jedes Wort hören, das im Inneren gesprochen wurde. Er versteckte sich hinter einem mannshohen Buchsbaum und blickte ins Wohnzimmer.

»Jetzt spielen wir erst noch ein kleines Spiel«, sagte Daddy lächelnd und legte die Eistüten auf den Tisch. »Und wenn du das gut machst, dann kriegst du dein Eis, und ich bringe dich nach Hause, okay?«

»Was denn für ein Spiel?« Die Stimme der Kleinen war voller Neugier.

»Kennst du Blinde Kuh? Das geht so ähnlich.«

Er nahm einen Schal, der wie zufällig auf dem Sessel lag, und verband dem Mädchen die Augen.

»Kannst du auch wirklich nichts sehen?«, fragte er lachend. »Du darfst nicht schummeln!«

»Mach ich nicht! Was muss ich jetzt suchen?« Blind streckte sie ihre Ärmchen aus und tastete ins Nichts.

Er gab ihr eine Fernbedienung in die Hand und ließ sie raten, was das wohl sei. Das Mädchen brauchte nur wenige Augenblicke, um die Lösung zu finden, und er zog eine Videokamera hervor, die hinter dem Schrank stand.

»Fernbedienung! Das ist eine Fernbedienung!«

Er applaudierte und lobte sie für ihren Scharfsinn. »Du brauchst etwas Schwierigeres«, sagte er dann, und seine Stimme klang plötzlich ganz anders. Er öffnete den Knopf seiner Hose und ließ sie zu Boden fallen. Dann zog er seine Unterhose herunter, auf der groß und breit der Name eines Designers zu lesen war. Seine Miene war nun gar nicht mehr nett, sondern voller Gier.

»Und was ist das?«, fragte er und keuchte.

Die Kleine ruderte wieder mit den Armen, fand aber nicht das, was sie finden sollte.

Der Beobachter wusste, dass der Pädo jetzt nicht mehr klar denken konnte und kein anderes Geräusch wahrnehmen würde.

Lautlos schlich er ins Wohnzimmer, pirschte sich von hinten an den Kerl mit der heruntergelassenen Hose heran. Er zog die Spritze aus seiner Tasche, und in dem Augenblick, in dem das Mädchen »Wo ist es denn, wo ist es denn?« fragte, stach er dem Pädo die Spritze von hinten in den Hals.

Er war immer wieder erstaunt, wie schnell das Zeug wirkte. Der Kerl sackte schneller in seine Arme, als die Erektion zusammenfiel. Er legte ihn aufs Sofa und deckte ihn bis zum Hals zu.

»Ich finde es nicht, ich finde es nicht!« Emma klang nun fast verzweifelt.

Der Beobachter nahm die Eistüte vom Tisch und hielt sie ihr hin. Sofort wusste sie, was es war.

»Mein Eis!«

Strahlend riss Emma sich den Schal herunter und schaute ihn im nächsten Augenblick erschrocken an.

»Wer bist du denn?«

Der Beobachter lachte und bemühte sich, so unbeschwert und fröhlich wie möglich zu wirken. »Ich bin Rolfs Bruder. Er ist schon wieder eingepennt, die alte Schlafnase.«

»Meine kleine Schwester schläft auch dauernd.«

Er lächelte. »Schaffst du es alleine nach Hause, oder soll ich dich bringen?«

»Ich bin schon oft alleine gegangen. Ist ja ganz nah.«

»Na prima. Dann nimm Rolfs Eis auch noch mit. Der isst das heute nicht mehr.«

Emma freute sich. Vergnügt und mit einem Eis in jeder Hand hüpfte sie über den Bürgersteig. Er sah ihr noch so lange nach, bis er sicher sein konnte, dass sie gut zu Hause angekommen war. Dann schloss er die Haustür und ging zurück ins Wohnzimmer.

»Dann wollen wir mal, Rolf«, sagte er und machte sich pfeifend an die Arbeit.

6

Es war sein erster offizieller Tag beim BKA, aber Tom fühlte sofort eine gewisse Vertrautheit, obwohl er bis auf Ira Sokolov niemanden von seinem Team kannte. Die Büroräume der Sonderabteilung III befanden sich im hinteren Teil des Gebäudes. Es gab keine Fenster zur Straße, sondern nur welche, die den Blick in den Hinterhof freigaben, der von einer großen Mauer umzäunt war. Da die Räume im Erdgeschoss lagen, blickte man direkt auf die graue Betonwand. Jemand hatte einen einsamen Blumentopf davorgestellt, in dem eine Hyazinthe vertrocknete. Der Versuch, den tristen Ausblick dadurch aufzulockern, war eindeutig gescheitert, zumal Tom sogar vom Fenster aus sehen konnte, dass der Topf offenbar schon seit längerer Zeit als Aschenbecher missbraucht wurde. Er war randvoll mit Kippen.

Von außen konnte keiner in die Räume blicken, was angesichts der brisanten Fälle, die hier bearbeitet wurden, von Vorteil war. Hier konnten sich die Mitarbeiter jedenfalls sicher sein, dass niemand ein Foto von ihnen schießen konnte. Tom wusste aus Erfahrung, wie penetrant und skrupellos manche Boulevardreporter vorgingen. Erst recht, wenn sie von etwas Wind bekommen hatten, das niemals an die Öffentlichkeit gelangen sollte.

Mit einem Blick stellte er fest, dass die Büros technisch auf dem neusten Stand waren. Es gab moderne Laptops, er sah ein Tablet auf einem der Tische liegen und einen Beamer unter der Decke hängen. Hier hatte sich in den letzten Jahren offensichtlich doch einiges getan.

Ira Sokolov begrüßte ihn freundlich, wenngleich distanziert, und ihm fiel jetzt erst auf, wie durchtrainiert diese Frau war, die er höchstens auf einen Meter sechzig schätzte. Wegen der warmen Temperaturen trug sie nur ein Tanktop zur eng geschnittenen Jeans, und die Muskeln an ihren Oberarmen traten deutlich hervor. Sie war älter als er, bestimmt schon Mitte fünfzig, aber ihr Körper war der einer zwanzigjährigen Athletin. Seine Blicke entgingen ihr nicht.

»Thaiboxen«, sagte sie trocken. »Dreimal die Woche, seit ich zwölf war.«

»Also seit ungefähr gestern.«

»Enorm witzig.«

»Ist wahrscheinlich nicht unpraktisch, wenn man das kann«, bemerkte Tom.

Sie verzog keine Miene. »Nein. Ich war lange Zeit als verdeckte Ermittlerin im Rotlicht unterwegs. Da ist es alles andere als unpraktisch, wenn man sich gegen die

Dreckszuhälter zur Wehr setzen kann. Besonders die Russen kennen mit den Mädchen keine Gnade. Da hilft oft kein Reden, da muss man gleich zuschlagen.«

»Sprechen Sie Russisch?« Tom fragte nur aus Höflichkeit. Er kannte die Antwort bereits, er hatte es gewusst, als sie ihm zum ersten Mal ihren Namen genannt hatte.

»Ja. Meine Mutter ist Russin. Was machen Sie für Sport?« Sie musterte ihn von oben bis unten. »Also abgesehen von Ihren E-Sport-Aktivitäten?«, fügte sie spöttisch hinzu und fuhr sich durch das dunkelblonde Haar, das sie zu einem kinnlangen Bob geschnitten trug.

»Ich bin ein ziemlich guter Läufer.«

Ira Sokolov grinste. »Dann können Sie wenigstens gut weglaufen.«

»Das habe ich noch nie getan«, sagte er ernst. Einmal hätte ich es besser getan, dachte er, doch er sprach den Gedanken nicht laut aus. »Warum haben Sie Ihren Undercover-Job aufgegeben?«

Ira Sokolov zögerte. »Aus Gründen«, sagte sie dann ausweichend.

»Dachte ich mir. Und aus welchen?« So schnell ließ Tom nicht locker.

Sie wich seinem Blick aus. Dann atmete sie hörbar durch. »Kommt jetzt der Psycho-Heini in Ihnen durch? Wollen Sie das erste Problemgespräch mit mir führen? Besser nicht. Ich bin für den Quatsch wirklich nicht zu haben.« Sie wedelte mit der Hand. »Kommen Sie, ich stelle Ihnen den Rest der Mannschaft vor, sonst legen Sie mich nachher noch auf die Couch!«

Tom wunderte sich im Stillen, wie jemand in einer Profiler-Abteilung arbeiten konnte, der von Psychologie offensichtlich nichts hielt und lieber zuschlug, als sich mit Worten auseinanderzusetzen. Er zuckte mit den Schultern und folgte Ira Sokolov in den Nebenraum. Die Zusammenarbeit mit dieser Frau würde bestimmt ... interessant werden.

»Das ist Philipp«, stellte Ira einen kleinen, zerzausten Mann vor, der ebenso gut Mitte zwanzig wie Mitte vierzig sein konnte. Sein viel zu enges, knallbuntes T-Shirt spannte über dem beachtlichen Bauch, den er vor sich hertrug und dessen unterer, dunkel behaarter Teil unter dem Shirt hervorlugte. Er hatte eine Dose Red Bull in der Hand, und der süßliche Geruch des Gebräus stieg Tom sofort in die Nase. Er hasste das Zeug, und es war ihm ein Rätsel, wie man so ein Gesöff überhaupt herunterbringen konnte. In seinem ganzen Leben, da war er sich sicher, würde er niemals etwas zu sich nehmen, das ihn wach halten sollte. Zu sehr musste er um jede Minute Schlaf kämpfen.

Philipp streckte Tom seine fleischige Hand entgegen und strahlte über das ganze Gesicht. »Philipp Herbst, wir können aber gerne bei Philipp bleiben.«

»Gut. Ich bin Tom. Duzen sich hier alle?«

Philipp nickte. Ira schüttelte energisch den Kopf.

»Ich habe nichts gegen das Siezen«, sagte sie. »Philipp ist unser IT-Wiz. Er kennt praktisch jede Datenbank oder kann sich Zugang dazu verschaffen. Der beste Rechercheur, den wir haben.«

Philipp wurde ganz rot und machte eine abwehrende Handbewegung. »Ach, das ist total übertrieben. Du bist doch hier unsere Meisterermittlerin. Sie hat zwei Riesenfälle fast ganz allein gelöst«, sagte er, an Tom gewandt.

»Respekt, Frau Sokolov.« Tom versuchte erst gar nicht, die Ironie in seiner Stimme zu verbergen.

Die Angesprochene verdrehte die Augen. »Nee, Frau muss auch nicht sein. Einfach Ira und Sie. Ist doch nicht so schwer, oder?« Sie wandte sich zum nächsten Schreibtisch, und Philipp warf Tom ein fast schüchternes Lächeln zu.

»Sie ist eigentlich ganz okay«, flüsterte er.

»Wenn du das sagst.« Tom zuckte die Schultern. Es war ihm vollkommen egal, ob Ira nun zu den netten Kollegen zählte oder nicht. Er wollte hier ja schließlich keine Freundschaften schließen.

»Und das ist eigentlich Ninas Schreibtisch.« Ira zeigte auf den dritten Platz in dem Raum, der verwaist war. Im Gegensatz zu den anderen Arbeitsplätzen, auf denen sich Zettel und Akten türmten, wirkte dieser ausgesprochen ordentlich und sortiert. Alles schien an einem dafür vorgesehenen Platz zu liegen. »Sie ist aber gerade unten am Tisch«, fügte Ira noch hinzu.

»Nina Brinkhaus ist unsere Pathologin«, erklärte Philipp. »Sie ist die Beste. Wenn du der Seelenleser bist, dann ist sie die Totenleserin.«

Ira atmete hörbar aus. »Ich wäre wirklich dankbar, wenn wir auf diese Spitznamen verzichten könnten.

Nina ist Pathologin, Sie sind Profiler, und wenn Sie lesen möchten, nehmen Sie sich doch ein Buch oder eine Zeitung.«

Philipp grinste. »Ira hieß zu ihren Rotlicht-Zeiten nur die Zarin.«

»Was vollkommen albern war«, bemerkte Ira.

»Absolut.« Philipp nickte eifrig. »Wobei du eine tolle Zarin abgegeben hättest.«

Ira warf ihm ein mildes Lächeln zu, so wie eine Mutter ihren Sohn anlächelte, wenn der etwas sehr Dummes gesagt hatte.

Tom wurde allmählich ungeduldig. Er wollte endlich mit der Arbeit beginnen. »Arbeitet Frau Brinkhaus gerade an unserem Fall?«

»Ja«, antwortete Ira. »Sie hat die Galeristin auf dem Tisch.«

Wenig später betrat Tom das Untergeschoss des BKA. Warum war die Pathologie eigentlich immer im Keller eines Gebäudes? Wollte man die Toten dem Erdreich so schon einmal näher bringen? Wahrscheinlich war der Grund viel simpler. Vielleicht hatte es schlicht mit den kühleren Temperaturen im Keller zu tun.

Anders als die meisten Menschen mochte Tom den Geruch, der in den Gängen der Pathologie in der Luft lag. Die süßliche Mischung aus Desinfektionsmittel und Formaldehyd sorgte dafür, dass man den Tod erahnte. Er betrat den Raum, den Ira ihm genannt hatte, und sah eine dünne, blasse Frau, die an einem Metalltisch stand. Sie trug Kopfhörer, die für ihren schmalen Schädel viel zu groß wirkten. Die rötlichen Haare hatte sie zu einem kurzen Zopf zusammengebunden, aus dem einzelne Strähnen herausgefallen waren. Sanft wiegte sie ihren Oberkörper zur Musik, die er trotz der Kopfhörer leise wahrnehmen konnte. War das Beethoven? Er war sich nicht sicher. Ihr rechter Zeigefinger zuckte, als dirigierte sie ein imaginäres Orchester. In der linken Hand hielt sie eine menschliche Leber. Vor ihr auf dem Obduktionstisch lag der zerschundene Körper einer Frau, vom Scham- bis zum Brustbein aufgeschnitten und ausgeweidet, wie Tom mit einem Blick feststellte. Auf der Ablage rechts neben ihr lagen bereits Lunge, Nieren und Magen.

»Frau Brinkhaus?«, sagte Tom laut, aber die Pathologin hörte ihn nicht und schien ganz in ihre Arbeit vertieft. Er ging auf sie zu und tippte ihr schließlich von hinten auf die Schulter. Erschrocken drehte die Frau sich um, wobei ihr fast die Leber aus der Hand gefallen wäre.

»Himmel!«, sagte sie viel zu laut. »Was schleichen Sie sich denn so an?«

Tom warf ihr einen entschuldigenden Blick zu und nahm ihr dann die Kopfhörer ab.

»Danke. Mit meinen blutigen Händen ist das etwas schwierig.«

»Dachte ich mir. Ich bin Tom Bachmann, der Neue.«

»Der neue Chef, wollten Sie wohl sagen.« Nina Brinkhaus lächelte freundlich und zog sich die rot verschmierten Handschuhe aus. Dann reichte sie ihm die Hand. »Nina Brinkhaus. Freut mich.«

»Können Sie mir schon was zu ihr sagen?«, fragte Tom und wies auf die Frauenleiche, die vor Nina auf dem Tisch lag.

»Ja, einiges. Senta van Darten, 39 Jahre alt, Tod durch massive Gewalteinwirkung. Mutmaßlicher Todeszeitpunkt: Samstag zwischen drei und sechs Uhr morgens.« Nina nahm einen fast zehn Zentimeter langen Nagel in die Hand. »Vierunddreißig Stück habe ich hiervon aus ihrem Körper geholt. Die Frau ist bei lebendigem Leib auf die Leinwand genagelt worden«, erklärte sie nüchtern.

»War sie dabei noch bei Bewusstsein?«

»Das lässt sich nicht mit absoluter Sicherheit sagen, aber ich denke ja. Es gibt zahlreiche Abwehrspuren. Sie hat eindeutig versucht, sich gegen die Prozedur zu wehren. Das Festnageln an sich ist nicht todesursächlich gewesen«, fuhr Nina fort. »Dabei hat sie zwar auch Blut verloren, aber der Täter hat genau darauf geachtet, dass er keine Vene oder Hauptschlagader trifft.«

»Er wollte, dass sie leidet ...«, überlegte Tom laut.

»Ja. Das kann man mit Sicherheit so sagen. Ihr Martyrium hat vermutlich Stunden gedauert. Bis der Täter sich irgendwann dazu entschlossen hat, der Frau den Schädel zu öffnen. Vermutlich auch bei vollem Bewusstsein. Aber dann war es zum Glück schnell vorbei. Eigentlich müsste ich als Todesursache *massive Gewalteinwirkung am Schädel mit Hirnentnahme* schreiben. Aber dann hat unser Sachbearbeiter wieder schlaflose Nächte.« Sie sagte das völlig ernst, ohne eine Spur von Humor in der Stimme.

»Können Sie etwas zur Tatwaffe sagen?«

»Vermutlich eine Flex oder ein vergleichbares Werkzeug, das weiß ich nicht genau«, antwortete Nina. »Jedenfalls ist der Schädel mit einem sauberen Schnitt geöffnet worden und nicht brachial mit einem Hammer oder so etwas.«

Tom überlegte kurz. »Jemand vom Fach?«

Nina runzelte die Stirn. »Durchaus möglich. Eventuell aber auch ein Schlachter oder ein Handwerker, der gut mit Werkzeugen umgehen kann. Aber klar, es könnte ein Mediziner sein.«

»Wurde das Gehirn denn auf besondere Weise zerlegt?«

Sie schüttelte den Kopf. »Nein. Er hat einfach irgendwelche Stücke herausgeschnitten und auf die Leinwand genagelt. Da kann ich kein Muster erkennen, weder in der Größe der Stücke noch in ihrer Form. Aber sehen Sie selbst.«

Sie ging zu einem Laptop, das auf der Arbeitsfläche gegenüber dem Obduktionstisch stand, und tippte etwas ein. Kurz darauf erschienen die Fotos vom Tatort. Sie klickte sich durch die Fotoreihe, bis sie bei dem Bild angelangt war, das den geöffneten Schädel und die entnommenen Hirnteile zeigte.

»Ich habe die Hirnmasse im Kühlfach, Sie können sich das gerne anschauen. Aber meiner Meinung nach sind das einfach irgendwelche Stücke.«

Tom betrachtete die Aufnahme und klickte sich dann noch einmal durch die Fotoreihe. Die Art und Weise, wie die Leiche auf der Leinwand drapiert war, hatte durchaus etwas Künstlerisches. Wie eine Skulptur hing sie da, der Schädel wirkte von Weitem wie zufällig aufgesprungen, als wäre die Frau verunglückt, irgendwo heruntergefallen, wodurch ihr der Schädel geplatzt und Hirnmasse ausgetreten war. Alles wirkte sorgfältig arrangiert, durchdacht und nicht zufällig.

Tom drehte sich wieder zu dem nackten toten Körper um. Obwohl er geöffnet war, konnte er sehen, dass er mit Ritzspuren übersät war.

»Was ist das?«, fragte er.

»Zahllose kleinere, aber auch tiefere Schnitte«, erklärte Nina.

»Von einem Messer oder Skalpell?«

»Ich tippe auf ein Modelliermesser, wie es zum Schnitzen oder auch für Skulpturarbeiten verwendet wird. Die Verletzungen sind vermutlich willkürlich zugefügt worden, mal hier, mal da. Wie bei einem Maler, der mit einem Pinsel in der Hand vor der weißen Leinwand steht und einfach drauflosmalt.«

»Ein Blutkünstler«, sagte Tom leise.

Nina zuckte mit den Schultern. »Wenn Sie so wollen. Ja, das trifft es ganz gut. Bei allem, was er dem Körper zugefügt hat, wollte er aber, dass das Kleid unbeschädigt bleibt. Es hat vorne eine durchgehende Knopfleiste, und der Täter muss es erst nach der Folter zugeknöpft haben.«

»Das Kleid hat also eine bestimmte Bedeutung für ihn«, überlegte Tom laut. »Wurde die Frau vergewaltigt?«

Nina schüttelte den Kopf. »Nein. Keine vaginalen oder analen Verletzungen. Kein Sperma, kein Speichel, nichts. Weder wurde sie vergewaltigt, noch wurden ihre Geschlechtsorgane sonst wie in Mitleidenschaft gezogen.«

Auch das war ungewöhnlich, dachte Tom. So sorgfältigen Leichenarrangements lag häufig ein sexuelles Motiv zugrunde. Er seufzte. Wenn Sex keine Rolle spielte, war es deutlich schwieriger, die Motivation des Täters zu ergründen.

7

Das Haus hatte er über eines dieser Vermietungsportale angemietet. Für eine Woche und mit extra großem Whirlpool. Es lag so abgeschieden, dass er hier in Ruhe alles zu Ende bringen konnte. So wie immer. Das Konzept hatte sich seit Jahren bewährt.

Der verdammte Pädo namens Rolf lag bewegungsunfähig vor ihm im Whirlpool, die Augen dank der Klebestreifen weit aufgerissen und bei vollem Bewusstsein. Das war das Schöne an dem Muskelrelaxans, das er seinen Opfern spritzte. Er musste allerdings jedes Mal aufpassen, dass er sie mit der Injektion nicht direkt ins Jenseits beförderte, sie sollten ihm ja noch ein bisschen zuhören, bevor es zu Ende ging. Inzwischen hatte er aber ein ganz gutes Gefühl dafür entwickelt. Bei seinen ersten Versuchen war es manchmal noch schiefgegangen, aber dann hatte er irgendwann den Dreh herausgehabt, und sie lagen hellwach und vollkommen bewegungsunfähig vor ihm, so wie es sein sollte.

Aus der Küche hatte er drei verschiedene Messer geholt. Ein japanisches Sushi-Messer, lang und so scharf, dass man es zuerst gar nicht merkte, wenn man sich damit schnitt. Ein gezacktes Brotmesser, das sich hervorragend als Säge eignete, für den Fall, dass es ihn doch überkommen sollte und er einen Finger oder Zeh abschneiden wollte. Und ein kleines Schälmesserchen, dessen Klinge oben etwas gebogen war.

Er hielt dem Pädo alle drei Messer vor die Nase.

»Na, Rolf, welches gefällt dir davon am besten?«

Obwohl der Mann ihm nicht antworten konnte, sah er die panische Angst in seinem Blick.

»Du weißt, warum du hier bist, oder? Natürlich weißt du das. Selbst einem Typen wie dir ist klar, dass es nicht in Ordnung ist, kleine Mädchen zu ficken.«

Er setzte sich an den Rand des Whirlpools und strich mit dem Messer über den nackten Oberkörper des Mannes. Er zog seine Opfer grundsätzlich vorher aus, nicht weil er sich an den nackten Leibern ergötzte, sondern weil es für die Entsorgung hinterher einfacher war.

»Aber jetzt fragst du dich natürlich, warum ich dich ausgewählt habe. Es gibt schließlich so viele Kinderschänder, und du armer, armer Kerl kannst ja auch nichts für deine Neigung, nicht wahr?«

Er erinnerte sich zu gut an die Diskussion in der Chatgruppe, die im Darknet regelmäßig zusammenkam und neben Fotos auch Tipps austauschte, wie man seinen angeborenen Drang am unauffälligsten ausleben konnte. Die meisten suchten die Nähe zu alleinerziehenden

Müttern, je nach Veranlagung mit kleinen Töchtern oder Söhnen und am liebsten in einer prekären finanziellen Situation.

»Weißt du, was dich von den anderen Perverslingen unterscheidet?«, fragte er ihn. »Du hast nicht nur kleine Mädchen vergewaltigt, was schon schlimm genug ist. Du hast sie hinterher auch noch gequält. Ich sehe dir an, was du jetzt denkst!« Er äffte die tiefe Stimme des Pädos nach. »Ich? Jemanden gequält? So etwas habe ich nie gemacht!« Er lachte. Dann wurde er wieder ernst. »Doch, mein Freund, das hast du. Du hast die Mädchen nicht körperlich gequält, du hast sie nicht geschlagen oder gefoltert. Aber ihre Seelen, die hast du zerstört. Und das nicht nur mit der Vergewaltigung.«

Das Schwein hatte alle seine Taten gefilmt, hatte sie nicht nur in der Chatrunde stolz gezeigt, sondern im Darknet auch zum Verkauf angeboten. Und die Mädchen wussten von den Filmen, alle, egal wie alt sie bei den Taten waren. Er hatte sie ihnen gezeigt, bevor sie gehen durften, und ihnen damit gedroht, sie den Eltern, im Kindergarten, in der Schule, ja sogar im Fernsehen zu zeigen, wenn sie ihn verraten sollten.

»Du hast ihnen gesagt, dass dann jeder wüsste, was für kleine Huren sie seien, und dass dann jeder Mann dasselbe mit ihnen machen könne wie du. Die Mädchen konnten nie wieder in Ruhe fernsehen, weil du ihnen gesagt hattest, dass das Video täglich erscheinen könne, sobald jemand den Fernseher anschalte. Weißt du eigentlich, was das mit so kleinen Kindern macht? Wenn ihnen jedes Mal der Angstschweiß ausbricht, nur weil jemand den Fernseher anmacht?«

Er stand auf und ging langsam um den Whirlpool herum. Dann setzte er sich auf die andere Seite des Beckens.

»Erinnerst du dich noch an die kleine Nele? Vor fünf Jahren hast du sie dir geschnappt, da war sie gerade einmal acht Jahre alt. Leider hat sie vor ein paar Wochen das kranke Video wieder gesehen, das du von ihr gemacht hast. Jemand aus ihrer Schule hat es irgendwie in die Finger bekommen und in der Pause herumgezeigt. Hast du eine Ahnung, wie so etwas für ein inzwischen dreizehnjähriges Mädchen ist? Nein? Nun, sie hat sich in ihrem Kinderzimmer aufgehängt, mit ihrem Gürtel an der Schranktür. Das ist dein Verdienst, verstehst du? Du bist nicht nur ein verdammter Kinderficker, du bist auch ein Kindermörder. Und ganz ehrlich, ich finde, damit hast du jegliches Recht, weiterzuleben, verwirkt.«

Es hatte ihn wirklich getroffen, als er von dem Selbstmord des Mädchens erfahren hatte. Er hatte schließlich oft selbst kurz davor gestanden. Das Fass zum Überlaufen hatte dann ein weiterer Chatverlauf gebracht, in dem sich der Pädo über den tragischen Tod der Dreizehnjährigen lustig gemacht und gespottet hatte, dass sie ihm jetzt sowieso zu alt gewesen sei.

»Also, ich nehme an, du siehst das genauso wie ich. Du hast auf dieser Welt einfach nichts verloren, und es wird allerhöchste Zeit, dass deine Tochter ohne Angst aufwachsen kann. Wenn du erst einmal weg bist, kann sie eine Therapie machen, und vielleicht schafft sie es irgendwann, die ganze Scheiße zu verarbeiten.«

Er stand erneut auf und ging zurück zu den drei Messern, die er auf den Stufen des Whirlpools ausgebreitet hatte.

»Ach so, ich habe übrigens auf deinem Handy eine Nachricht an deine Frau und deine Tochter geschrieben. Darin gibst du zu, was du getan hast, entschuldigst dich und erklärst, dass du ins Ausland verschwindest, damit deine Tochter in Ruhe neu anfangen kann. Ich schicke das dann ab, sobald wir hier fertig sind.«

Es war gut, dass er diese Nachricht geschrieben hatte. Er hoffte, dass er dem Mädchen damit helfen konnte, alles zu verarbeiten. Wenn ihr Vater einfach sang- und klanglos verschwand, würde die Polizei Ermittlungen einleiten, und die Kleine würde ihr Leben lang mit der Angst klarkommen müssen, dass er eines Tages wieder vor ihr stehen könnte. Und wenn die Mutter endlich erkannte, was ihrer Tochter die ganze Zeit widerfahren war, würde sie vermutlich froh sein, dass er aus ihrem Leben verschwunden war, und die Polizei nicht einschalten.

»So, jetzt haben wir aber genug geschwätzt!« Er lächelte und sah, wie sich die Pupillen des Pädos weiteten. »Jetzt habe ich eigentlich große Lust, dir deinen Penis abzuschneiden und in den Mund zu stopfen. Wie findest du die Idee?«

Naturgemäß sagte der Mann nichts, aber seine Atmung ging schneller.

»Keine Sorge, das war nur Spaß«, lachte er. »Ich bin schließlich kein Sadist. Im Gegensatz zu dir will ich niemanden quälen.« Ich will nur töten, dachte er und merkte, wie sich warme Vorfreude in ihm ausbreitete.

Erneut überlegte er, welches Messer er wählen sollte, und entschied sich schließlich für das scharfe Sushi-Messer.

»Ich wünsche dir viel Spaß in der Hölle, Arschloch«, sagte er lächelnd und begann, sorgfältig die Pulsadern an den Armen zu öffnen.

Anschließend zögerte er. Sollte er noch warten, bevor er dem Ganzen mit dem Öffnen der Halsschlagader ein Ende setzte? Der Blutdruck im Gehirn würde in diesem Fall sofort auf null absinken, die von der durchtrennten Arterie versorgten Gehirnareale würden nicht mehr mit Sauerstoff versorgt werden. Da das Gehirn einen sehr hohen Sauerstoffverbrauch hatte und keine Sauerstoffreserven besaß, würde es mehr oder weniger augenblicklich ausfallen, und der Pädo würde das Bewusstsein verlieren, während das Herz vorerst weiterschlagen und das Blut aus der durchtrennten Schlagader pumpen würde.

»Du hast wirklich Glück, dass ich kein Sadist bin«, sagte er schließlich seufzend und schlitzte mit einer geübten, kraftvollen Bewegung die Halsschlagader auf. Sekunden später verlor der Pädo das Bewusstsein. Für ihn war es vorbei.

Er setzte sich auf den Wannenrand und beobachtete, wie der Kerl ausblutete. Es war jedes Mal erstaunlich, wie schnell ein schlagendes Herz das Blut aus dem Körper pumpte. Der Vergleich mit einem Springbrunnen lag nahe, allerdings spritzte das Blut nur kurz in die Luft. Eigentlich erinnerte es mehr an Lava, die aus einem Vulkan quoll.

Nach wenigen Minuten war alles vorbei. Langsam versickerte das Blut im Abfluss des Whirlpools. Der Pädo war tot.

Jetzt kann aufgeräumt werden, dachte er und nahm den Mundschutz aus dem Koffer, den er immer dabeihatte. Dann verschloss er den Abfluss und öffnete den ersten der drei Kanister, die er mitgebracht hatte. Sobald die klare Flüssigkeit auf den Körper traf, begann die Haut, Blasen zu werfen.

Als die Leiche überwiegend mit der Säure bedeckt war, holte er sich eine Tüte Chips aus der Küche und setzte sich im Wohnzimmer vor den Fernseher. In ein paar Stunden würde er die Reste von dem Kerl durch den Abfluss verschwinden lassen können, dachte er zufrieden und steckte sich eine Handvoll Chips in den Mund.

8

Tom Bachmann saß an seinem Schreibtisch. Er war froh, dass er ein eigenes Büro bekommen hatte. Es fiel ihm deutlich leichter, sich in die Psyche eines potenziellen Täters hineinzuversetzen, wenn er ganz für sich alleine war und durch keinerlei Störgeräusche abgelenkt wurde. Außerdem war er eh kein Freund von Schreibtischunterhaltungen, erst recht nicht, wenn sie nichts mit dem jeweiligen Fall zu tun hatten, auf den er sich voll und ganz fokussierte. Die spartanische Einrichtung seines Büros kam ihm dabei entgegen. Die Wände waren nackt, das Neonlicht hell und ungemütlich, es gab nichts, was ihn ablenken könnte. Dass der dunkle Schreibtisch und auch der schwarze Ledersessel noch von seinem Vorgänger stammten, die Ecken abgeschabt und das Leder eingerissen waren, störte ihn nicht im Geringsten. Tom war kein Typ, der Wert auf eine schicke Einrichtung legte. Funktionalität war das Einzige, was für ihn zählte. Deshalb hatte er auch die Zimmerpflanze abgelehnt, die Philipp ihm aus dem Gemeinschaftsbüro hatte mitgeben wollen. Nichts erschien Tom sinnloser als so ein Grünzeug neben seinem Schreibtisch.

Konzentriert las er die Protokolle, die seine Kollegen von der Befragung der Angehörigen der ermordeten Galeristin angefertigt hatten. Da gab es zum einen die Lebensgefährtin der Frau, die sich tief erschüttert zeigte.

»Bine, also Senta, ist sicherlich eine toughe Geschäftsfrau«, las Tom. *»Aber sie gehört nicht zu denen, die für ihren Erfolg über Leichen gehen würden. Sie hat ein Herz für ihre Künstler. Natürlich interessiert sie auch der Profit, aber sie würde niemals einen ihrer Schützlinge fallen lassen. Ich glaube nicht, dass sie Feinde hat.«*

Diesen Eindruck schien die Mitarbeiterin Jule Mey, die die Tote gefunden hatte, grundsätzlich zu teilen.

»Feinde? Nein. Klar konnte sie auch mal austeilen, und manchmal war unser Verhältnis nicht das allerbeste, aber ich wusste, dass ich mich auf sie verlassen konnte«, las Tom in ihrer Aussage. *»Hart, aber herzlich, ja, so war sie. Ich wüsste nicht, dass jemand sie wirklich gehasst hätte.«*

Nichts wies darauf hin, dass Täter und Opfer sich gekannt hatten. Und wen die Kollegen aus dem Umfeld der Galeristin auch befragt hatten, keiner konnte eine Verbindung zu den anderen Mordfällen herstellen.

Waren sie alle Zufallsopfer?

Tom rief auf seinem Computer den ersten Mord in München auf und klickte sich durch die Datei. Vor fünf Jahren wurde die Angestellte des Museumsshops der Alten Pinakothek in dem parkähnlichen Gelände, das das

Gebäude umgab, tot aufgefunden. Ihr Körper lag blutleer unter einer großen Eiche, der Schädel war geöffnet worden, und Teile des Gehirns lagen daneben. Der Fundort war eindeutig nicht der Tatort, das Blut war offensichtlich mit einem Kanister an den Auffindeort gebracht und neben dem Körper verschüttet worden. Die Tote trug das gleiche gelbe Kleid wie die Galeristin, und auch ihre blonden Haare waren zu Zöpfen geflochten. Es gab keine Zeugen, und alle Angehörigen beteuerten, dass die Tote keinerlei Feinde gehabt habe.

Tom klickte sich in die Akte des zweiten Mordfalls, der vor gut zwei Jahren in Hamburg begangen worden war. Eine junge Straßenkünstlerin war in der Nähe des Hauptbahnhofs ermordet worden. Diesmal stimmten nicht nur Tatort und Fundort überein, diesmal hatte der Täter sich mit dem Opfer auch eindeutig länger auseinandergesetzt. Jedenfalls fand sich neben der Leiche eine Kreidezeichnung auf dem Pflaster, die der Auffindesituation schon recht nahe kam und ganz offensichtlich von der Künstlerin selbst angefertigt worden war. Der Täter musste sie vor ihrem Tod gezwungen haben, das Bildnis einer toten Frau mit gespaltenem Schädel aufs Pflaster zu malen, die ein gelbes Kleid trug, die blonden Haare zu Zöpfen geflochten hatte und in einer großen Blutlache lag. Danach hatte er sein Opfer in ein gelbes Kleid gezwungen und ihm mit einem einzigen Schnitt die Kehle durchgeschnitten. Die Zöpfe hatte er vermutlich erst post mortem geflochten, darauf wiesen jedenfalls die Blutspuren hin. Ebenso, wie der Schädel erst nach Einsetzen ihres Todes geöffnet worden war, um die Hirnmasse zu entnehmen. Wieder hatte es weder Zeugen noch aussagekräftige Hinweise von Angehörigen gegeben.

Hatte er die Frau in München also noch vor ihrem Tod an einen unbekannten Ort gebracht und sie dort bei lebendigem Leib ausbluten lassen, so hatte er in Hamburg auf körperliche Folter verzichtet und sich mit der psychischen zufriedengegeben. Aus eigener Erfahrung wusste Tom, dass diese mindestens genauso schlimm sein konnte wie die Zufuhr von körperlichen Schmerzen – es war nur eine andere Variation desselben. Dass er der Straßenkünstlerin einen schnellen Tod gegönnt hatte, war vermutlich der Tatsache geschuldet, dass er sie mitten in der Stadt umgebracht hatte. Zwar mieden die meisten Hamburger nachts die Gegend hinter dem Hauptbahnhof, aber die Gefahr, von einem Junkie oder Stricher während der Tat gestört zu werden, wäre recht hoch gewesen. Daher bot es sich an, hier schneller zu töten als in dem geheimen Versteck in München, dachte Tom.

Die Tote aus Bremen, die vor drei Monaten gefunden worden war, war Lehrerin für Musik und Kunst am städtischen Gymnasium gewesen. Man hatte sie im Werkraum der Schule gefunden, in dem die Farben und Bastelmaterialien verwahrt wurden. Der Mörder musste ihr nach Schulschluss aufgelauert haben, als sie gerade ins Wochenende gehen wollte. Da sie erst am Montagmorgen gefunden wurde und laut Obduktion der Todeszeitpunkt am späten Sonntagabend lag, hatte der Täter sich mit ihr vermutlich am längsten beschäftigt. Abgesehen davon, dass die Frau ebenfalls ein gelbes Kleid trug und die blonden Haare zu Zöpfen geflochten waren, hatte er in ihrem Fall den Kopf mit einem Meißel geöffnet und sie durch die Kopfwunde verbluten lassen, was Stunden gedauert haben musste. Dann hatte er ihr das gesamte Gehirn entnommen und es hinter ihr an eine Pinnwand getackert.

Tom atmete hörbar aus und lehnte sich in seinem Schreibtischstuhl zurück. Die Bilder vom Tatort machten ihm nichts aus. Im Gegensatz zu vielen seiner Kollegen war er immun gegen den Schrecken, der von den meisten Tatortfotos ausging. Stattdessen versuchte er die Faszination zu unterdrücken, die die Bilder in ihm auslösten. Er musste sich auf die Fakten konzentrieren.

Auch wenn es kleine Unterschiede zwischen den Auffindesituationen gab, so ähnelten sie sich doch alle. Der Täter hatte nur eher kleine Variationen zugelassen, sowohl bei den Morden als auch bei der Zurschaustellung der Leichen. Es kam Tom so vor, als wollte der Täter etwas Neues ausprobieren, traute sich aber nicht, von seinem grundsätzlichen Schema abzuweichen. Mal öffnete er den Schädel mit einer Flex, mal mit Hammer und Meißel, mal bei einer Lebenden, mal bei einer Toten. Aber geöffnet wurde er immer, ebenso, wie immer Hirnmasse entnommen wurde.

Dasselbe galt für das Blut, dem ganz offensichtlich ebenfalls eine Bedeutung zukam. Auch wenn die Opfer auf unterschiedliche Weise verbluteten, so schien es dem Täter ein Anliegen zu sein, dass sie in einer großen Lache gefunden wurden. Sonst hätte er bei der Toten in München nicht noch extra das Blut an den Auffindeort gebracht, denn diese Aktion hatte für ihn nur ein weiteres Risiko bedeutet.

Die Tatorte waren quer über die Republik verteilt. Tom musste an Ted Bundy denken, der 1989 in den USA hingerichtet wurde, nachdem er gestanden hatte, dreißig Frauen entführt, vergewaltigt und ermordet zu haben. Sein viertes Opfer, eine Studentin aus Oregon, hatte er 260 Meilen von seinem Wohnort gefunden. Bundy war im Mai 1974 mit seinem VW Käfer nach Oregon gefahren, »um dort ein Verbrechen zu begehen, das nicht mit meinen anderen Verbrechen in Verbindung gebracht werden konnte«, wie er später zu Protokoll gab. Er suchte seine Opfer also gezielt in der Ferne, weil ihm klar war, dass die Ermittler keinen Zusammenhang zu den anderen Fällen erkennen würden.

München, Hamburg, Düsseldorf – die Auswahl war kein Zufall. Vielleicht hoffte ihr Täter auch, dass die Ermittlungen schwieriger würden, wenn verschiedene Mordkommissionen daran beteiligt waren.

Und dann waren da natürlich noch das Kleid und die Haare. Laut der Protokolle trug keines der Opfer normalerweise Zöpfe, und auch das Kleid war den später befragten Angehörigen nicht bekannt.

Tom stand auf und ging in das Nachbarbüro, in dem heute alle Schreibtische besetzt waren. Ohne zu fragen, ob es jemanden störte, öffnete er ein Fenster. »Wissen wir eigentlich irgendetwas über dieses Kleid?«

Ira wies mit dem Kopf zu Philipp. »Hat unser Datenbank-Checker längst überprüft. Es zieht übrigens«, fügte sie noch missbilligend hinzu, aber Tom achtete nicht auf sie.

Er sah Philipp fragend an, der gerade eine Dose Red Bull auf ex trank, und rümpfte angewidert die Nase. Der Geruch war einer der Gründe, warum er das Fenster geöffnet hatte. Er konnte ihn einfach nicht ertragen.

»Klar hab ich das. Das Kleid stammt aus der H&M-Sommerkollektion von 2015. 2016 wurde es noch als Sonderangebot in einigen wenigen Läden im Bundesgebiet verkauft, seitdem ist es vom Markt verschwunden. Es kostete 19,99 Euro und wurde in China angefertigt. Hundert Prozent Polyester übrigens.«

»Wir können also davon ausgehen, dass sich unser Mann vor einigen Jahren einen Vorrat von diesen Kleidern zugelegt hat«, überlegte Tom laut. »Kann man herausfinden, ob es irgendwo Käufe von fünf oder zehn Kleidern gab?«

Philipp sah ihn fast mitleidig an. »Ich weiß ja, dass uns Computer-Nerds magische Fähigkeiten zugesprochen werden, aber so weit geht es mit unserer Kunst dann auch nicht. H&M hat zig Kleider in dem Preissegment im Angebot, alle in China gefertigt. Erschwerend kommt noch hinzu, dass es besagtes Kleid in mehreren Farben gab.«

»Außerdem hatten die Frauen nicht die gleiche Konfektionsgröße«, warf die Pathologin Nina ein. »Und die Kleider passten immer wie angegossen. Er hat sich also einen Vorrat in unterschiedlichen Größen zugelegt, um auf alles vorbereitet zu sein. Es gab übrigens nicht eine einzige fremde Faserspur an den Kleidern. Auch keine Hautschuppe, kein Haar, keinen Speichel oder Sperma, nichts.«

»Er weiß ganz genau, was er tut«, sagte Ira. »Er trägt nicht nur Mundschutz und Handschuhe, sondern vermutlich auch Einweg-Schutzkleidung.«

»Wie die Leute von der Spusi?«, fragte Tom.

Ira nickte. »Oder auch wie Chirurgen oder OP-Schwestern. Wir können nicht ausschließen, dass der Täter über ein gewisses medizinisches Vorwissen verfügt.«

»Jedenfalls wusste er, wie er die Opfer möglichst lange quälen kann, ohne dass sie ihm nach fünf Minuten wegsterben«, sagte die Pathologin. »Bei den Verletzungsmustern war das durchaus heikel. Die Nägel im Körper der Galeristin haben zum Beispiel keine Arterie durchtrennt. Dafür muss man zumindest wissen, wo sich diese im Körper befinden.«

»Verstehe«, sagte Tom. »Und er scheint sich für Kunst zu interessieren.«

»Ja, mit Kunst hatten alle Opfer zu tun«, gab Ira ihm recht. »Dem sind wir natürlich auch schon nachgegangen. Ein Ex-Gymnasiast aus Bremen, der in Düsseldorf seine Werke anbot und als Straßenkünstler in Hamburg endete ...« Ira machte ein zweifelndes Gesicht. »Wir sind da leider überhaupt nicht weitergekommen. Die

Kunsthochschulen sind voll mit frustrierten Studenten, die keine Galerie für ihre Werke finden. Es war unmöglich, hier sinnvoll zu recherchieren.«

Tom blickte nachdenklich ins Nichts. »Außerdem würde das bedeuten, dass die Opfer den Täter kannten.«

»Vermutlich. Wir haben das Umfeld der Ermordeten detailliert abgefragt und keinerlei Hinweise auf eine Person gefunden, die alle Opfer kannte«, sagte Ira.

Tom wandte sich an Philipp. »Der Täter ist offensichtlich nicht ortsgebunden. Er hat in ganz Deutschland zugeschlagen. Was ist mit den Nachbarländern? Kannst du die Datenbanken nach vergleichbaren Fällen im Ausland durchforsten?«

»Jepp, ich setze mich gleich dran.«

»Danke.« Tom wollte in sein Büro zurückgehen, als er sah, wie Ira irritiert auf den Bildschirm ihres Computers blickte.

»Das kann doch nicht wahr sein ...«, murmelte sie.

»Was ist los?« Er trat hinter sie und schaute auf den Monitor, auf dem drei verschiedene Bilder von der ermordeten Galeristin zu sehen waren. »Das sind eindeutig keine Fotos von uns«, sagte er.

Ira fuhr sich genervt durch die Haare. »Nein. Das rechte hier ist mit einem Teleobjektiv gemacht worden, das sieht man. Aber wie konnte das Schwein bloß wieder Fotos machen? Ich hatte den Kollegen extra gesagt, dass sie die Augen am Tatort offen halten sollen!«

»Wieder?«

Nina am Nebentisch nickte. »Ira hat nach den anderen Morden auch Fotos zugeschickt bekommen«, erklärte sie. »Es waren alles keine offiziellen Polizeifotos. Irgendein kranker Reporter lungert an den Tatorten herum und macht dort heimlich diese Bilder.«

Ira öffnete ein Dokument und zeigte Tom die anderen Aufnahmen. Die meisten waren aus einer gewissen Entfernung gemacht worden, was an der Körnung der Bilder gut zu erkennen war. Auf allen waren die Leichen noch in ihrer ursprünglichen Auffindesituation zu sehen.

»Keiner unserer Fälle darf an die Öffentlichkeit gelangen«, sagte Ira. »Das ist die Bedingung für das Funktionieren dieser Abteilung. Aber dieser Kerl erpresst mich quasi. Er will ein Interview, sonst droht er, die Fotos mit einer eigenen Story zu veröffentlichen.«

Philipp räusperte sich. »Ich habe natürlich versucht, den Absender ausfindig zu machen. Aber er schreibt Ira immer nur aus öffentlichen Internetcafés von einem gefakten Hotmail-Account aus.«

»Leiten Sie mir die Aufnahmen bitte weiter«, bat Tom. »Wie habt ihr den Kerl bisher hingehalten? Er hätte die Fotos doch längst veröffentlichen können.«

»Ich habe ihm die ganz große Story versprochen«, antwortete Ira und klickte auf ihre Maus, um die Bilder an Tom weiterzuleiten. »Sobald der Fall gelöst ist, darf er exklusiv darüber berichten. Aber das scheint ihm jetzt nicht mehr zu reichen.« Laut las sie die Nachricht des Unbekannten vor. *»Ich will jetzt wissen, wie der Stand der Ermittlungen ist. Sonst gibt es eine Story über die Unfähigkeit des BKA, einen Serienkiller zu stoppen.«* Ira seufzte.

»Und wenn das gar kein Reporter ist?«, überlegte Tom laut. »Er wusste von den Morden, die Leichen waren noch nicht weggebracht worden, das heißt, er war früh an den Tatorten. Das könnte auf Täterwissen hinweisen.«

»Haben wir natürlich auch schon überlegt«, erwiderte Ira genervt. »Ist ja schließlich nicht so, als hätten wir von nix 'ne Ahnung.« Sie stand auf und schloss energisch das Fenster. »Aber warum sollte der Täter freiwillig die Nähe der Polizei suchen? Ihm muss doch klar sein, dass ich ihn verhaften kann, wenn ich mich auf ein Treffen mit ihm einlasse.«

»Außerdem hätte er die Opfer doch fotografieren können, bevor die Polizei vor Ort ist«, warf Philipp ein. »Wenn er eine Art Trophäe gebraucht hätte, dann wäre das doch viel einfacher gewesen, als hinterher an den Tatort zurückzukehren.«

»Er fühlt sich uns überlegen«, sagte Tom. »Mit den Fotos will er zeigen, dass er uns einen Schritt voraus ist und wir keine Chance haben, ihn zu kriegen. Für viele Serienkiller ist es das Größte, die Polizei an der Nase herumzuführen. Der will uns klarmachen, dass er der Strippenzieher ist, dass er die Puppen so tanzen lassen kann, wie er es will.«

»Nach den ersten Morden hat dieser Typ mich aufgefordert, ihm per E-Mail Infos zu schicken«, antwortete Ira. »Was ich natürlich nicht getan habe. Jetzt besteht er darauf, mich persönlich zu treffen.«

»Und wie soll das aussehen?«

Ira las erneut aus der Nachricht des Unbekannten vor. *»Nächstes Heimspiel vom FC. Rhein-Energie-Stadion, Südkurve. Ich finde dich.«*

Tom nickte anerkennend. »Ein Treffen unter fünfzigtausend Menschen. Das ist nicht dumm. Die Möglichkeit, dort gezielt zuzugreifen, ist gering. Schreiben Sie ihm, dass Sie kommen.«

»Das ist doch Zeitverschwendung!« Es war nicht zu übersehen, wie wenig Lust Ira dazu hatte.

»Ich komme natürlich mit«, meinte Tom. Er konnte dem Drang, Ira zu provozieren, nicht widerstehen. »Keine Sorge. Ich lass Sie nicht allein.«

Ira verdrehte die Augen. »Sie glauben doch nicht ernsthaft, dass es mir darum geht, oder? Meinen Sie etwa, ich hätte Angst vor so einem Spinner und bräuchte ausgerechnet *Sie* als Beschützer?« Sie prustete spöttisch. »Wie lächerlich.«

»Sachte, sachte, Frau Sokolov.« Tom hob abwehrend die Hände. »Vier Augen sehen nun mal mehr als zwei.«

»Na toll«, sagte Ira seufzend und tippte eine Antwort-Mail auf ihrer Tastatur. »Ich könnte mir mein Wochenende kaum schöner vorstellen.«

Zufrieden, dass er die toughe Russin aus der Reserve gelockt hatte, ging Tom zurück in sein Büro, setzte sich an den Schreibtisch und öffnete das Dokument, das Ira an ihn weitergeleitet hatte. Nachdenklich betrachtete er erneut die Fotos.

Von jedem Tatort gab es drei Bilder, von denen immer eines eine Nahaufnahme des Gesichts der Toten war.

Dabei hatte der Fotograf darauf geachtet, dass die toten Augen der Frauen quasi in die Kamera blickten. Fast so, als schauten sie ihn an. Keines der Opfer hatte einen friedlichen Gesichtsausdruck, allen war das Entsetzen auch nach ihrem Tod noch anzusehen. Die Nahaufnahmen der toten Gesichter waren fast noch eindrücklicher als die der zerschundenen Körper.

»Du wolltest ihre Angst festhalten«, sagte Tom leise. »Und dich an ihrer Todesangst aufgeilen.«

Aus Erfahrung wusste er, dass das alles andere als gut war.

9

23. Mai 1987

Tom lief über den Hof. Es war sommerlich warm, und er trug nur kurze Hosen und ein T-Shirt. Die Sandalen hatte er ausgezogen, er mochte es, barfuß über den asphaltierten Innenhof zu laufen und die spitzen Steinchen zu spüren, die sich bei fast jedem Schritt schmerzhaft in seine nackten Sohlen bohrten. Für ihn war es tröstlich, diesen Schmerz zu fühlen, er wusste selbst nicht, warum.

»Juli!«, rief er verzweifelt. »Juli, wo bist du denn? Miez, Miez!« Aber so oft und laut er auch rief und lockte, von seiner geliebten Katze fehlte jede Spur.

Er hatte sie Juli genannt, weil seine Mutter sie ihm im Juli geschenkt hatte, nur wenige Wochen, bevor sie gestorben war. Viel zu jung hatte sie Krebs bekommen, ihre Prognose war von Anfang an hoffnungslos gewesen. Ganze drei Monate waren ihr von der Diagnose bis zum

Tod geblieben. Seitdem war Krebs das Schlimmste, was der sechsjährige Tom sich vorstellen konnte. Sogar noch schlimmer als das, was er seitdem durchleiden musste.

»Juli! Juli, wo bist du denn!« Inzwischen waren ihm die Tränen in die Augen gestiegen, so groß war seine Sorge, die geliebte Katze könnte ausgebüxt sein und nicht wiederkommen.

In der hinteren Ecke des Hofes sah er ein paar Kinder in einem Halbkreis stehen. Von Weitem erkannte er die Lentel-Brüder darunter, zwei Jungs, zehn und zwölf Jahre alt, die in ihrem jungen Alter schon mehr Straftaten begangen hatten als andere mit fünfzig. Ihre Kleidung war immer schmutzig und voller Löcher, egal wie sehr die Betreuer auch darauf achteten. Die Brüder gehörten zu den schlimmsten Kindern, die hier waren, und Tom war nicht nur einmal voller Angst vor ihnen weggelaufen.

Neben ihnen standen zwei Mädchen, deren Namen er immer vergaß. Die eine ritzte sich regelmäßig mit einem Messer die Oberarme auf, die andere prügelte sich mit den Jungs, als wäre sie ein Boxer. Jetzt standen sie alle friedlich zusammen und starrten auf das, was da vor ihnen auf dem Boden lag.

Tom überkam ein ungutes Gefühl. Panik schnürte ihm die Kehle zu, und er ahnte Böses. So schnell er konnte, rannte er zu den anderen Kindern.

»Ach Gott, der Herr Direktor höchstpersönlich«, bemerkte einer der Lentel-Brüder spöttisch. »Deine Muschi hat es erwischt«, fügte er noch grinsend hinzu und trat zur Seite.

»Juli …«, flüsterte Tom. Er konnte fühlen, wie ihm das Herz brach.

Er kniete sich auf den Boden und nahm den kalten, steifen Körper in den Arm. Er war übersät mit Wunden, aber nirgendwo war ein Tropfen Blut zu sehen. Dafür hatten die Maden schon begonnen, ihre Arbeit aufzunehmen.

»Juli …«

Tom drückte den kleinen, kalten Körper an sich und sah nur aus dem Augenwinkel, wie die anderen langsam zurückwichen und sich ein großer Schatten von hinten über ihn legte.

»Leg den Kadaver weg, mein Sohn«, hörte er die tiefe Stimme seines Vaters sagen. »Davon kannst du krank werden.«

Tom liefen die Tränen über das Gesicht. Das letzte Mal, dass er so geweint hatte, war am Sterbebett seiner Mutter gewesen. Doch da hatte er Juli bei sich gehabt, und die Katze hatte ihm so viel Trost gespendet, dass er nicht gewusst hätte, wie er diese schreckliche Situation ohne sie hätte aushalten sollen.

»Wer hat ihr das nur angetan?«, weinte Tom. Nur mit Mühe konnte ihm sein Vater den steifen Körper aus den Händen nehmen.

»Das war Aaron«, antwortete sein Vater knapp.

»Was?« Tom starrte ihn aus tränenverschleierten Augen an.

Konnte das stimmen? Nein, niemals! Aaron war Toms bester Freund, mehr noch, er war sein Bruder, auch wenn sie nicht miteinander verwandt waren. In der Hölle des Heims war er der Einzige, auf den er sich immer verlassen konnte. Sie waren unzertrennlich, hielten zusammen und standen alles gemeinsam durch, das Gute wie das Schreckliche. Aaron war der wichtigste Mensch in Toms Leben, vielleicht sogar wichtiger als sein Vater, mit dem er es manchmal nur schwer aushielt. Aber als Heimleiter musste er vielleicht so sein, das sagte sich Tom jedenfalls immer, wenn es wieder ganz schlimm wurde.

Mit Aaron ließ sich alles viel leichter ertragen. Er war zwei Jahre älter als Tom und wirkte mit seinen acht Jahren wie ein Zwölfjähriger, was hilfreich war, wenn es zu Streitereien mit anderen Kindern kam. Aaron teilte dasselbe Schicksal wie er, nein, eigentlich war seins noch schlimmer, weil seine Mutter nicht nur tot, sondern von seinem Vater ermordet worden war, der nun im Gefängnis saß. Und dieser Aaron, Toms Seelenverwandter, sollte ihm nun das Liebste genommen haben, das er besaß?

»Glaub ich nicht«, schluchzte er.

»Ich weiß. Aber er war es. Ich habe ihn auf frischer Tat ertappt. Schau hier.«

Sein Vater zog ein Polaroid-Foto aus seiner Tasche, auf dem Aaron zu sehen war. Erschrocken blickte er in die Kamera, ein blutiges Messer in der Hand. Sein Gesicht, sein weißes T-Shirt und seine Arme waren mit Blut bespritzt.

»Es tut mir leid, Tommy. Aber dein bester Freund ist nicht dein Freund«, sagte sein Vater sanft und steckte das Foto wieder ein. »Er ist dein schlimmster Feind.«

Tom nickte stumm, und wieder rannen Tränen seine Wangen hinab. Keine Frage, sein Vater hatte recht. Aaron wusste, was Juli ihm bedeutete. Er wusste, was er Tom damit antat.

»Es gibt nur eine Möglichkeit, um diesen Schmerz zu verarbeiten«, sagte sein Vater. »Eine solche Tat erfordert eine Reaktion.«

»Schmeißt du ihn raus?«, fragte Tom leise.

Sein Vater schüttelte den Kopf. »Nein. Ich habe nun einmal ein Heim für schwer erziehbare Kinder zu leiten, da kann ich gerade so jemanden wie Aaron nicht einfach rauswerfen.« Er räusperte sich und legte ihm tröstend die Hand auf die Schulter. »Tommy, du musst dich an ihm rächen. Du musst ihm eine Lektion erteilen, um ihm zu zeigen, dass er so etwas auf keinen Fall ein zweites Mal machen darf.«

Rächen? Tom hatte nur eine vage Vorstellung von dem, was dieses Wort bedeutete. »Aber … musst du ihn nicht bestrafen?«

Sein Vater nickte, während er Tom sanft an der Schulter streichelte. »Auch, ja. Aber wichtiger ist, dass du es ihm zurückzahlst. Du weißt doch, dass auch er einen Schatz hat …«

Natürlich wusste Tom von Aarons Schatz. Die beiden hatten keine Geheimnisse voreinander.

Als Tom nicht sofort antwortete, legte sein Vater ihm eine Hand auf die tränennasse Wange und blickte ihm tief in die Augen. Das tat gut.

»Vernichte den Schatz, Tommy. Vor seinen Augen.

Aaron muss sehen, wie du ihn zerstörst. Er hat es nicht anders verdient.«

Tom schluckte. Ein Teil von ihm war sich unsicher, ob er das seinem Freund antun konnte, ein anderer Teil sah den entschlossenen, ermutigenden Ausdruck auf dem Gesicht seines Vaters.

Ja, dachte Tom, Aaron hat es bestimmt nicht anders verdient.

10

Als Tom am nächsten Morgen aus dem Fahrstuhl stieg, kam ihm sein Chef Bernhard Müller schon im Gang entgegen.

»Morgen. Ich habe gute Neuigkeiten für Sie.«

»Gibt es eine neue Tote?«, fragte Tom ernst.

Müller zögerte kurz, dann lachte er schallend. »Na, Sie sind mir einer. Nein, kein neues Opfer. Aber ich habe endlich die notwendige Unterstützung bewilligt bekommen, die Sie bei dem Fall so dringend brauchen. Kommen Sie, die Kollegin ist schon da.«

Tom folgte Müller durch den langen Flur bis in den Besprechungsraum, der nur durch eine Glaswand vom Gang abgetrennt war. Philipp, Ira und Nina saßen dort bereits an dem langen Tisch und nippten an ihren Kaffeebechern. Ninas enger Rollkragenpullover hatte denselben Rotton, in dem auch ihre Haare leuchteten, und Tom wunderte sich kurz, dass ihm das überhaupt auffiel. Neben der durchtrainierten Ira und dem übergewichtigen Philipp wirkte sie fast zerbrechlich. Vor seinen neuen Kollegen stand eine schlanke, groß gewachsene Frau mit langen blonden Haaren. Sie hatte Tom den Rücken zugedreht und schien den anderen gerade etwas ausgesprochen Interessantes zu erzählen, jedenfalls hingen die drei an den Lippen der Blonden.

Schwungvoll öffnete Müller die Tür. »So, Frau Huschek, darf ich vorstellen? Das ist Ihr direkter Vorgesetzter. Tom Bachmann.«

Die Frau drehte sich um, und Tom staunte nicht schlecht, als er ihr Gesicht sah. Ihr ging es offensichtlich nicht anders, jedenfalls erlosch ihr Lächeln schlagartig.

»Katja Huschek«, sagte sie und gab ihm zögerlich die Hand.

Tom schüttelte sie. »Willkommen im Team«, sagte er, ohne es ehrlich zu meinen.

»Frau Huschek hat bei der Kripo gearbeitet. Mordkommission. Sie hat die besten Empfehlungen.« Müller blickte irritiert von Tom zu Katja Huschek, die sich nach wie vor anstarrten. »Kennen Sie sich?«

Tom fing sich als Erster. »Nein, nein. Ich freue mich, dass Sie das Team unterstützen. Wir können wirklich jede Hilfe brauchen. Die Kollegen haben Sie bereits kennengelernt?«

»Ja, wir haben uns schon bekannt gemacht«, antwortete Katja Huschek, in deren Gesicht langsam Leben zurückkehrte.

»Prima. Philipp, kannst du dich um einen Schreibtisch kümmern? Bei euch ist doch noch Platz im Büro, und ich denke, es wäre gut, wenn wir alle auch räumlich zusammenarbeiten würden.«

»Das denke ich auch«, sagte Katja Huschek und lächelte.

»Ich helfe dir«, sagte Ira und verließ gemeinsam mit Philipp das Büro, um den Arbeitsplatz der neuen Kollegin einzurichten.

»Sehr schön. Dann auf gute Zusammenarbeit!« Mit diesen Worten verließ Bernhard Müller den Besprechungsraum, und auch Nina machte sich wieder an die Arbeit, jedoch nicht, ohne Tom vorher einen Blick zuzuwerfen, den er nicht deuten konnte.

Katja Huschek und er blieben allein zurück.

»Hätte ich gewusst, dass du mein Chef wirst …«, sagte Katja errötend. »Also, dann hätte ich dich neulich nicht einfach so gehen lassen.«

»Du hast doch gar nicht mitbekommen, dass ich weg bin«, antwortete Tom knapp, der sich noch genau daran erinnerte, wie er an dem Morgen aus Katjas Wohnung geschlichen war. Zu dem Zeitpunkt war er davon ausgegangen, sie nie wiederzusehen, und er konnte nicht gerade behaupten, dass er erfreut war, sie nun jeden Tag um sich zu haben – im Gegenteil. Er ahnte, dass dieser One-Night-Stand ein Fehler gewesen war, der ihn einholen würde.

»Wie gehen wir jetzt mit der Situation um?« Katja trat einen Schritt auf ihn zu und strich ihm beiläufig über den Arm.

»So, wie erwachsene Menschen mit einem unbedeutenden One-Night-Stand umgehen«, sagte Tom betont kühl und machte einen Schritt zur Seite.

»Aber ... es war doch eine tolle Nacht«, entgegnete Katja. Sie schaffte es nicht, ihre Enttäuschung zu verbergen. »Warum sollten wir die nicht wiederholen? Ehrlich gesagt hätte ich dich gerne wiedergesehen. Ich war noch ein paarmal in der Bar, wo wir uns kennengelernt haben, in der Hoffnung, dich dort zu treffen.«

Tom verschränkte die Arme. »Es wird kein zweites Mal geben. Ganz sicher nicht.« Er versuchte so bestimmt wie möglich zu klingen. »Ich bin jetzt dein Chef, und ich fange nie etwas mit meinen Mitarbeitern an. Das ist eine goldene Regel von mir. Sex im Kollegenkreis zerstört das Arbeitsklima und lenkt unseren Fokus auf Dinge, die ihn nicht verdienen. Lass uns diese Nacht also bitte einfach vergessen.«

»Vergessen?« Katja schüttelte die blonde Mähne. »Na gut, wie du willst. Aber du solltest wissen, dass die Nacht mit dir etwas Besonderes für mich war. Ich mache so etwas nicht häufig.«

Tom spürte, dass er hier nur mit Härte weiterkommen würde. »Sorry, Katja, für mich war die Sache leider überhaupt nicht besonders. Und jetzt lass uns an die Arbeit gehen.«

Als er an ihr vorbei den Besprechungsraum verließ, glaubte er ein leises »Das glaube ich dir nicht« zu hören.

Na toll, dachte Tom, was habe ich mir da bloß eingebrockt.

11

Schon den halben Nachmittag lungerte er vor der Uni herum und beobachtete die Studenten, die in der Sonne lagen und rauchten, zeichneten oder etwas aßen. Er wusste, dass er nicht weiter auffiel, weil er wie ein Chamäleon war. Es gab ein paar einfache Regeln, die man beachten musste, wenn man in der Masse untergehen wollte. Die erste betraf die Kleidung. Eine stinknormale Jeans mit einem stinknormalen T-Shirt fiel niemals auf. Natürlich durfte kein Schriftzug und auch kein Muster auf dem Shirt sein, am besten war es einfach nur dunkel, nicht schwarz, nicht grau, nicht braun, sondern irgendetwas dazwischen. Das konnte später keiner beschreiben. Auch die Haare trug man am besten so nichtssagend wie irgend möglich. Nicht zu lang und nicht zu kurz, einfach einen Nullachtfünfzehn-Schnitt.

So konnte er zwischen ihnen liegen, ohne dass sie ihn bemerkten, wie ein Wolf im Schafspelz, und die Mädchen in aller Ruhe betrachten.

Welche könnte die Nächste sein?

Er strich mit der Hand über den Plastikbeutel, der neben ihm lag und auf dem in großen Buchstaben der Name des Baumarktes gedruckt war, in dem er heute mehr als zwei Stunden verbracht hatte. Mit der kleinen Flex, mit der er den Schädel von Senta, der Galeristin, geöffnet hatte, würde er bei seinem neuen Projekt nicht weiterkommen. Gerade bei den großen Knochen konnte das zu lange dauern. Deshalb hatte er sich für über hundert Euro eine Handkreissäge gegönnt. Die ging auch durch einen Oberschenkel wie ein heißes Messer durch Butter. Und das, ohne die Ränder zu sehr zu zerfleddern. Er wollte gerade und saubere Kanten, das war bei diesem Projekt wichtig. Klar, eine Knochensäge, wie sie für Amputationen benutzt wurde, wäre vielleicht das Beste. Aber seine Bemühungen, sie über seine medizinischen Kontakte zu besorgen, waren vergeblich gewesen. Egal. Eine akkubetriebene Handkreissäge hatte dafür den Vorteil, dass es schneller ging und der Körper zügig in Modelliermasse verwandelt werden konnte. Schließlich wollte er, dass die Nächste so lange wie nur möglich bei Bewusstsein blieb.

Er hatte es einmal erlebt, dass eine sofort ohnmächtig geworden war. Seine Enttäuschung war so groß gewesen, dass er sofort von ihr abgelassen hatte. Kunst an einem leblosen Objekt brachte ihm nichts. Kunst war immer ein Spiel von Aktion und Reaktion, und wenn Letztere ausblieb, konnte man es auch gleich ganz lassen. Er hatte die bewusstlose Frau damals in der alten Jagdhütte zurückgelassen und nicht die leiseste Ahnung, was aus ihr geworden war. Es kratzte ihn auch kein bisschen. Vermutlich hatte sie überlebt. Warum auch nicht, mehr, als ihr die Zehen zu lackieren, hatte er ja nicht geschafft! Und damit war er noch nicht mal fertig geworden, was er bis heute bedauerte. Denn es war wirklich ein hübscher Anblick gewesen. Unter den ausgerissenen Zehennägeln hatte das rohe Fleisch leuchtend rot geschimmert, was so viel schöner ausgesehen hatte, als wenn man die Nägel tatsächlich lackiert hätte. Damals hatte er noch mit einfachem Werkzeug gearbeitet und sie ihr mit einer stinknormalen Zange herausgerissen. Und durch den jähen, starken Schmerz war sie ohnmächtig geworden. Er war einfach noch ein blutiger Anfänger gewesen, inzwischen hatte er dazugelernt. Mit dem Wissen und der Erfahrung, die er heute besaß, würde er eine Glasfliesenzange benutzen, sollte er noch einmal lackierte Zehen für ein Projekt brauchen. Damit konnte man die Nägel besser fassen und langsam nach oben biegen, bis sie sich vom Fleisch lösten. Damals war er noch nicht mal mit dem einen Fuß fertig gewesen, als die Schlampe schon die Augen zugemacht hatte. Wenn er jetzt darüber nachdachte, ärgerte es ihn immer noch. Er hatte danach nie wieder jemandem die Zehen lackiert.

Er vermutete, dass sie nicht zur Polizei gegangen war, nachdem sie sich aus der Hütte nach Hause geschleppt hatte. Kein Wunder, sie war ja nur eine drogenabhängige Hure gewesen, auch wenn sie sich selbst

Burlesque-Künstlerin genannt hatte, lächerlich. Sogar in dem hübschen gelben Kleid hatte sie noch wie eine Nutte ausgesehen. Jedenfalls schien es in der Angelegenheit niemals Ermittlungen gegeben zu haben, keine seiner Quellen hatte etwas gemeldet, und auf die war normalerweise Verlass.

Kurz darauf hatte er dann zum ersten Mal ein Werk vollendet. Er erinnerte sich gerne und oft an diese Tage zurück. Alles war perfekt gewesen, die Sonne hatte vom Himmel gestrahlt, und der Frühling hatte sich von seiner schönsten Seite gezeigt. Er hatte Schmetterlinge im Bauch gehabt, als sich in ihren Augen das Licht brach und sie tot ins Nichts starrte. Der erste Mord war wie das erste Mal verliebt sein – unvergesslich. Noch heute spürte er ein wohliges Kribbeln, wenn er daran dachte.

Ihm war klar, dass er ordentlich an Tempo zugelegt hatte. Die Letzte lag erst zwei Wochen zurück. Früher konnte er sich besser zügeln. Aber mit der lieben Senta hatte es so viel Spaß gemacht. Ihre Schreie, die wegen des Knebels leider kaum zu hören gewesen waren, hatten ihm die Freudentränen in die Augen getrieben. Immer, wenn er sich ihr mit dem Skalpell näherte, riss sie ihre Augen vor Angst noch ein Stück weiter auf und blickte ihn flehentlich an. Sie schenkte ihm ihre volle Aufmerksamkeit, sah nichts anderes mehr. Kurz bevor er ihr mit der kleinen Flex den Schädel öffnete, strich er ihr deshalb noch mal über die Wange und sagte ihr, wie sehr er sie liebe. Da hatte sie nur noch still geweint, und das war für ihn das Schönste gewesen. So hatte bisher noch keine geweint. Alle hatten geschrien und gebrüllt, aber still geweint? Er wollte, dass die Nächste genauso weinte. Es erinnerte ihn so sehr an früher.

Und er wollte, dass endlich über sein Werk berichtet wurde. Jeder Künstler brauchte die Öffentlichkeit. Schriftsteller wollten gelesen, Musiker gehört und Maler gesehen werden. Kunst ohne Öffentlichkeit war wie ein Restaurant ohne Gäste. Es war eine Frechheit, dass sein Werk bisher so konsequent ignoriert wurde.

Welche konnte also die Nächste sein?

Sein Blick wanderte über die Studentinnen. Blonde Haare waren die Voraussetzung. Eine Naturblonde wäre schön, keine Gefärbte. Eine gefiel ihm besonders gut. Sie wirkte angespannt und gestresst, und als er sich auf ihre Stimme konzentrierte, konnte er hören, dass sie für eine Prüfung lernte, die bald anstand. Vielleicht konnte er sie ja von ihrem Stress befreien?

»Wenn ich wieder durchfalle, bringen meine Eltern mich um!«, stöhnte sie und strich sich durch die blonde Mähne.

Er unterdrückte ein Kichern. Nein, so weit würde es bestimmt nicht kommen, dachte er, das würde er schon zu verhindern wissen.

Unauffällig musterte er ihren zierlichen Körper. Sie war höchstens einen Meter fünfundsechzig groß und brachte vielleicht fünfzig Kilo auf die Waage. Er schätzte, dass sie Kleidergröße 34 trug. Wenn überhaupt.

Er hatte damals nur ein Kleid in dieser Größe gekauft, zum einen, weil es in dem Geschäft nur ein einziges in

34 gegeben hatte, zum anderen aber auch, weil er wusste, dass diese Größe sowieso nur den wenigsten Frauen passte.

Normalerweise mochte er diese Hungerhaken nicht. An Senta hatte ihm so sehr gefallen, dass sie die 42 so wunderbar ausgefüllt hatte. Er hatte einfach die ein oder andere Speckfalte gebraucht, um die Frau mit den Nägeln gut auf der Leinwand zu fixieren. Und je mehr Fläche er zum Zeichnen mit seinem Messer hatte, desto schöner war natürlich auch das Ergebnis. Deshalb eigneten sich die dünnen Mädchen meistens nicht so gut.

Toll war auch die Lehrerin in Bremen gewesen, die in sein einziges Kleid in Größe 46 gepasst hatte. Bis heute war er davon überzeugt, dass sie ihm niemals so lange Modell gestanden hätte, wenn sie nicht so füllig gewesen wäre. Aber so hatte es viel Fleisch gegeben, das er bearbeiten konnte, ohne lebenswichtige Stellen im Körper zu verletzen. Er erinnerte sich noch genau, wie dankbar die Frau gewesen war, als er es nach drei Tagen endlich beendet hatte. Ja, es konnte anstrengend werden, die Muse eines Künstlers zu sein, dessen war er sich durchaus bewusst. Und so ein Hungerhaken würde natürlich viel schneller schlappmachen.

Aber für sein neues Werk war die dünne Studentin trotzdem genau richtig. Für das, was er vorhatte, was in seinem Kopf schon als fertiges Kunstwerk vorhanden war, brauchte er leichtes Material. Keine schweren Knochen, kein hängendes Fett, keine großen Brüste. Diesmal war filigranes Arbeiten gefragt, und er freute sich auf diese neue Herausforderung.

Als die Studentin aufstand und ihre Sachen zusammensuchte, stand auch er auf und klopfte sich das Gras von der Hose.

Ja, nun sah er es eindeutig, und es gab es keinen Zweifel mehr.

Sie war perfekt.

12

Die Fans strömten zu Hunderten Richtung Rhein-Energie-Stadion. In kurzen Abständen fuhren die Züge der KVB vorm Stadion vor und spuckten entweder rot-weiß gekleidete FC-Fans oder grün-schwarze Borussen aus. Schon am Hauptbahnhof wurde darauf geachtet, die Fans in getrennten Zügen in den Kölner Stadtteil Müngersdorf zu karren. Hätte man sie alle zusammen in einen Waggon gepfercht, hätte es schon vor Spielbeginn einen Haufen Verletzte gegeben. Das Lokalderby war seit Jahren eine Herausforderung für die Stadt. Dementsprechend hoch waren die Sicherheitsvorkehrungen: Polizei, wohin das Auge auch blickte, ganze Hundertschaften säumten den Eingang zum Stadion. Sie hatten besonders die Ultras im Auge, die dafür bekannt waren, dass sie es trotz der Sicherheitsmaßnahmen immer wieder schafften, Bengalos und Feuerwerkskörper in den Tribünenbereich zu schmuggeln. Wenn es gut lief. Wenn es schlecht lief, hatten sie auch Messer und andere Waffen dabei.

Tom war bisher nur einmal bei einem Fußballspiel gewesen, und das auch nur, weil sein Pflegevater ihn mitgenommen hatte. Georg war ein großer Fußballfan gewesen, und er hatte es nie verstehen können, dass Tom sich nicht dafür interessierte. Es war nicht so, dass Tom die Spiele zu Tode langweilten. Wenn es sein musste, konnte er sie durchaus mit einer gewissen Aufmerksamkeit verfolgen. Aber wie man vor Freude schreien oder gar weinen konnte, wenn die eigene Mannschaft ein Tor schoss, war für ihn nicht nachvollziehbar. Die Leidenschaft, die die Fans mit ins Stadion brachten, war ihm vollkommen fremd.

Das ging ihm nicht nur beim Sport so. Genauso wenig wäre er auf die Idee gekommen, ein Konzert in einer großen Arena zu besuchen und hysterisch herumzuschreien, wenn die Band die Bühne betrat. Der Gedanke, jemanden oder etwas anzuhimmeln, sei es nun eine Fußballmannschaft oder einen Rockstar, fand er absurd.

Ihm war klar, dass die Stimmung während des Spiels laut und zum Teil sicherlich auch aggressiv werden würde. Der Ort war wirklich vortrefflich ausgewählt. Kein Mensch würde einem unauffälligen Mann, der sich in der Kurve mit einer Frau unterhielt, Aufmerksamkeit schenken, geschweige denn, ihnen zuhören. Die Masse war der perfekte Treffpunkt, wenn man unerkannt bleiben wollte. So wie ein einzelner Hering im großen Schwarm nicht gesehen wurde, so würde ihr Mann auch hier in der Menge untergehen.

Tom wusste, dass er deshalb besonders aufmerksam

sein musste. Er war zwar über Funk mit Ira verbunden, aber bei dem Lärmpegel würde er sie im Zweifelsfall nicht hören können, wenn sie um Hilfe rufen sollte.

»Schön, dass wir meinen ersten Einsatz fürs BKA zusammen haben«, sagte Katja, die eine Kamera mit Teleobjektiv dabeihatte.

Tom hatte fast vergessen, dass sie neben ihm ging. Obwohl er ihr jeden Tag sehr deutlich zeigte, dass er ausgesprochen viel Wert auf Distanz und Professionalität legte, suchte sie seine Nähe, seit sie im Team angefangen hatte. Wegen jeder Kleinigkeit tauchte sie in seinem Büro auf, brachte ihm ungefragt Kaffee vom Automaten mit und schien darauf zu achten, dass sie gemeinsam Mittagspause machten oder zusammen in den Feierabend gingen.

»Ich hole mir meinen Kaffee schon selbst«, hatte er erst gestern zu ihr gesagt, als sie ihm wieder ungefragt einen Becher auf den Schreibtisch gestellt hatte.

»Kein Problem. Ich hole mir eh dauernd einen, da kann ich dir auch einen mitbringen.«

»Ich will ihn nicht. Nimm ihn wieder mit.«

Erstaunt hatte sie ihn angesehen. »Warum bist du denn so schlecht gelaunt? Es ist nur ein Kaffee!«

»Für fallrelevante Themen bin ich jederzeit ansprechbar, für alles andere nicht. Ich möchte, dass du das akzeptierst.«

»Ein Kaffee, Tom. Es ist ein Kaffee«, hatte sie noch zu ihm gesagt und war dann kopfschüttelnd aus seinem Büro gestiefelt.

Tom nervte die Situation. Er empfand nichts für Katja. Natürlich war sie nett, sehr intelligent und auch witzig, und ja, sie war hübsch, ausgesprochen hübsch sogar, und hatte eine tolle Figur. Aber es war nun mal, wie es war. Keine Frau der Welt würde jemals sein Herz erobern. Einen Eisblock konnte man eben nicht einfach so auftauen, dafür brauchte es mehr als ein winziges Flämmchen, damit hatte er sich längst abgefunden.

Die einzigen Menschen, für die er nach dem Tod seiner Mutter so etwas wie Liebe empfunden hatte, waren seine Pflegeeltern gewesen, und bis heute war er sich nicht darüber im Klaren, ob es tatsächlich Liebe war oder nicht doch eher Dankbarkeit.

In dem Moment fiel ihm auf, dass er Eva seit der Beerdigung nicht mehr gesehen oder gesprochen hatte.

»Geh schon mal vor, wir treffen uns am Eingang«, sagte er zu Katja und blieb stehen. Seine Kollegin sah ihn fragend an und ging schließlich weiter.

Er musste Eva jetzt sofort anrufen, sonst würde er es wieder vergessen. Tom zückte sein Handy und tippte auf ihren Kontakt.

»Tom«, sagte sie, anstatt ihn zu begrüßen. Das tat sie immer, und er mochte es.

»Es tut mir leid, dass ich mich so lange nicht gemeldet habe.«

»Ach, Junge, das braucht es nicht. Ich weiß doch, wie viel du um die Ohren hast.«

»Ich habe dir noch nicht mal von meinem neuen Job erzählt.«

»Aber du hast mir eine Nachricht geschrieben, dass du jetzt beim BKA bist.« Ihre Stimme klang warm und vertraut. »Da wusste ich doch, dass du eine Menge Arbeit hast.«

»Trotzdem. Ich hätte für dich da sein sollen. Wie geht es dir?«

Seine Pflegemutter atmete hörbar aus und schien sich sammeln zu müssen. »Es geht mir gut, Tom. Mach dir keine Sorgen. Ich bin immer noch erschöpft. Die letzten Monate waren einfach anstrengend. Und Georg fehlt mir natürlich. Aber ich bin froh, dass er nicht mehr leiden muss.«

»Ja, das bin ich auch.«

Tom kam es vor, als wäre es gestern gewesen, als seine leibliche Mutter an Krebs gestorben war. Sie hatte so gelitten und so viele Schmerzen gehabt, dass der Tod eine Erlösung für sie gewesen war. Genau wie bei Georg war auch ihr Gesicht völlig faltenfrei und entspannt gewesen, nachdem sie ihren letzten Atemzug getan hatte. Sie hatte wie befreit gewirkt.

Tom atmete tief durch, um die Bilder der Vergangenheit abzuschütteln. »Ich komme dich bald besuchen, Eva.«

»Schon gut, Tom.«

»Doch, ganz bestimmt. Ich komme vorbei.«

»Das würde mich freuen.«

Er verabschiedete sich von ihr, und als er das Handy ausgeschaltet hatte, horchte er in sich hinein.

Hatte er Eva aus schlechtem Gewissen angerufen?

Oder aus echter Sorge? Er wusste es nicht genau, aber er nahm sich fest vor, sie so bald wie möglich zu besuchen.

Katja wartete ungeduldig vor dem Eingang zur Südkurve. Das Unbehagen stand ihr ins Gesicht geschrieben.

»Diese Fans sind aber nicht ohne«, meinte sie, als eine Truppe grobschlächtiger Männer grölend an ihr vorbeizog.

»Nein. Dafür ist das Derby bekannt. Hier ist heute niemand ohne.«

Er verständigte sich kurz mit Ira, die bereits in der Südkurve stand, wo der Lärmpegel schon angezogen hatte. Sie hatte sich an den Rand des Fanpulks gestellt, um nicht mitten im Geschehen zu sein, falls es zu Ausschreitungen kommen sollte.

»Noch keine Kontaktaufnahme«, sagte sie ruhig, und er wusste genau, wie sie da jetzt stand. Fokussiert und ohne einen Hauch von Nervosität. Trotz der warmen Temperaturen hatte sie eine langärmelige Bluse an, unter der sich das kleine Mikrofon besser verstecken ließ. Inzwischen waren die Dinger zwar so winzig, dass man sie ohne Probleme hinter der Knopfleiste verbergen konnte, aber unter einem T-Shirt sah man sie eher als unter einer Bluse mit aufgesetzten Taschen.

»Wir teilen uns jetzt auf«, meinte Tom zu Katja. »Ich mische mich unter die Zuschauer in der Südkurve, du gehst runter zur Presse und behältst von da den Block im Auge. Hast du deinen Presseausweis?« Das BKA hatte für solche Einsätze eine Auswahl von diversen Ausweisen. Katja nickte. »Okay. Kannst du Ira von hier aus sehen?«

Katja ließ ihren Blick über den Fanblock wandern. »Weiße Bluse, rotes FC-Cap«, sagte sie schließlich. »Ja, sehe ich.«

»Gut. Ich werde mich ein paar Reihen hinter Ira platzieren. Wir bleiben per Funk in Kontakt.«

»In Ordnung.«

Während Katja sich Zutritt zum Pressebereich verschaffte, bahnte Tom sich einen Weg durch die Menge. Es war mühsamer, als er es erwartet hatte, weil die Menschen dicht gedrängt auf der Tribüne standen. Endlich hatte er seinen Standort bezogen, drei Reihen hinter Ira. Er hatte sie so gut im Blick, wie es bei der Masse der wippenden und grölenden Fans eben ging.

Bis zum Anpfiff passierte nichts. Danach wurden die Fangesänge so laut, dass er den Funkkontakt vergessen konnte. Tom ließ sich nach rechts treiben, weil sich Iras Position verändert hatte und er sie nur noch von hinten sah. So konnte er nicht erkennen, ob sie mit jemandem sprach oder nicht. Als ein Tor für Köln fiel, verlor er sie kurz aus den Augen. Hunderte Arme gingen nach oben, alle brüllten vor Freude und umarmten sich.

Es dauerte etwas, bis sich der größte Fan-Jubel einigermaßen beruhigt hatte, und als er Ira endlich wieder sah, bemerkte er sofort, dass sie ihre Lippen bewegte. Sie redete mit jemandem, aber mit wem?

Tom nahm Kontakt mit Katja auf. »Hast du Ira im Blick? Mit wem spricht sie?«

»Einen Moment. Ich kann die Typen um sie herum schwer erkennen.« Obwohl Katja gegen den Lärm fast anbrüllen musste, wirkte ihre Stimme unaufgeregt. »Die haben fast alle ’ne Cap auf oder schwenken irgendeine Fahne. Drei Männer kommen infrage. Ich denke, es ist der Typ, der schräg rechts hinter ihr steht.«

»Wie viel Prozent?«

»Achtzig.«

»Okay.«

Tom versuchte, sich einen Weg zu Ira zu bahnen, um den Kerl zu Gesicht zu bekommen, mit dem sie sprach. Da die einzelnen Tribünenabschnitte mit Drängelgittern ausgestattet waren, damit die Fans bei einem Sturz nicht wie Dominosteine nach unten fielen, kam er nur schwer voran. Ausgerechnet jetzt bekam Gladbach einen Freistoß, der von den Kölner Fans lautstark niedergebrüllt wurde. Er war nur noch gut fünf Meter von Ira entfernt, als der verdammte Freistoß das Kölner Tor traf. Die Fans rasteten angesichts des vermeintlich ungerechten Tors vollkommen aus, und Tom hatte Sorge, in eine echte Massenschlägerei zu geraten. Jedes Drängeln und Zur-Seite-Schieben konnte jetzt missverstanden werden, die Situation war so aufgeheizt, dass sie jederzeit eskalieren konnte.

Als sich die tumultartige Stimmung etwas beruhigt hatte, sah er, wie sich der Mann, den Katja für den Verdächtigen hielt, zügig von Ira entfernte.

»War er das?«, fragte Tom, als er einen winzigen Moment später bei Ira angekommen war.

»Ja. Los! Hinterher!«

Als sie versuchten, dem Mann nachzueilen, wurde Tom schnell klar, wie schwierig eine Verfolgung in der überfüllten Südkurve werden würde. Dadurch, dass hier fast jeder ein Köln-Trikot trug und mit Fan-Schal und FC-Cap ausgerüstet war, war es fast unmöglich, den Mann nicht aus den Augen zu verlieren. Die zahlreichen Fahnen, die geschwenkt wurden, machten es zusätzlich schwer.

»Da vorne!«, rief Ira und zeigte auf einen Mann, der Richtung Treppenabgänge verschwand.

»Pass doch auf, wo du hinlatschst!«, brüllte ihr in diesem Moment ein Fan ins Gesicht. Offenbar war sie dem Mann auf den Fuß getreten.

»Halt die Fresse, du Penner!«, brüllte Ira lautstark zurück, und der Mann zeigte sich angesichts der unerwartet aggressiven und rüden Art beeindruckt. Er hatte von einer so zierlichen Frau ganz eindeutig einen anderen Ton erwartet.

Mit hochrotem Kopf eilte Ira weiter. Jetzt hatten sie den Fanblock hinter sich gelassen und kamen deutlich schneller voran.

»Er verlässt das Stadion«, gab Tom per Funk an Katja durch. »Komm zum Ausgang Süd!«

Sie rannten die Treppen hinunter, und obwohl Tom eine ausgesprochen gute Kondition hatte, war Ira ihm immer eine Armlänge voraus.

»Stehen bleiben, Polizei!«, brüllte sie plötzlich und stürzte sich im nächsten Augenblick auf einen Mann, der gut zwei Meter vor ihr stand. Sie warf ihn mit einem Hechtsprung zu Boden und riss ihn im nächsten Moment ruckartig wieder hoch. Tom konnte das Adrenalin förmlich sehen, das durch Iras Adern rauschte. Ihre weiße Bluse war mit Blutstropfen besudelt.

»Was zur Hölle wollen Sie von mir?« Der Mann war sichtlich eingeschüchtert. Mit zittrigen Händen befühlte er seine aufgeplatzte Unterlippe.

Schlagartig ließ Ira ihn los, sodass der Mann leicht ins Taumeln geriet.

»Er lispelt nicht«, sagte sie enttäuscht.

Das Gesicht des Mannes war ein einziges Fragezeichen. »Nein, tue ich nicht. Haben Sie mich deshalb niedergeschlagen? Weil ich keinen Sprachfehler habe?«

»Sorry«, sagte Ira und zeigte ihm ihren Ausweis. »Wir sind im verdeckten Einsatz und haben Sie mit einem Verdächtigen verwechselt. Tut mir leid.«

Tom warf Ira einen Blick zu. Sie schüttelte nur stumm den Kopf, um ihm zu signalisieren, dass sie sich tatsächlich geirrt hatte.

Er sah, wie die Miene des Mannes sich langsam veränderte. Jetzt wirkte er nicht mehr eingeschüchtert, sondern wütend.

»Es tut Ihnen leid, soso. Und deshalb darf ich jetzt mit einer aufgeplatzten Lippe herumlaufen!«

Tom sah, wie der Mann Oberwasser bekam und die Situation für sich ausnutzen wollte. »Ihr Polizisten glaubt wohl, ihr könntet euch alles rausnehmen! Aber nicht mit mir! Ich verlange Schadensersatz!«

Zigmal hatte Tom schon mit solchen Typen zu tun gehabt. »Ich bin mir gar nicht sicher, dass wir uns getäuscht haben«, sagte er deshalb. Ira sah ihn irritiert an, aber bevor sie etwas sagen konnte, sprach Tom mit bestimmtem Ton weiter. »Ich denke, es ist besser, wenn wir Sie mit aufs Präsidium nehmen und die Sache da in Ruhe klären.«

»Was? Wieso das denn jetzt? Ich denke, Sie haben sich getäuscht?«

Tom ging einen Schritt auf den Mann zu und sah ihm dabei die ganze Zeit direkt in die Augen, ohne selbst mit einer Wimper zu zucken. Es war so einfach. »Ihr aggressives Verhalten sagt mir aber etwas ganz anderes.«

Der Mann machte große Augen. »Aggressiv! Ich bin doch nicht aggressiv! Das haben Sie völlig in den falschen Hals bekommen. Nee, nee, Sie haben gesagt, Sie haben mich verwechselt, und damit ist es ja wohl gut. Ich habe keine Lust, die zweite Halbzeit zu verpassen. Außerdem muss ich pinkeln.«

Der Mann knetete seine Hände, und nachdem Ira seine Personalien notiert hatte, ließ Tom ihn schließlich gehen. Ohne noch ein Wort zu verlieren, suchte der andere so schnell wie möglich das Weite.

»Sie haben ihn eingeschüchtert«, sagte Ira trocken. »Damit er uns keinen Ärger macht.«

»Das ist doch wohl etwas übertrieben. Mit einem stundenlangen Verhör zu drohen, während das wichtigste Spiel der Saison läuft, ist doch keine Einschüchterung.«

Ira grinste. Dann wurde sie wieder ernst. »Er war es definitiv nicht. Der Typ hat gelispelt, als hätte er eine Zahnspange im Mund.«

»Konnten Sie sein Gesicht sehen?«

»Nein. Er hat von Anfang an klargemacht, dass ich mich auf keinen Fall umdrehen soll.«

»Was wollte er von Ihnen?«

»Es ging ihm vor allen Dingen um den Stand der Ermittlungen. Er wollte genau wissen, wie wir vorgehen und welche Verdächtigen wir im Visier haben.«

»Und was haben Sie ihm gesagt?«

»Dass wir mehrere Spuren verfolgen und er der Erste ist, der es erfahren wird, sobald wir den Täter haben.«

Tom musterte sie nachdenklich. Irgendetwas störte ihn an der Art, wie Ira sprach. Sie wirkte überlegt, fast vorbereitet.

»Okay. Aber warum wollte er Sie unbedingt treffen? So ein vergleichsweise belangloses Gespräch hätte er doch auch am Telefon führen können.«

Ira zögerte. Bevor sie ihm antworten konnte, kam Katja atemlos auf sie zugeeilt.

»Ich hatte doch gesagt, der Typ schräg rechts hinter ihr!«, sagte sie kopfschüttelnd. »Warum seid ihr denn hinter irgendeinem anderen hergelaufen? Der stand doch noch nicht mal ansatzweise in eurer Nähe!« Sie stützte sich auf ihren Knien ab und schnappte nach Luft, wobei die Kamera, die ihr um den Hals hing, fast den Boden berührte.

Tom sah Ira fragend an, aber die zuckte nur mit den

Achseln. »Die sehen doch alle gleich aus. Da kann man schon mal durcheinanderkommen«, sagte sie.

»Okay, wir sind hier fertig«, sagte Tom, als im Inneren des Stadions wieder lauter Fan-Jubel ausbrach. »Fahren wir zurück und hören uns an, was Sie mit dem Mann besprochen haben.«

Von der Aufnahme des Gespräches zwischen Ira und dem Unbekannten war nicht viel zu verstehen, wie Tom feststellen musste, als sie wieder im BKA waren. Die Fangesänge übertönten fast alles Gesprochene. Das Lispeln war zwischendurch deutlich wahrnehmbar, auch schien die Stimme des Mannes viel höher zu sein als die des Fans, den Ira zu Boden gestürzt hatte. Und noch etwas fiel Tom auf.

»Sie flüstern«, sagte er ernst. »Sie sprechen bewusst so leise, dass man Sie nicht verstehen kann.«

Für einen winzigen Moment klappte Ira die Kinnlade herunter, aber genauso schnell fing sie sich auch wieder und setzte eine professionell verärgerte Miene auf.

»Warum sollte ich denn flüstern, wenn ich mit einem Tatverdächtigen spreche?«

»Weil Sie nicht möchten, dass wir etwas von der Unterhaltung mitbekommen«, antwortete Tom ruhig.

Iras Gesichtsfarbe wurde etwas rötlicher. Das war aber auch die einzige Veränderung, die er an ihrer Mimik wahrnahm.

»Schwachsinn. Was sind das überhaupt für Unterstellungen?«, sagte sie verärgert. »Wollen Sie mir unprofessionelles Verhalten vorwerfen?«

»Nein. Ich habe Sie nur auf eine Tatsache angesprochen«, erwiderte Tom.

»Tatsache, Tatsache! Ich habe fast zwanzig Jahre Berufserfahrung mehr auf dem Buckel als Sie!«, schimpfte Ira. »Nur weil Sie den Amis über die Schulter gucken durften, haben Sie noch lange nicht die Weisheit mit Löffeln gefressen!«

»Kein Grund, sich so aufzuregen. Ich habe nur festgestellt, dass Sie geflüstert haben. Warum wollten Sie verhindern, dass man genau versteht, worüber Sie mit dem Mann sprechen?«

»Ich habe nicht geflüstert! Vielleicht hört sich das auf der Aufnahme so an, aber ich habe es nicht getan!«

Mit diesen Worten verließ sie wütend sein Büro und knallte die Tür lautstark hinter sich zu.

Ein Lächeln huschte über Toms Gesicht. Es war also gar nicht so schwierig, die toughe Kollegin aus der Fassung zu bringen, und er musste zugeben, dass es ihm durchaus Spaß machte. Man konnte wunderbar beobachten, wie sie ihre Verärgerung zunächst hinter einer regungslosen Fassade verbergen konnte, die dann aber nach und nach aufbrach.

Schnell wurde Tom wieder ernst. Der Reporter war für Ira so etwas wie ein wunder Punkt. Aber warum? Tom hatte das Gefühl, dass irgendetwas mit seiner Kollegin nicht stimmte. Er konnte nicht sagen, dass er das beunruhigend fand. Eigentlich fand er es vor allen Dingen interessant. Aber dass ihr Verhältnis zu diesem Reporter nicht ganz koscher war, davon war er überzeugt.

Er rief Philipp zu sich und fragte ihn zunächst nach der Auswertung der internationalen Datenbanken. Hatte es vergleichbare Taten wie die des Blutkünstlers im Ausland gegeben?

»Nein«, sagte Philipp. »Da ist nichts, was auch nur so ähnlich riecht wie unsere Mordreihe.«

»Okay. Hast du die Fotos ausgewertet, die Katja im Stadion geschossen hat? Kann man darauf den Mann erkennen, mit dem Ira gesprochen hat?«

»Ehrlich gesagt nein. Man sieht ihn nur im Anschnitt, er ist kein einziges Mal richtig auf einem Bild zu erkennen. In der Masse ist das schwierig, jemanden einzeln herauszupicken. Du kannst dir die Fotos aber gerne noch mal anschauen, ich schicke sie dir gleich rüber.«

Philipp wollte gerade wieder gehen, als Tom noch einmal nachhakte.

»Ich habe das Gefühl, dass Ira ganz schön empfindlich auf alles reagiert, was mit diesem Reporter zu tun hat.«

»Ja. Seit sich der Drecksack das erste Mal bei ihr gemeldet hat, ist das tatsächlich so.«

»Warum?«

Philipp zuckte mit den Schultern. »Keine Ahnung. Hab ich mich auch schon gefragt. Es nervt natürlich, wenn man von jemandem so unter Druck gesetzt wird ...«

»Wir haben doch mit ganz anderem Druck zu tun.«

»Auch wieder wahr. Aber vielleicht hat er irgendwas mit ihrer Vergangenheit zu tun ...«

»Geht es vielleicht etwas genauer?«, fragte Tom.

Philipp zögerte. »Ich weiß nicht ... Sollte sie dir das nicht lieber selbst erzählen?«

»Nein. Ich höre?«

Philipp seufzte. »Sie hat ihre Undercovertätigkeit damals nicht freiwillig aufgegeben, sondern ist strafversetzt worden.«

»Weißt du warum?«

»Nicht genau. Irgendeine Sache mit einem Informanten. Müsste in ihrer Akte stehen. Sie hat mir mal gesagt, dass man sie verraten habe und dass ihre Suspendierung völlig grundlos war. Aber was genau passiert ist – keine Ahnung.«

»Hatte sie damals schon was mit diesem Reporter zu tun?«

»Auch das kann ich dir nicht genau sagen. Aber ich weiß, dass sie viel mit der Boulevardpresse zu tun hatte. Klar, diese ganzen Rotlichtgeschichten, mit denen sie damals zu tun hatte, sind natürlich hochinteressant für die.«

Tom dachte nach. Es war durchaus vorstellbar, dass Ira den Mann von früher kannte. »Und du meinst, dieser Reportertyp hat was mit ihrer Strafversetzung zu tun?«

»Und deshalb reagiert sie so empfindlich auf ihn«, antwortete Philipp. »Ja, das könnte ich mir jedenfalls vorstellen. Vielleicht liege ich aber auch völlig falsch. Am besten sprichst du selbst mit ihr.« Mit diesen Worten verließ er sein Büro.

Schön, dachte Tom und rieb sich über die Schläfen. Dann werde ich mir die Vergangenheit unserer zähen Russin doch mal genauer anschauen.

13

Während Tom am Abend wie üblich seine zehn Kilometer am Rhein entlanglief, dachte er an die Fotos, die Katja im Stadion gemacht hatte. Sie hatte mit ihrer Einschätzung recht gehabt: Der Kerl, der schräg rechts hinter Ira gestanden hatte, war eindeutig ihr Mann gewesen. Er hatte seine Cap tief ins Gesicht gezogen, sodass er unmöglich zu identifizieren war, aber von der Statur her unterschied er sich deutlich von dem Mann, den Ira zu Boden gerissen hatte. Der eine sportlich, drahtig und klein, der andere bierbäuchig, relativ groß und schwerfällig. Es war schon sehr ungewöhnlich, dass einer erfahrenen Ermittlerin ein solcher Verwechslungsfehler unterlaufen sein sollte. Zumal auf einem der Fotos klar zu erkennen war, wie Ira den Kopf zu ihm gedreht hatte. Zwar nicht vollständig, aber doch so weit, dass sie eine Ahnung von seinem Aussehen bekommen haben musste.

Tom konnte immer weniger an eine Verwechslung

glauben. Er vermutete, Ira hatte sich absichtlich auf den Falschen gestürzt, um den Richtigen laufen zu lassen. Aber warum?

Die Antwort auf diese Frage hoffte er in ihrer Akte zu finden, in die er als ihr Vorgesetzter problemlos Einblick nehmen konnte. Mit seinem Zugangscode klickte er sich in die dazugehörige Datei und öffnete das Dokument, das mit ihrem Namen und ihrer Dienstnummer überschrieben war.

Ähnlich wie Tom selbst hatte auch Ira eine hervorragende Ausbildung. Zunächst hatte sie die klassische Kommissarlaufbahn gewählt, dann noch ein Studium der Kriminalistik absolviert, und als sie das mit Bestnoten abgeschlossen hatte, war sie zum BKA gegangen. Hier war sie jahrelang die beste Ermittlerin gewesen. Sie hatte maßgeblich zur Lösung der schwierigsten Fälle beigetragen, einige Erfolge gingen sogar komplett auf ihre Kappe. Und ihre Undercover-Einsätze waren hoch geschätzt, auch das ging eindeutig aus der Akte hervor.

Vor etwas mehr als fünf Jahren war es dann zum Bruch in dieser lupenreinen Karriere gekommen. Es hatte Ungereimtheiten mit einem ihrer Hauptinformanten gegeben.

Auch wenn uns die Wichtigkeit des Informantenschutzes bewusst ist, musste das BKA in diesem Fall auf einer Nennung bestehen, da der Informant selbst als Tatverdächtiger ins Zentrum der Ermittlungen gerückt war, las Tom.

Aber Ira hatte sich hartnäckig geweigert, ihre Quelle preiszugeben. Das ehrte sie durchaus, fand Tom, kostete sie aber auch ihren Job. Beides erschien ihm übertrieben. Weder die Reaktion des BKAs noch Iras Beharren auf Geheimhaltung ihrer Quelle ergaben einen Sinn. Warum hatte sie sich so sehr für einen mutmaßlichen Mörder eingesetzt? Und warum hatte das BKA sie gleich von dem Fall abgezogen? Die Ermittlungen hätten doch problemlos weiterlaufen können. Schon kurze Zeit später war ein anderer Kerl überführt worden, auch ohne Iras Verrat an ihrem Informanten. Und wenn eine Top-Ermittlerin schon strafversetzt wurde, sollte das Verfahren doch wenigstens lückenlos und detailgetreu dokumentiert werden, dachte Tom. Immerhin stellte es für die Ermittlerin karrieretechnisch einen gewaltigen Tiefschlag dar. Bis zu dem Zeitpunkt war sie selbst Teamleiterin gewesen, jetzt war sie nur noch Teil eines Teams. Aber alles, was Tom über die damalige Strafversetzung fand, wirkte wie eine oberflächliche Untersuchung, die Dokumentation war das Gegenteil von penibel.

War hier einfach nur geschlampt worden? Aber das konnte sich Tom nicht vorstellen.

Vielleicht steckt ja auch etwas ganz anderes hinter ihrer Strafversetzung, dachte er, als er in die Straße bog, die zu seiner Wohnung führte. Das könnte interessant werden.

Nach einer heißen Dusche und einer eher weniger schmackhaften Tiefkühlpizza setzte er sich vor den Monitor und schaltete seine Spielkonsole ein. Inzwischen war es fast Mitternacht, und er verspürte noch nicht einen Hauch von Müdigkeit. Vermutlich würde er jetzt wieder bis mindestens drei Uhr in der Frühe spielen, bevor ihm mit ein bisschen Glück vielleicht vier Stunden Schlaf vergönnt waren.

Er schlüpfte in die Rolle seines Avatars und verschwand in der Welt seines Ego-Shooter-Spiels. Aber die Ablenkung hielt nicht lange. Schon nach wenigen Minuten kreisten seine Gedanken wieder um den Fall.

Der Blutkünstler war kein *normaler* Serienkiller, das war Tom jetzt schon klar. Dafür hatte er sich zu oft während seiner Arbeit in den USA mit solchen Fällen beschäftigt. Er dachte an sein Studium und daran, wie der Begriff *Serienkiller* überhaupt entstanden war. FBI-Agent und Profiler Robert Ressler hatte ihn in den 1970er-Jahren geprägt, und er hatte sich dabei nicht allein auf die Kontinuität des Verbrechens bezogen. Ressler hatte sich bei Delikten, die in Serie begangen wurden, egal, ob es sich dabei um Morde oder Vergewaltigungen handelte, an die »Serienabenteuer« erinnert, die in seiner Kindheit in den US-amerikanischen Kinos liefen. Diese Filme endeten stets mit einem Cliffhanger, der erst in der nächsten Episode aufgelöst wurde, die wiederum mit einem neuen Cliffhanger schloss. Eine Endlosschleife der unbefriedigten Erwartung, der immer aufs Neue gesteigerten statt gelösten Spannung. Sie lockte das Publikum in den 1930er- und 40er-Jahren zuverlässig immer wieder zurück ins Kino. Ressler folgerte, dass es Serienmördern vermutlich ähnlich ging: Ihre Morde stillten nicht ihr Verlangen, sondern steigerten es nur noch.

Tom konnte das aus eigener Erfahrung bestätigen. Alle Täter, mit denen er es zu tun hatte, fantasierten obsessiv über ihre Taten und trafen akribische Vorbereitungen. Sie suchten nach Opfern und stellten ihnen nach, fingen sie ein, hielten sie gefangen, quälten und töteten sie und weideten sich eine Zeit lang an ihren Erinnerungen. Aber dann stellten sie deprimiert fest, dass ihr Verlangen nicht weniger geworden war, sondern mehr, und der Kreislauf wiederholte sich. Genau wie bei diesem Blutkünstler, der immer schneller zuschlug, dessen Verlangen offensichtlich immer größer wurde.

Da die Geschlechtsteile der Toten unversehrt geblieben waren, sprach alles gegen eine sexuelle Motivation der Morde. Die meisten Serienkiller, mit denen er bisher zu tun gehabt hatte, hatten ihre Opfer vergewaltigt, teilweise erst posthum, teilweise auch mit Gegenständen, weil sie körperlich selbst nicht dazu in der Lage waren. Das betraf sowohl weibliche als auch männliche Opfer. Die, die nicht vergewaltigt wurden, hatten Bisswunden und andere Verstümmelungen aufgewiesen, ebenfalls bevorzugt an den Geschlechtsteilen. Ein Serienkiller tötete fast immer aus Machtmotiven, und eine Vergewaltigung war nun mal ein sehr drastisches Mittel der Machtausübung. Es gab freilich eine Ausnahme: religiös motivierte Taten, die allerdings meistens von schizophrenen Tätern verübt wurden, die wahlweise die Stimme von Gott oder vom Teufel hörten und in deren Auftrag töteten.

Tom dachte nach. War es denkbar, dass den Taten

religiöse Motive zugrunde lagen? Er feuerte eine Salve aus seinem virtuellen Maschinengewehr ab und zerlegte einen Zombie in seine Einzelteile. Das Blut spritzte gegen den Bildschirm, und sein Score ging in die Höhe. Ein weiterer Headshot brachte ihm noch einmal Extrapunkte. Er war kurz vor einem neuen Kill-Rekord.

»good shot«, schrieb *winter89* in die Chatleiste. Tom reagierte nicht darauf und kämpfte sich weiter durch die Häuserschluchten.

Alle Opfer waren wie kleine Mädchen drapiert worden. Wollte der Täter damit Unschuld symbolisieren? Andererseits: Wäre es ihm tatsächlich um jungfräuliche Reinheit gegangen, hätte er sich auf die Geschlechtsorgane fokussiert und vermutlich seine Opfer anders gewählt. Prostituierte und Drogenabhängige gerieten bevorzugt ins Visier religiöser Spinner, die sich dann an deren *sündigem* Leben abarbeiteten.

Tom ballerte den nächsten Zombie ab.

»nice shot«, schrieb *winter89* jetzt und fügte noch »want to join my team?« hinzu.

»o. k.«, antwortete Tom. Eigentlich hatte er nie viel Lust, im Team zu spielen. Er kämpfte sich lieber auf eigene Faust durch, sowohl im Spiel als auch in der Realität. Aber so, wie er sich im Alltag daran gewöhnt hatte, ließ er es auch bei seinen Shooter-Spielen immer häufiger zu, im Team zu kämpfen. Das Endergebnis war einfach deutlich besser. Nicht, dass er sich etwas daraus machte, den Killer-Score anzuführen. Aber je mehr Punkte er bekam, desto besser wurde sein Waffenarsenal und desto mehr Munition bekam er. Also kämpfte er sich gemeinsam mit *winter89* um die nächste Ecke.

Warum hatte der Täter die Opfer also zu kleinen Mädchen stilisiert? Tom glaubte nicht, dass es sich um einen verkappten Pädophilen handelte, dafür waren die getöteten Frauen viel zu wenig mädchenhaft. Die meisten Täter mit dieser Veranlagung suchten sich außerdem tatsächlich Kinder als Opfer. Es kam nur ganz selten vor, dass sie auf Erwachsene auswichen, und dann sahen diese in der Regel extrem jung aus.

Kein Pädophiler, kein sexuelles Motiv.

Winter89 metzelte gerade zwei Wesen mit einem Schlag ab. Nicht schlecht, dachte Tom, hinterließ aber keinen Kommentar.

War der Killer womöglich als Mädchen geboren worden und fühlte sich im falschen Körper? Aber auch gegen einen Transgender-Killer sprach, dass die Geschlechtsorgane unberührt waren. Wäre Hass auf den weiblichen Körper sein Motiv, hätte er sich genau über diese hergemacht, das wusste Tom von einem alten Fall, den er in den USA bearbeitet hatte und in dem ein Transgender-Killer Frauen getötet und ihnen die Brüste und Schamlippen abgeschnitten hatte. Bei einer wie auch immer gearteten Fixierung auf den weiblichen Körper mussten die Geschlechtsorgane eigentlich immer als Erstes dran glauben.

»vorsicht. jackknife ist fake«, schrieb *winter89* in diesem Moment.

Tom blickte konzentriert auf den Bildschirm. Jack

knife war eine ziemlich starke Figur, die man kaum bezwingen konnte. Sie besaß alle Kampfattribute in doppelter Ausführung. Sie hatte dadurch auch ein Extra-Leben.

»wieso fake?«, schrieb Tom zurück.

»zwei weib. kämpfer«, antwortete *winter89*.

Das versprach ja interessant zu werden, dachte Tom und ließ seinen Avatar die Waffen wechseln. Hinter *Jackknife* versteckten sich also zwei weibliche Kämpfer. Das erklärte die verschrobenen Rückzugsorte der Figur, die sich niemals dort versteckte, wo man einen brutalen Schlächter wie *Jackknife* vermutete.

»direkt nach lo-net-island«, schlug Tom seinem Mitspieler vor, der sofort verstand. *Lo-net-island* war ein Rückzugsort, in dem man seine verletzten oder zerstörten Avatars wieder aufpäppeln konnte. Allerdings nur die weiblichen, die männlichen zogen sich nach *cr-mountain* zurück.

Die nächsten zwei Stunden kämpften sich Tom und *winter89* durch die virtuelle Landschaft und schlachteten alles ab, was ihnen vor die Augen kam. Ohne sich von seinem Mitstreiter zu verabschieden, schaltete Tom um kurz vor halb drei am Morgen das Spiel aus.

Nachdenklich starrte er noch für eine Weile auf den schwarzen Bildschirm, der auf eine merkwürdige Art immer noch zu flimmern schien. Wahrscheinlich bildete er sich das nur ein, dachte Tom, wahrscheinlich hatten seine Synapsen von dem stundenlangen Blitzlichtgewitter einen kleinen Schaden bekommen.

Zwei weibliche Kämpfer versteckten sich also hinter der Maske von *jackknife*. In den USA hatte er vor einigen Jahren an einem Fall gearbeitet, in dem junge Mädchen brutal vergewaltigt und getötet worden waren. Er war damals noch nicht lange beim FBI gewesen und hatte als assistierender Profiler an den Ermittlungen mitgewirkt. Alle waren damals von einem männlichen Einzeltäter ausgegangen. Nicht aufgrund von DNS-Spuren, die es übrigens an keinem der Tatorte gegeben hatte, sondern aufgrund des vermuteten Tathergangs. Die meist sechzehn-, siebzehnjährigen Mädchen wurden von hinten niedergeschlagen und an abgelegene Orte in dem riesigen Waldgebiet des Sequoia National Park in Kalifornien verschleppt, dort mit gespreizten Beinen zwischen zwei Bäumen gefesselt und dann einer Tortur unterzogen, die sie schließlich das Leben kostete. Da die meisten Leichen dem Wildfraß im National Park ausgesetzt waren, hatte es gedauert, bis die Ermittler die wahre Todesursache herausgefunden hatten: die vaginalen Verletzungen der Opfer. Sie waren regelrecht zu Tode penetriert worden, wobei die Ermittler lange nicht gewusst hatten, womit. Aber dem gesamten Team war spätestens zu diesem Zeitpunkt klar gewesen, dass sie es mit einem psychotischen Sexualmörder zu tun hatten.

Außer Tom.

Er hatte als Einziger die These vertreten, dass der Killer kein Mann war. Und auch kein Einzeltäter. Er hatte dagegen vermutet, dass mindestens eine Frau zu den

Tätern gehörte, und diese auch für die Hauptverantwortliche gehalten. Sie hatte den Mädchen mit einem Messer oder einer Macheten-ähnlichen Waffe die Verletzungen zugefügt, davon war Tom überzeugt gewesen. Lange Zeit wollte ihm keiner glauben. Er konnte sich noch genau an die Gesichter seiner Kollegen erinnern, als später der selbst geschweißte Vorschnalldildo aus Metall gefunden wurde, spitz wie ein Eispickel. Er gehörte einem Lesbenpaar, das die brutale Mordserie unternommen hatte. Insgesamt zwölf Mädchen hatten sie auf dem Gewissen, wobei tatsächlich nur eine der beiden Frauen das Mordwerkzeug benutzt hatte. Die andere hatte die Taten gefilmt. Der Fall war einer von Toms ersten großen Erfolgen gewesen.

Alles war bei dieser Mordserie anders gewesen, als es auf den ersten Blick ausgesehen hatte. Zwei Frauen hatten hinter einer monströsen Tat gesteckt, hinter der jeder einen Mann vermutet hatte. Wie bei dem Ego-Shooter-Spiel gerade eben.

Und wie war das im Fall des Blutkünstlers? War es denkbar, dass auch hier nichts so war, wie es auf den ersten Blick schien?

Tom gähnte und rieb sich die müden Augen. Ab ins Bett, dachte er, hol dir noch drei, vier Stunden Schlaf, der Blutkünstler läuft dir schon nicht weg. »Stimmt«, sagte er dann laut und schloss erschöpft die Augen, »tut er nicht. Der tötet so lange weiter, bis ihn jemand schnappt. Bis *ich* ihn schnappe.«

14

Genervt stand er vor dem Whirlpool. Diesmal hatte es nicht so gut funktioniert wie sonst. Die Säure war offenbar nicht so stark, wie er angenommen hatte. Ganze vier Tage dümpelte der Pädo mit Namen Rolf jetzt schon darin. Größtenteils hatte er sich zum Glück verdünnisiert, nur seine Schädelknochen waren noch einigermaßen intakt. In ein paar Stunden würden die Besitzer des Hauses wiederkommen, bis dahin musste er weg sein – und der Whirlpool wieder sauber. Er musste sich beeilen, und er hasste es, unter Zeitdruck zu stehen. Für ihn war Zeitdruck nichts anderes als schlechte Organisation. Wer alles im Griff hatte, der hatte auch keinen Zeitdruck.

Er zog seine Handschuhe an und nahm den Schädel heraus. Mit dem Daumen wischte er noch die letzten Fleischfetzen von den kahlen Knochen herunter, die sich in eine schleimige Masse verwandelt hatten. Dann legte er den Schädel zur Seite und spritzte den Pool mit einem Schlauch aus. Die Skelettknochen hatten sich zum Glück vollständig aufgelöst. Wahrscheinlich war der Schädel nicht ausreichend mit Säure bedeckt gewesen und machte deshalb Probleme. Er würde das nächste Mal besser darauf achten müssen.

Das, was von dem Pädo übrig war, war zum Teil auch noch ganz schön matschig, und er fragte sich, warum seine Überreste diesmal nicht richtig flüssig geworden waren. Ob die Konzentration der Säure anders war als sonst? Jedenfalls brauchte er viel Wasser, um die Sauerei wieder wegzukriegen. Zur Sicherheit kippte er am Schluss noch eine ganze Flasche Abflussfrei hinterher. Nicht, dass nachher noch ein Rohr verstopfte oder die Ratten hineinkrochen, um sich an den Fleischresten zu laben. Dann war der Pädo verschwunden – bis auf seinen verdammten Schädel.

Vorsichtig strich er mit den Fingern über die weißen Knochen. An der Schläfe konnte er mit seinem Daumen ein Loch in die Oberfläche drücken. Keine Frage, der Schädel war schon ziemlich porös. Er musste aufpassen, dass er keine Knochensplitter auf dem Boden hinterließ.

Er legte den Kopf wieder ab und ging in die Küche. Im Regal standen hier Nutella-Gläser neben Ketchup-Flaschen; ein Hinweis darauf, dass normalerweise eine vierköpfige Familie in dem hübschen Haus lebte. Sie unternahmen eine Fernreise und vermieteten es während ihrer Abwesenheit. Wahrscheinlich vergnügten sich sonst abwechselnd die Kinder oder Mami und Papi im Whirlpool, in dem der Pädo gerade durch den Abfluss verschwunden war. Es würde ihren Badespaß sicher entscheidend mindern, wenn sie etwas von der organischen Matsche wüssten, die dort eben noch gelegen hatte.

Unter der Spüle fand er einen Müllsack, der so robust wirkte, dass er für seine Zwecke geeignet schien. Er packte den Schädel hinein, nahm den Hammer, der immer zu seiner Grundausrüstung gehörte, legte den Sack auf ein Kissen und schlug zu. Die Technik hatte er bei seiner Mutter gelernt, die auf diese Weise natürlich keine Schädel zerkleinert hatte, sondern nur Kekse, die sie zum Backen brauchte.

»Wenn du es so machst, dann fliegt nichts durch die Gegend. So kannst du sie sauber zerbröseln.« Er hatte ihre Stimme im Ohr, als hätte sie erst gestern mit ihm gesprochen.

Nachdem er den Sack eine ganze Weile mit dem Hammer bearbeitet hatte, warf er einen Blick hinein. Zufrieden fuhr er mit der Hand durch die feinen Brösel. Was mit Keksen funktionierte, hatte sich auch bei Schädeln bewährt.

Er ging zur Gästetoilette und schüttete die gemahlenen Überreste ins Klo. Schon mit der ersten Spülung war fast alles verschwunden, nur ein paar Zähne lagen noch am Boden der Schüssel. Er drückte erneut die Spültaste, und mit dem nächsten Rauschen rutschten auch die teuren Beißerchen des Pädos in die Kanalisation.

Da er einen leichten Druck auf der Blase verspürte, öffnete er seinen Hosenstall und urinierte in das feuchte

Grab. Irgendwie fand er, dass das ein angemessener Abschiedsgruß für den widerlichen Rolf war.

»Hasta la vista, Arschloch!«, sagte er und betätigte die Spülung ein letztes Mal.

15

Nach Stunden des Wachliegens war Tom endlich in einen unruhigen Schlaf gefallen – nur um nach kurzer Zeit wieder durch einen Albtraum geweckt zu werden. Schweißgebadet schreckte er hoch, brauchte ein paar Sekunden, um sich zu orientieren, und machte dann das Licht an. Er setzte sich auf die Bettkante und nahm einen großen Schluck aus der Wasserflasche, die auf dem Umzugskarton stand, den er seit seiner Rückkehr nach Deutschland als Nachttisch nutzte. Vielleicht sollte er doch noch etwas Geld in Möbel investieren, dachte er kurz, verwarf den Gedanken aber sofort wieder. Die Vorstellung, sich mit Hunderten anderen an einem freien Samstag durch ein Möbelhaus zu drängeln und nach passenden Nachttischen oder Schränken Ausschau zu halten, kam ihm vollkommen absurd vor.

Er wischte sich den Schweiß von der Stirn, zog ein frisches T-Shirt aus einer anderen Kiste und warf sein durchgeschwitztes in die Ecke. Tom wusste, dass er sich jetzt nicht einfach so wieder hinlegen konnte. Wenn er diese verdammten Albträume irgendwann einmal in den Griff kriegen wollte, dann musste er beständig daran arbeiten.

Er nahm die schwarze Kladde, die neben der Wasserflasche lag, und blätterte bis zu der Stelle, an der der letzte Eintrag stand. Vor zwei Tagen erst hatte er einen Albtraum niedergeschrieben.

Seit gut einem Jahr führte er nun dieses Traumtagebuch. Als Psychologe wusste er, wie hilfreich es sein konnte, quälende Gedanken aufzuschreiben. Man konnte sie sich so förmlich von der Seele schreiben und abheften. Ebenso, wie ein Ernährungstagebuch beim Abnehmen half, half ein Traumtagebuch beim Gedankensortieren. Beides sorgte für Klarheit. Bei den allermeisten Betroffenen funktionierte das auch ganz gut. Bei Tom wollte sich der Erfolg allerdings noch nicht so richtig einstellen.

Er suchte nach dem silbernen Montblanc-Kugelschreiber, den Eva und Georg ihm zum Abitur geschenkt hatten. Eigentlich machte er sich nichts aus teuren Accessoires, aber dieser Stift begleitete ihn schon so lange, dass er ihn nicht mehr missen wollte. Vielleicht lag es auch an der Gravur, die seine Pflegeeltern damals einarbeiten ließen: *Für unseren Sohn.*

Tom notierte das Datum und die Zeit. Dann begann er, in knappen Worten seinen Albtraum zu Papier zu bringen:

»Wie immer laufe ich durch die endlosen Flure des

Heims. Das Neonlicht scheint bläulich von der Decke, es ist kalt, und alle Türen sind verschlossen. Mein Vater jagt hinter mir her, jedenfalls glaube ich das, ich höre seine Schritte und seine Rufe. Aber sobald ich mich nach ihm umdrehe, ist er weg. Ich rüttle an jeder Tür in der Hoffnung, mich dahinter verstecken zu können, aber keine lässt sich öffnen. Von Weitem höre ich Aarons Stimme. Er ruft nach mir, brüllt fast, panisch und voller Angst. Endlich finde ich ihn, unten im Keller, im ehemaligen Vorratsraum. Unsere Blicke treffen sich, und es beruhigt uns beide für einen Moment, dass der andere da ist. Komischerweise ist auch mein Vater hier unten, obwohl er doch gerade noch hinter mir war. Er trägt seine weiße Arztkleidung und lächelt, so wie er immer lächelt, wenn er mit uns arbeiten will. Erst jetzt sehe ich, dass Aaron bereits gefesselt ist. Ängstlich schaue ich meinen Vater an, und er nickt lächelnd. »Heute bist du an der Reihe, Tom. Heute darfst du mit Aaron spielen.« Dann gibt er mir das Spielzeug in die Hand, das durch ein Kabel mit der Steckdose verbunden ist. Aaron blickt mir fest in die Augen. Ich weiß, dass er seine Angst vor dem Schmerz zu verbergen versucht. Vielleicht hat er aber auch keine mehr. Sein Blick signalisiert mir, dass er mir nicht mehr übel nimmt, was ich jetzt tun muss. Wir wissen beide, dass es nicht die Schuld des anderen ist. Einzig mein Vater und das kranke Heim, das er leitet, tragen die Schuld. Das Spielzeug in meiner Hand knistert vom Strom, der hindurchfließt. Zögernd nähere ich mich Aaron, unser Blickkontakt bricht nicht ab. Als ich seinen Körper berühre, wache ich schreiend auf. Für einen

Moment habe ich das Gefühl, dass es Aarons Schreie sind, die durch den Raum hallen.«

Tom schlug die Kladde zu. Seine Albträume variierten nur wenig. Meistens durchlebte er eine der *Arbeitssituationen*, die er mit Aaron in den Jahren im Heim über sich hatte ergehen lassen müssen. Bis zur Verhaftung seines leiblichen Vaters war Tom dessen kranken Methoden schutzlos ausgeliefert gewesen. Nach dem frühen Tod seiner Mutter hatte Tom zu ihm ziehen müssen. Er leitete ein Heim für schwer erziehbare Kinder und nutzte es, um seine wahnsinnigen Theorien in der Praxis zu testen.

War das einer der Gründe, warum Tom ebenfalls Psychologie studiert hatte? Weil sein Vater ein psychopathischer Psychologe war? Möglich. Jedenfalls wusste Tom, dass er die Zeit im Heim ohne Aaron niemals überlebt hätte. Sie waren wie Brüder gewesen und hatten sich gegenseitig Halt gegeben. Wie Yin und Yang hatten sie zusammengehört. Mit niemandem verband Tom so viel wie mit Aaron. Und niemanden hätte er lieber aus seinem Leben gestrichen als ihn.

Abgesehen von seinem Vater natürlich, der in irgendeinem Knast verrottete. Seit damals hatte Tom ihn nicht mehr gesehen. Die Kontaktversuche seines Vaters hatten seine Pflegeeltern gerichtlich verbieten lassen, und Tom hatte keine Ahnung, wie es dem alten Dreckskerl inzwischen ging. Vielleicht war er ja schon längst tot.

Dasselbe hoffte er von Aaron. Auch für ihn war es besser, wenn er tot wäre. Für ihn und für alle anderen.

Während Tom es geschafft hatte, trotz seiner traumatischen Kindheit auf der Seite des Guten zu bleiben, war Aaron in die Dunkelheit abgerutscht. Und als Tom das letzte Mal etwas von ihm gehört hatte, hatte er auch nicht den Eindruck gehabt, als wollte Aaron diese dunkle Seite gerne verlassen – im Gegenteil. Er schien sich dort pudelwohl zu fühlen.

Ja, dachte Tom, es war gut, dass Aaron nicht mehr Teil seines Lebens war. Sonst würde er womöglich alles daransetzen, Tom doch noch auf die andere Seite zu ziehen.

16

Am nächsten Morgen, als Tom das Gebäude des BKA betrat, war er hellwach. Obwohl er nach seinem Albtraum nicht mehr geschlafen hatte, fühlte er sich erstaunlich fit. Sein Körper hatte sich mit den Jahren immer mehr daran gewöhnt, mit wenig Schlaf auszukommen, und Tom war froh, dass es so gut funktionierte. Manchmal fragte er sich allerdings, wie es wohl wäre, einmal richtig ausgeschlafen zu sein. Wäre er dann ein anderer Mensch? Würde er andere Dinge wahrnehmen oder Freude an Dingen empfinden, die ihn jetzt nervten? Schnell verwarf er den Gedanken. Solche Überlegungen führten zu nichts.

»Guten Morgen«, begrüßte er sein Team, das trotz der frühen Uhrzeit schon vollständig im Büro war. Es war noch nicht mal acht Uhr, aber alle waren bereits bei der Arbeit.

»Sie sehen beschissen aus«, bemerkte Ira. »Ihre Augenränder sind so schwarz wie meine Schuhe.«

Philipp grinste und exte eine Dose seines obligatorischen Red Bulls. »Ich hab auch nicht gut geschlafen. Der Fall lässt mich einfach nicht los.«

»Kaffee?«, fragte Katja lächelnd, aber Tom schüttelte den Kopf. »Nein. Wir haben eine Menge Arbeit vor uns. Ich möchte heute ein möglichst genaues Täterprofil erstellen«, sagte Tom. »Dazu brauche ich eure fachliche Einschätzung. Zum Teil jedenfalls.«

Ira verzog spöttisch das Gesicht, während die Pathologin Nina ihn aufmerksam ansah. »Schieß los.«

»Wir gehen bisher von einem Einzeltäter aus. Ich im Übrigen auch«, begann Tom. »Aber wir sollten wenigstens einmal durchspielen, ob nicht doch mehrere Täter infrage kommen könnten. Ich habe vor Jahren mal einen Fall bearbeitet, der unnötige Opfer gekostet hat, weil alles auf einen männlichen Einzeltäter hindeutete und sich die Ermittlungen komplett darauf konzentrierten. Tatsächlich waren es aber zwei Frauen.«

Philipp klickte sich in seine Dateien. »Bei den Recherchen in den internationalen Datenbanken bin ich auf die Mordserie von diesem Lesbenpaar gestoßen, die du fürs FBI bearbeitet hast. Spielst du darauf an?«

Tom warf ihm einen anerkennenden Blick zu. Philipp hatte seinen Ruf als bester Rechercheur des BKAs ganz offenbar nicht zu Unrecht.

»Könntet ihr uns aufklären?«, fragte Ira, und Tom erläuterte ihnen in knappen Worten, was damals passiert war.

»Ich will damit nicht sagen, dass unser Fall zwangsläufig in eine ähnliche Richtung geht«, schloss Tom seine Ausführungen. »Aber damals hat es uns viel Zeit gekostet, dass wir uns auf einen männlichen Täter festgelegt und mehrere, womöglich gar weibliche Täter ausgeschlossen hatten. Eure Meinung für diesen Fall?«

»Es gibt einiges, was für mehrere Täter sprechen könnte«, begann Katja nachdenklich. »Das aufwendige Drapieren der Leichen spricht zum Beispiel dafür. Gerade wenn ich an die Galeristin denke, fällt es mir schwer zu glauben, dass das nur eine Person gemacht hat.«

Ira ging zum Whiteboard, nahm einen schwarzen Stift und teilte es in zwei Flächen ein. Über die linke schrieb sie *Einzeltäter*, über die andere *mehrere Täter.*

»Aufwendige Inszenierung«, sagte sie und notierte die Worte auf der rechten Seite.

»Für einen Einzeltäter spricht allerdings, dass die Leichen alle gleich aussahen«, gab Nina zu bedenken.

»Immer dieselbe Verkleidung deutet auf eine Vision oder ein Trauma hin«, stimmte Tom ihr zu.

»Und somit auf einen Einzeltäter«, brachte Nina seinen Satz zu Ende. Ihre Blicke trafen sich, und zum ersten Mal registrierte Tom die kleinen schwarzen Punkte in ihrer hellblauen Iris.

Ira notierte Ninas Einwand auf dem Whiteboard. »Oder mehrere Personen versuchen bewusst, einen solchen Täter zu imitieren«, warf sie dabei ein.

»Wie war das damals bei dem Lesbenpaar?«, fragte Philipp nach. »Haben die bewusst einen männlichen Täter imitiert?«

Tom schüttelte den Kopf. »Nein. Zu solchen Überlegungen waren die gar nicht in der Lage. Es war ein von allen Seiten verhasstes Paar, unfreundlich, übergewichtig, unattraktiv, arbeitslos und von ihren Familien aufgrund ihrer Homosexualität verstoßen. Die Opfer waren durchweg junge, hübsche und beliebte Mädchen aus wohlhabendem Hause. An denen mussten sie ihren Hass abarbeiten.«

»Okay. In dem Fall hatten die beiden Frauen also dasselbe Trauma, das sie zur gemeinsamen Tat veranlasst hatte«, sagte Katja. »So etwas wäre in unserem Fall doch auch denkbar.«

Ira notierte *gemeinsames Trauma* auf dem Board.

»Das wäre zum Beispiel denkbar, wenn wir es mit Geschwistern zu tun hätten«, sagte Philipp. »Oder mit engen Freunden, die gemeinsam aufgewachsen sind.«

Was wäre passiert, überlegte Tom, wenn Aaron und er auch als Erwachsene gemeinsam weiter durchs Leben gegangen wären? Zögen sie dann heute beide mordend durchs Land, vereint durch das gemeinsame Trauma, das sie in den dunklen Jahren im Heim erlitten hatten und das sie untrennbar zusammengeschweißt hatte? Langsam schüttelte Tom den Kopf.

»Ich weiß nicht … Trotzdem, Philipp, durchforste alle Datenbanken nach Geschwistern, die gemeinsam kriminell geworden sind. Morden gehen häufig andere Verbrechen voraus. Gerade Serienkiller üben sich vorher gerne in Brandstiftung oder Tierquälereien. Beschaffungskriminalität ist ebenfalls ein Thema. Und dass zum Beispiel zwei Brüder eine Bank überfallen, dürfte ja nicht allzu oft vorkommen, davon sollten nicht zu viele Fälle dokumentiert sein, und du müsstest schnell fündig werden.«

»In Ordnung. Soll ich nur nach Brüdern gucken?«

»Zwei Schwestern sind zu denselben Taten fähig«, bemerkte Ira spitz.

»Klar. Überprüfe auch die Frauen«, gab Tom ihr recht. »Außerdem alles, was auf das Konto eines Teams geht, das über einen längeren Zeitraum zusammengearbeitet hat. Wobei wir uns vor allen Dingen auf jugendliche Straftäter fokussieren sollten.«

»Warum?«, fragte Ira.

»Ich gehe davon aus, dass unser Täter jetzt ungefähr Mitte zwanzig ist«, erklärte Tom. »Rein statistisch ist die überwiegende Mehrheit der Serienmörder in der Altersgruppe von sechzehn bis sechsunddreißig anzutreffen.«

»Gibt es einen Grund dafür?«, fragte Philipp.

»Ja. Die Motivation dieser Täter ist durch extreme Aggressivität gekennzeichnet, deren Ursachen in der Kindheit zu suchen sind«, antwortete Tom. »Ich gehe auch bei unserem Täter von einer nicht erfahrbaren Bindung an die Eltern aus und einer damit verbundenen sehr frühen, selbstwertverletzenden Frustration. Sobald die Kindheit abgeschlossen ist, brechen dann alle Dämme, und es kommt zur ersten Tötung. Und wenn die Straftaten, nach denen wir jetzt suchen, dem ersten Mord vorausgingen, wäre unser Mann ...«

»Oder unsere Frau ...«, warf Ira ein.

Tom ließ sich nicht aus der Ruhe bringen. »... wäre unsere Tätergruppe zu diesem Zeitpunkt noch ausgesprochen jung gewesen. Ich definiere das Ende der Kindheit und damit das Alter für den ersten Mord auf achtzehn bis zwanzig. Das heißt, er – oder sie – war bei möglichen Brandstiftungen oder Tierquälereien jünger, nach meinen Erfahrungswerten vermutlich zwischen zehn und sechzehn Jahren. Von so jungen Straftätern dürfte es nicht zu viele geben.«

»Ich setz' mich sofort dran«, sagte Philipp und begann, auf seiner Tastatur zu tippen.

»Danke.« Nachdenklich starrte Tom auf das Whiteboard, Nina stand neben ihm. »Es gibt etwas, das gegen mehrere Täter spricht«, sagte er.

»Und was wäre das?«, fragte Nina.

»Die Zeitspanne. Wenn zwei Täter über fünf Jahre hinweg so aufwendige Taten verüben, dann ist es gänzlich unwahrscheinlich, dass davon nicht irgendwann etwas durchsickert. Denn wer so viele Menschen umbringt und dabei so sehr von Hass getrieben ist, der spricht irgendwann mit jemandem darüber. Häufig kommt es auch zum Streit zwischen den beiden Tätern.«

»Und von solchen Streitereien kriegt immer irgendjemand etwas mit«, sagte Nina.

»Okay. Mal gucken, was Philipps Recherche ergibt.« Tom fuhr sich durch die Haare und öffnete ein Fenster. Frische Luft half ihm beim Denken. »Die Untersuchungen der Tatorte sind ausgewertet, die Vergangenheit der Opfer wurde durchleuchtet und alle Zeugenaussagen und Beweise dokumentiert. Jetzt ist es an der Zeit, sich von diesen Fakten frei zu machen.«

»Ich arbeite nur mit Fakten«, warf Nina ein und zog eine Augenbraue hoch.

»Ich weiß. Deshalb ist es gut, dass du dabei bist. Wir müssen alle theoretischen Überlegungen mit den Fakten abklären.«

»Jetzt geht also das Psychogelaber los«, murmelte Ira und verschränkte demonstrativ die durchtrainierten Arme.

»Ich nenne es Fallanalyse«, entgegnete Tom. »Im Übrigen halte ich gegenseitigen Respekt für die Arbeit des anderen in diesem Team für mehr als angebracht.«

»Habe ich kein Problem mit«, sagte Ira, und ihr Gesicht zeigte keine Regung.

»Gut. Mein Ansatz ist, dass der Täter ständig Entscheidungen trifft – es sei denn, es handelt sich um Affekthandlungen.«

»Die können wir bei dieser akribischen Planung ausschließen«, sagte Katja.

»Richtig.« Tom blickte in die Runde. »Bei den Entscheidungen setzen wir an. Für ein genaues Täterprofil muss ich einige Fragen zum möglichen Täter beantworten. 1. Wann begeht er die Tat? 2. Wer sind die Opfer? 3. Welche Tatwaffe hat er benutzt? 4. Welche Verletzungen hat er dem Opfer zugefügt? 5. Wie hat er die Leiche zurückgelassen? Und 6. Wie hat er sich vom Tatort entfernt?«

»Okay«, sagte Katja, setzte sich an ihren Schreibtisch

und klickte sich in ihren Computer. »Fangen wir an. Zu eins: Alle Taten wurden am Wochenende verübt.«

»Hat unser Täter unter der Woche vielleicht keine Zeit?«, warf Tom ein.

»Er ist vermutlich berufstätig, vielleicht Angestellter, der nicht frei über seine Zeit verfügen kann«, überlegte Ira laut.

»Das ist eine Möglichkeit«, sagte Tom. »Aber mit Blick auf Frage 2 halte ich etwas anderes für wahrscheinlicher. Wer sind die Opfer? Es sind alles berufstätige Frauen.«

»Bis auf die Straßenkünstlerin«, warf Ira ein.

»In gewisser Weise ist sie auch berufstätig«, sagte Katja und klickte mit ihrer Maus. »Sie verdiente mit der Straßenmalerei ihren Lebensunterhalt, und das gar nicht schlecht. Bis zu 300 Euro am Tag hat sie eingenommen, steht hier. Netto, nehme ich an. Kann man doch nicht motzen.«

»Alle Frauen waren also berufstätig«, fuhr Tom fort. »Und der Täter hat sie in ihrem beruflichen Umfeld ermordet.«

»Er hat bis zum Wochenende gewartet, weil er sie unter der Woche beobachtet hat«, sagte Ira. »Und am Wochenende waren sie allein.«

»Das sehe ich genauso«, stimmte Tom ihr zu. »Und dabei hat er sich vermutlich nicht ungeschickt angestellt. Er verfügt also über Möglichkeiten, andere unauffällig auszuspionieren.«

Nina sah ihn nachdenklich an. »Equipment. Teleobjektive, Mikrofone ...«

»Und vor allen Dingen ein unauffälliges Erscheinungsbild«, dachte Tom laut nach. »Er muss wie ein Chamäleon sein, damit er weder einer luxusorientierten Galeristin noch einer alternativen Straßenkünstlerin auffällt.«

»Entweder arbeitet er also nicht und bezieht das Geld für seine Ausrüstung und für seinen Lebensunterhalt aus anderen Quellen«, überlegte Ira laut, »oder er hat einen Job, der ihm eine hohe Flexibilität verschafft.«

»Oder er plant seine Taten in seiner Urlaubszeit«, warf Philipp ein.

Tom nickte nachdenklich.

»Zur dritten Frage nach der Tatwaffe«, sagte Nina, »dazu kann ich keine eindeutige Aussage machen, da die Tatwerkzeuge in allen Fällen unterschiedlich waren.«

»Aber sie hatten alle einen gemeinsamen Nenner, oder?«, fragte Tom.

Ira nickte. »Es waren im wahrsten Sinne des Wortes alles Werkzeuge.«

»Das stimmt«, sagte Nina. »Schnitzmesser, Flex, Meißel – er hat nicht ein einziges Mal ein normales Messer oder eine Schusswaffe benutzt.«

»Was sagt uns das?«

»Dass er entweder keinen Zugang zu Schusswaffen hat«, meldete sich Philipp nun wieder zu Wort, »oder dass er die Tatwerkzeuge bewusst gewählt hat.«

»Davon ist auszugehen«, meinte Tom. »Er wählt also bewusst Werkzeuge für seine Taten.«

»Die alle auch für künstlerische Arbeiten verwendet werden können«, warf Nina ein und sah Tom direkt an. »Du hast ihn vor ein paar Tagen *Blutkünstler* genannt. Das passt zu den Tatwerkzeugen. Vielleicht sieht er die Frauen als Objekte? An denen er arbeiten will? Das passt auch zu deiner vierten Frage nach den Verletzungen, die den Frauen zugefügt wurden.«

»Ja. Es ging ihm nicht nur ums Töten ...«

»Und auch nicht um die reine Folter«, sagte Nina. »Wäre es ihm nur ums Quälen gegangen, hätte er andere Methoden anwenden können, die deutlich einfacher umzusetzen sind.«

»Das passt auch zur Frage Nummer fünf, wie er die Leichen zurückgelassen hat«, sagte Ira. »Die aufwendige, fast künstlerische Inszenierung.«

»Er sieht sich als Künstler. Die Frauen sind seine Modelliermasse, seine Leinwand, sein Material, aus dem er etwas schafft«, Tom merkte, dass er immer mehr in den berühmten Flow kam. Ein Puzzleteil passte zum anderen, und er sah das Bild des Täters immer deutlicher vor sich.

»Die Datenbank hat keinen Treffer geliefert, der auf ein verbrecherisches Brüderpaar hinweisen würde«, sagte Philipp in diesem Moment und fügte mit Blick auf Ira hinzu: »Und auch nicht auf Schwestern.«

»Mir ist durchaus bewusst, dass Gewalt eine Männerdomäne ist«, sagte Ira. »Immerhin sind neun von zehn Tätern Männer. Aber es ist doch trotzdem gut, dass du auch die Frauen gecheckt hast.«

»Das sollte selbstverständlich sein«, stimmte Tom ihr zu. »Noch einmal zum Verletzungsmuster. Auch wenn wir davon ausgehen, dass er die Opfer als Kunstobjekte angesehen hat, weist die Stärke und Brutalität der Verletzungen auf Wut und Aggression hin.«

»Absolut«, stimmte Nina ihm zu. »Bei allen Opfern waren an den Händen Abwehrspuren zu finden.«

»Er hätte sie auch betäuben und dann *bearbeiten* können, wenn ich das mal so sagen darf«, überlegte Katja laut. »Aber er entschloss sich, den aggressiven Weg zu gehen.«

»Woher kommt diese Wut?«, fragte Tom. »Die er einerseits tage-, vielleicht sogar wochenlang zügeln kann, während er seine Opfer beobachtet und ausspioniert, die er dann aber hemmungslos an ihnen auslässt. Der Täter muss etwas erlebt haben, das während der Tat wieder in ihm hochkommt und ihn wie im Rausch töten lässt.«

Für einen Augenblick herrschte Stille im Raum. Alle starrten auf das Whiteboard, auf dem Ira zwischendurch immer wieder die neuen Überlegungen notiert hatte. Inzwischen war es ganz vollgeschrieben.

»Was ist mit dem Kleid?«, fragte Katja in die Stille hinein.

»Es gibt Täter, die zunächst Gewalt zeigen und sie dann bereuen«, sagte Tom. »In diesem Fall wird symbolisch ein Zurücknehmen der Tat angestrebt, indem die Täter zum Beispiel die Wunden versorgen oder die Leichen abdecken. Wie zum Beispiel mit einem Kleid.«

»Das Abdecken der Leiche kann aber auch ganz andere Gründe haben«, widersprach Ira ihm. »In meiner Undercover-Zeit hatte ich mal mit einem Freier zu tun, der mit einer Hure eine Art Beziehung hatte. Er war schwerer Alki und überzeugt davon, die Frau sei an seinem Alkoholproblem schuld. Irgendwann wurde er so sauer, dass er sie totgeschlagen hat. Dann demonstrierte er an der Leiche, was ihn gestört hat. Sie hat geraucht, getrunken und weiterhin angeschafft. Also hat er ihre Beine gespreizt, eine Flasche neben der Leiche platziert und ihr eine Zigarette zwischen die Finger gesteckt. Dann hat er eine Decke über sie gelegt.«

»In dem Fall handelt es sich aber nicht um eine emotionale Wiedergutmachung«, ergänzte Tom, »es war wohl eher so, dass der Täter durch das Abdecken Abstand zum Verbrechen herstellen wollte.«

»Ja, das stimmt«, sagte Ira. »Es war für ihn abgeschlossen, er wollte mit der Frau und der Tat nichts mehr zu tun haben.«

»Aufgrund der Inszenierung der Opfer in unserem Fall können wir so etwas hier aber doch ausschließen«, meinte Katja.

»Dennoch hat das Kleid viele Verletzungen überdeckt«, gab Ira zu bedenken. »Sicherlich wollte er sich nicht von dem Opfer distanzieren, sonst hätte er es nicht so in Szene gesetzt, aber vielleicht erschienen ihm die Verletzungen am Körper zu banal?«

»Banal?«, fragte Philipp nach.

»Ich weiß, was Sie meinen«, sagte Tom. »Das Öffnen

des Schädels, das Drapieren der Hirnmasse – das war überlegt, durchdacht, geplant.«

»Die Verletzungen am Körper hatten dagegen etwas Rauschhaftes, von dem er sich distanzieren wollte, als der Rausch vorbei war«, sagte Ira.

Ira mochte von Psychogelaber nichts halten, aber sie konnte sich sehr gut in die Psyche eines Killers hineinversetzen.

»Warum ist Frage sechs so wichtig?«, wollte Philipp wissen.

»Wie sich der Täter vom Tatort entfernt hat, sagt viel über seine Psyche aus«, erklärte Tom. »Der Mann dürfte ja von oben bis unten mit Blut besudelt gewesen sein. Er kann also nach der Tat nicht einfach so aus der Galerie oder der Schule spaziert sein.«

»Dadurch, dass sich keine verwertbaren DNS-Spuren am Tatort fanden, müssen wir davon ausgehen, dass er einen Schutzanzug trug«, sagte Nina.

»Ja. Aber wo hat er den nach der Tat ausgezogen? Doch nicht am Tatort. Sonst wäre doch die Gefahr zu groß, dass man Haare oder Hautpartikel gefunden hätte«, entgegnete Tom.

»Moment, Moment. Wir haben natürlich ohne Ende Spuren an den Tatorten gefunden«, sagte Nina. »In der Schule, am Hauptbahnhof, in der Galerie, da gab es überall einen Haufen Haare und anderes DNS-Material. Aber eben keines, das dem Täter direkt zuzuweisen war. Er ist sozusagen in der Spurenmasse untergegangen.«

Genauso wie ein geheimes Treffen in der Südkurve

im Stadion untergeht, wenn zu der Zeit ein Derby läuft, dachte Tom. »Unser Täter trägt also vermutlich einen Schutzanzug«, sagte er laut. »Ich würde darauf wetten, dass er sogar zwei anhat. Vielleicht trägt er unter seiner Einwegschutzkleidung den Arbeitsoverall eines Hausmeisters oder Handwerkers.«

»Der es ihm erlaubt, sich nachts oder in den frühen Morgenstunden unerkannt vom Tatort zu entfernen.« Philipp warf ihm einen anerkennenden Blick zu. »Dann könnte er auch sein Werkzeug unauffällig mitnehmen.«

»Ich veranlasse sofort eine erneute Zeugenbefragung«, sagte Ira, und alle setzten sich wieder an ihre Computer und Telefone.

Den Rest des Tages war Tom damit beschäftigt, die neuen Erkenntnisse in einem Täterprofil zusammenzufügen. Er ging von einem männlichen Täter aus, der zwischen 25 und 30 Jahren alt war. Tom glaubte nicht, dass er wesentlich älter war, da sich der Abstand zwischen seinen Taten erst jetzt verringert hatte. Zunächst waren Jahre vergangen, bis es zur zweiten Tat gekommen war. Der Mord in München war sein erster gewesen, der ihn vielleicht verschreckt, aber auf jeden Fall auch für längere Zeit befriedigt hatte. Und normalerweise gingen dem ersten Mord Jahre des Tierequälens oder der Brandstiftung voraus, bevor sich ein Täter, meist im jungen Erwachsenenalter, an seinen ersten Mord wagte. Das hatte Tom hautnah erlebt.

Weiterhin ging er davon aus, dass es sich um einen Mitteleuropäer handelte. Serienkiller, die aus einem

Trauma heraus töteten, suchten sich ihre Opfer in der Regel in den eigenen ethnischen Reihen. Außerdem musste der Täter ziemlich kräftig und durchtrainiert sein, es brauchte schließlich eine gewisse Kraft, um die Galeristin an einer Leinwand an die Wand zu hängen.

Am Abend schickte Tom das fertige Profil an seine Kollegen und nahm auch Bernhard Müller mit in den Verteiler.

Zufrieden schaute Tom auf die Datei, die er unter dem Namen *Täterprofil_Blutkünstler* abgespeichert hatte.

Langsam bekommst du ein Gesicht, dachte er und schaltete den Computer aus.

17

Obwohl Tom hundemüde war, als er zuhause ankam, wusste er genau, dass er es erst gar nicht mit dem Schlaf versuchen musste. Seine Gedanken kreisten immer noch um den Fall, und es fiel ihm schwer, sich auf etwas anderes zu konzentrieren. Also zog er seine Laufschuhe an und machte sich auf den Weg.

Auch wenn er mit den Ergebnissen des Tages einigermaßen zufrieden war, störte es ihn doch, dass er noch keine richtige Vorstellung davon hatte, wodurch der Täter traumatisiert worden war. Häufig war sexueller Missbrauch das traumatischste Erlebnis im Leben eines Mörders, aber er war sich relativ sicher, dass er das hier ausschließen konnte.

Denk an etwas anderes, ermahnte sich Tom, während er am Rheinufer entlanglief. Sonst kriegst du den Kopf nie frei.

Der Täter war in jedem Fall schlau, dachte er im nächsten Moment. Er ging planvoll vor und handelte nicht im Affekt. Er wusste genau, dass man an belebten Orten keine aussagekräftigen DNS-Spuren finden konnte. Ob ihn das auf die Idee gebracht hatte, sich mit Ira im Rhein-Energie-Stadion zu treffen? Wenn der schmierige Reporter, der Ira erpresste, wirklich der Blutkünstler war. Der Täter verfügte in jedem Fall über das Equipment, um Leute überwachen und ausspionieren zu können, das hatten die Aufnahmen mit dem Teleobjektiv gezeigt. Auf den Fotos, die Katja im Stadion gemacht hatte, wirkte er sportlich und drahtig, wenn auch kleiner, als Tom den Täter in seinem Profil eingeschätzt hatte. Diese Schätzung basierte unter anderem aber auch auf dem Auffindeort der Galeristin. Ein kleiner Mensch hätte sie nur schwer an die Wand hängen können. Aber natürlich hätte er sich eine Leiter oder einen Hocker zu Hilfe nehmen können.

Was hatte Ira mit diesem Typen bloß zu schaffen? Tom ahnte, dass sie ihm etwas verschwieg, nein, er wusste es ganz genau. Er hatte ein Gespür für so etwas.

Sein Blick fiel auf ein Straßenschild, und er erinnerte sich an Iras Adresse, die er in der Akte gelesen hatte. Sie wohnte nicht weit von hier. Ohne weiter darüber nachzudenken, bog er in die nächste Straße und lief in Richtung Iras Zuhause.

Er hatte keine genaue Vorstellung davon, was er machen würde, wenn er vor ihrer Haustür stand. Vielleicht würde er ihr direkt auf den Kopf zusagen, dass er sie verdächtigte, den Reporter absichtlich laufen gelassen zu haben. Die Konsequenzen wären klar. Er müsste mindestens ein Disziplinarverfahren gegen Ira einleiten, und wenn sich sein Verdacht bestätigen sollte, dass der Reporter mit dem Blutkünstler unter einer Decke steckte oder womöglich ein und dieselbe Person war, dann würde sie sogar ins Zentrum einer Mordermittlung rücken. Tom war es egal, ob er damit ihre Karriere zerstören würde oder nicht, aber es brachte einen enormen bürokratischen Aufwand mit sich, eine Mitarbeiterin einem solchen Verfahren zu unterziehen. Allein deshalb wollte der Schritt genau bedacht sein.

Aber sie mit seinen Überlegungen zu konfrontieren, konnte in keinem Fall schaden. Welche Konsequenzen auch immer er daraus ziehen würde.

Tom bog rechts ab in die Hermannstraße, in der Ira wohnte. Sie lag an einer Grünanlage, die mit ihren hohen Bäumen wie ein kleines Wäldchen mitten in der Stadt wirkte. Nur die linke Straßenseite war mit Häusern bebaut, wodurch hier ein fast ländlicher Charakter entstand. Da die Straße eine Sackgasse war, gab es keinen Autoverkehr, der um diese Uhrzeit auch in den Nebenstraßen auf ein Minimum abgeflacht war. Es überraschte ihn nicht, dass Ira in einer so ruhigen Wohngegend lebte. Auf den ersten Blick hätte man vielleicht vermutet, dass so eine toughe Frau, die sich im Rotlicht auskannte wie kaum eine andere beim BKA, das gesellige Leben in der Innenstadt mit ihren zahlreichen Bars und Restaurants vorziehen würde. Aber Tom hatte sofort gesehen, dass hinter der harten Fassade noch eine ganz andere Ira steckte. Es würde ihn nicht wundern, wenn er sie gleich mit einem Roman in der Hand und einer Katze im Arm auf dem Sofa überraschte.

Das Haus mit der Nummer 23, in dem sie wohnte, war das letzte im Wendehammer. Das Haus hatte zwei Wohnetagen, wobei die oberste stockdunkel war. Offensichtlich waren Iras Nachbarn nicht da. Er hörte ihre Schreie sofort.

Die untere Wohnung war beleuchtet, und Tom konnte durch die Fenster sehen, wie Ira mit einem Unbekannten kämpfte. Für einen Moment beobachtete er das Geschehen von der Straße aus. Die durchtrainierte Kollegin wirkte nicht so, als hätte sie die Auseinandersetzung nicht unter Kontrolle. Ihre Schreie waren offenbar einem Treffer von der Gegenseite geschuldet, den sie inzwischen pariert hatte. Noch sah Tom keinen Grund, einzuschreiten und ihr zu Hilfe zu eilen. Obwohl er hörte, wie sich die beiden zwischendurch immer wieder anbrüllten, konnte er die Worte nicht genau verstehen. »Du Schwein«, war das Einzige, was er heraushören konnte. Daraufhin stieß der Mann Ira mit voller Wucht gegen die Wand, sodass sie für einen Augenblick benommen taumelte. Dann erkannte er, wie der Mann etwas aus seiner Tasche zog. Okay, wenn das ein Messer oder eine andere Waffe war, dann war es an der Zeit einzugreifen.

Tom sprang über den kleinen Zaun, lief über das kurze Rasenstück und eilte auf die Terrasse. Mit flachen Händen hämmerte er gegen die Glasscheibe.

»Lassen Sie sofort die Frau los!«, brüllte er.

Der Mann zuckte erschrocken zusammen und ließ

sofort von Ira ab. Dann drehte er sich auf dem Absatz um und rannte aus der Wohnung. Tom hörte, wie die Haustür ins Schloss fiel. Er rannte zurück in den Garten, sprang wieder über den Zaun auf die Straße. Keine zehn Meter stand der Kerl von ihm entfernt und startete sein Motorrad.

»BKA! Bleiben Sie sofort stehen, oder ich mache von der Schusswaffe Gebrauch!«, rief Tom.

Der Mann warf ihm einen Blick zu, lachte kurz und fuhr dann mit laut aufheulendem Motor in hohem Tempo davon.

Dass Tom keine Waffe dabeihatte, hatte der Kerl natürlich sofort gesehen.

»Was zur Hölle machen Sie denn hier?«, rief Ira genervt von der Haustür.

»Ihnen das Leben retten«, antwortete Tom trocken.

»Ich hatte die Lage unter Kontrolle! Es gab keinen Grund, so ein Theater zu veranstalten!«

Tom ging auf sie zu. »War das der Blutkünstler?«, fragte er ohne Umschweife.

Ira machte große Augen. »Was reden Sie denn da …«, sagte sie kopfschüttelnd, aber Tom hörte eine leichte Verunsicherung in ihrer Stimme.

»Ich würde gerne kurz mit Ihnen sprechen«, sagte er. »Drinnen.«

Sie seufzte und trat schließlich einen Schritt zurück. »Wenn's unbedingt sein muss.«

»Schätze schon.«

Die Wohnung von Ira Sokolov war genau so, wie Tom

sie sich vorgestellt hatte. Alles war in warmen Farben gehalten. Er ging durch einen rötlich gestrichenen Flur in ein Wohnzimmer, das durch seine Ocker- und dunklen Gelbtöne etwas Höhlenartiges hatte. Eine einzige, sehr große Couch stand an der Wand, davor ein Tischchen mit zwei umgefallenen Weingläsern, das auf einem dunklen Flokati stand. Tom musste zugeben, dass der Raum ausgesprochen gemütlich war.

»Was ist hier passiert?«, fragte er und wies auf die Gläser.

»Nichts, was Sie wissen müssten.«

Tom atmete hörbar aus. »Auf die Scheiße habe ich keinen Bock. Diese Spielchen können Sie sich gleich abschminken.«

Er setzte sich auf das Sofa, was Ira mit einem missbilligenden Blick quittierte, und sah sie auffordernd an.

»Sie sind ja total verschwitzt!«, sagte Ira empört.

»Lenken Sie nicht ab. Also, ich bin ganz Ohr. Warum war der Kerl hier? Ist er für die Morde verantwortlich?«

Schließlich setzte sich Ira seufzend ans andere Ende des Sofas. »Nein. Das war nicht unser Mann«, begann sie zögerlich. »Ich bin mir ziemlich sicher, dass er nicht der Blutkünstler ist.«

»Sondern?«

»Er nennt sich Jo, was vermutlich nicht sein richtiger Name ist. Ich kenne ihn schon seit einigen Jahren«, begann Ira. Sie stellte die Weingläser wieder auf den Tisch und schenkte sich etwas in das eine Glas ein. »Wollen Sie auch was?«

»Ich trinke nicht.«

»War ja klar.« Ira nahm einen Schluck von ihrem Rotwein.

»Woher kennen Sie den Kerl?«

»Aus meiner Undercoverzeit im Rotlicht«, fuhr Ira fort. »Der Typ ist freier Reporter und arbeitet für die großen Qualitätszeitungen, wenn Sie verstehen.«

»*Bild, Express*?«

»Genau. Und für alles andere, was sich im Boulevardbereich einen Namen gemacht hat. Jo ist da sehr flexibel. Nicht nur bei seinen Auftraggebern. Auch bei seinen Storys.«

»Was heißt das?«

»Nun, er schreibt über alles, was Auflage bringt. Oder anders gesagt, er schreibt alles so, damit es Auflage bringt. Richtige Journalisten fühlen sich der Wahrheit verpflichtet. Das trifft auf Jo nicht zu.«

Das überraschte Tom nicht weiter. Er hatte es in seiner gesamten beruflichen Karriere dauernd erlebt, dass in reißerischer und übertriebener Form über seine Arbeit berichtet wurde. Und es verwunderte ihn nicht. Zum einen, weil die seriösen Zeitungen den meisten Morden sowieso nur eine Randnotiz widmeten, und zum anderen, weil solche Taten natürlich auch immer sehr viel Raum für Spekulationen und Fantasien ließen. In Teilen konnte er das sogar verstehen. Er würde niemals vergessen, wie die Zeitungen vor einigen Jahren die Mutter eines Serienvergewaltigers ausfindig machen konnten, der vier seiner Opfer ermordet hatte. Die alleinerziehende Mutter hatte ihn bis ins Erwachsenenalter stark dominiert. Vom Säuglingsalter bis zu seiner Verhaftung schlief er mit ihr in einem Bett – wer wollte es der Boulevardpresse da verübeln, wildeste Spekulationen darüber anzustellen, wie der Mann zum Sexualmörder wurde?

»Gerade wer im Rotlicht gearbeitet hat, sollte doch wissen, wie die Berichterstattung über diese Szene aussieht«, sagte Tom.

»Klar. Aber Jo war krasser als die anderen Reporter. Damals schon. Und heute …« Sie stockte.

»Warum war er hier?«

Erneut nahm Ira einen Schluck von ihrem Wein. »Er versucht, mich unter Druck zu setzen.«

»Das ist bekannt. Er will Infos über unseren Fall, um eine große Story zu machen. Sonst fantasiert er sich was zusammen.«

Ira schüttelte den Kopf. »Das alleine ist es nicht. Ja, er will Infos über den Fall. Er hat mir gedroht, dass er jetzt andere Seiten aufziehen will, wenn ich ihm nicht endlich Interna liefere.«

»Hat er Sie mit einer Waffe bedroht?« Tom erinnerte sich, dass der Mann etwas aus seiner Tasche gezogen hatte, kurz bevor er dazwischengegangen war.

»Das war keine Waffe«, antwortete Ira. »Das war ein USB-Stick. Er … er erpresst mich.«

Jetzt wurde es interessant, dachte Tom. Aufmerksam beobachtete er seine Kollegin. Sie wirkte durcheinander. Offensichtlich steckte sie wirklich in der Klemme.

»Wenn ich Sie bitte, die Sache für sich zu behalten …«

»Dann sichere ich Ihnen das auf keinen Fall zu«, sagte Tom.

Ira seufzte. »Das habe ich mir fast gedacht.«

»Womit erpresst er Sie? Hatten Sie mal was mit ihm? Hat er Nacktfotos von Ihnen?« Tom sagte das nur, um sie aus der Reserve zu locken. Dass Ira nicht der Typ Frau war, der sich von einem Lover nackt fotografieren lassen würde, war ihm klar.

»Hören Sie auf, mich zu provozieren«, sagte Ira verärgert. »Ich kenne ihn, wie gesagt, schon aus meiner Zeit im Rotlicht. Und damals hat er eine Sache mitgekriegt, die nicht ganz optimal lief.«

»Der Grund Ihrer Zwangsversetzung.«

»So ungefähr. Ich musste bei einem Einsatz alle Regeln über Bord schmeißen, um das Leben einer Prostituierten zu retten. Und ich würde es wieder tun«, fügte sie fast trotzig hinzu.

»In Ihrer Akte steht, der Grund für Ihre Zwangsversetzung sei die Verheimlichung eines Informanten gewesen, der selbst tatverdächtig war.«

Sie seufzte. »Ja. Aber er war nicht der Täter.«

»Schön und gut«, Tom wurde langsam ungeduldig, »aber das ist dem BKA doch alles bekannt, damit kann der Typ Sie doch nicht erpressen.«

»Nein.« Wieder zögerte sie. »Aber er weiß etwas, was im BKA niemand weiß. Der Zuhälter, vor dem ich die Frau damals gerettet habe, hat meine Rettungsaktion leider nicht überlebt.«

»Sie haben ihn also umgebracht.« Tom konnte das nicht schockieren, aber eine interessante Information war es in jedem Fall.

»Na ja, was heißt schon umgebracht ...«

»Das, was es heißt. Sie haben ihn getötet.«

»Nicht vorsätzlich. Es war eine Verkettung unglücklicher Umstände ...«

»Das ist es meistens.«

Ira verdrehte die Augen. »Sie wissen genau, wie ich das meine. Ich habe die Frau aus seinem Keller geholt, wo er sie angekettet und regelmäßig geschlagen und vergewaltigt hat. Und ja, dabei löste sich ein Schuss, und der Scheißkerl war tot.«

»Nein«, entgegnete Tom. »So ist es niemals gelaufen. Dann hätten Sie die Sache locker als Notwehr hinstellen können und wären jetzt nicht erpressbar.«

Ira sah ihn erstaunt an. Sie hatte offensichtlich nicht damit gerechnet, dass er sie so schnell durchschauen würde.

»Ja. Gut. Er lag angeschossen am Boden«, gab sie schließlich zu. »Ich hatte ihn mit einem Schuss am Oberschenkel erwischt. Er verlor sehr schnell sehr viel Blut und wusste offensichtlich, was zu tun war. Also griff er nach einem der Seile, mit denen er die Frau gefesselt hatte, und wollte sich damit das Bein abbinden.«

»Sie haben ihm das Seil weggenommen.«

»Ja. Und ich habe ihn mit der Waffe bedroht und gesagt, dass ich sofort schieße, wenn er sich noch einen Zentimeter bewegt.«

»Und haben dann zugesehen, wie er verblutet.« Interessant, dachte Tom. Das war ein Verhalten, das er höchstens Menschen wie Aaron zutrauen würde.

Sie schüttelte den Kopf. »Nein, nicht ganz. Mir war nicht klar, dass es so schnell gehen würde. Eigentlich wollte ich ihn nur so geschwächt sehen, dass ich mir wirklich sicher sein konnte, dass keine Gefahr mehr von ihm ausging. Aber ich muss wohl seine Oberschenkelarterie erwischt haben. Er war ruckzuck tot.«

»Und dieser Jo hat Sie dabei beobachtet?«

»Dabei und wie ich gemeinsam mit der Frau die Leiche entsorgt habe.«

»Wie haben Sie das gemacht?«

Ira erzählte ihm, dass die Frau in einem versteckten Kellerraum gefangen gehalten worden war. Um sich zu diesem Raum Zutritt zu verschaffen, musste man erst ein Regal zur Seite schieben, bevor man die Tür des Verlieses öffnen konnte. »Wir haben einfach alles wieder so verschlossen, wie es der Mann sonst auch getan hatte. Und als wir damit fertig waren, stand Jo hinter uns, der natürlich Fotos gemacht hatte.«

Damit hatte dieser Reporter Ira tatsächlich in der Hand. Der ausgeblutete Zuhälter lag immer noch in seinem Kellerverlies und war inzwischen vermutlich mumifiziert. Iras Kugel steckte noch in seinem Bein, und ein einziger Hinweis von diesem Jo würde dafür sorgen, dass sie wegen Totschlag hinter Gitter wandern würde. Und wenn die Fotos an die Öffentlichkeit kommen würden, wäre die Sache für Ira sowieso gelaufen.

»Und er war der Informant, den Sie nicht verraten wollten?«

»Ja, ich hatte davor eine Weile mit ihm zusammengearbeitet. Ich hatte mich nie richtig wohl bei der Sache gefühlt, weil er von Anfang an so ein schmieriger Kerl war. Aber welche Informanten in der Szene sind das nicht.«

»Jetzt erklärt sich natürlich auch, warum Sie ihn nicht beim BKA genannt haben.«

»Dann hätte er mich sofort verraten.«

»Und wer wurde dann später verhaftet?«, fragte Tom.

»Der tote Zuhälter gehörte zu einem großen Verbrecherring. Im Prinzip war er nur ein kleines Licht. Sein oberster Chef war der Übelste von allen und hatte diverse Frauen halb totgeschlagen. Er war es, den wir von Anfang an dingfest machen wollten. Und tatsächlich hatte mir Jo auch einige Infos zu dem Kerl liefern können. Er war also durchaus zu was nütze.« Ira trank ihr Glas leer und drehte es nervös in ihren Händen hin und her. »Melden Sie es?«, fragte sie schließlich leise.

»Nein. Ich wüsste nicht warum«, antwortete Tom. Es interessierte ihn wirklich nicht, dass Ira vor über fünf Jahren für den Tod eines prügelnden und vergewaltigenden Zuhälters verantwortlich war. Er war mit seinen Gedanken ganz woanders. »Dieser Reporter scheint also wirklich nicht der Blutkünstler zu sein.«

»Nein. Das ist er bestimmt nicht. Er schreibt zwar blutig und brutal, aber zu so einer Tat wäre er nicht in der Lage. Eigentlich ist er eine feige Sau.«

»Aber woher wusste er dann von den Morden und konnte jedes Mal so früh am Tatort sein?«

»Der Typ ist großartig in der kriminellen Szene vernetzt«, antwortete Ira. »Das war schon immer so. Der weiß praktisch alles. Das ist ja der Grund, warum er mein Informant war.«

Tom schüttelte den Kopf. »Nein. So ein Netzwerk kann einem sicherlich helfen, wenn man über Nutten oder Drogen oder so was schreiben will. Aber wenn es um einen Serienkiller geht? Um darüber so genau Bescheid zu wissen, reicht es doch nicht aus, in der Szene gut vernetzt zu sein. Da steckt doch irgendetwas anderes dahinter ...« Er seufzte. »Geben Sie mir einen Schluck Wasser, dann sind Sie mich los.«

Ira starrte ihn ein paar Sekunden lang wortlos an, bevor die Andeutung eines spöttischen Lächelns auf ihrem Gesicht erschien. »Zumindest bis morgen.«

»Ganz genau, zumindest bis morgen.«

18

Merle Weiler verließ gut gelaunt die Uni. Die Zwischenprüfung war hervorragend gelaufen, sie war sich sicher, dass sie diesmal bestanden hatte. Mit ihrer Kunstmappe in der Hand sprang sie die Stufen des Hauptgebäudes hinunter und ging die kurze Strecke zu ihrer kleinen Wohnung zu Fuß. In zwei Stunden wollte sie sich mit den anderen in einem Biergarten treffen und den Abschluss der Prüfungen feiern. Bis dahin hatte sie noch Zeit genug, um zu duschen und sich schick zu machen.

Sie zog ihr Handy aus der Hosentasche und wischte das Hintergrundbild zur Seite, das ihren alten Familienhund Sammy beim Baden im See zeigte. Dann tippte sie auf den Kontakt ihrer Mutter. Ihr Profilbild erschien auf dem Display. Merle musste lächeln. Ihre Mutter sah wirklich genauso aus wie sie, hatte die gleichen mittelblonden Haare, die sie ebenso lang trug wie Merle, die gleichen blauen Augen, und wenn da nicht ein paar Falten gewesen wären, hätte man sie für Zwillinge halten können.

»Hallo, Mama!«

»Merle! Schatz, wie lief die Prüfung?«

»Ich hab ein richtig gutes Gefühl! Aber so richtig gut!« Merle drehte sich spontan einmal um sich selbst und musste kichern, als sie in das Gesicht eines Mannes schaute, der einige Meter hinter ihr ging und angesichts ihrer unerwarteten Freudenpirouette offensichtlich irritiert war.

»Das ist schön, Liebes! Kommst du morgen? Dann könnten wir mit Papa essen gehen und auf deinen Erfolg anstoßen.«

»Ja klar! Mein Zug geht aber erst morgen Nachmittag. Heute Abend muss ich schließlich auch noch feiern.«

»Das hast du dir verdient! Viel Spaß, Schatz! Und pass gut auf dich auf!«

»Bis morgen, Mama!« Vergnügt drückte Merle das Handy aus. Das versprach ein super Wochenende zu werden. Das Wetter war prima, heute Abend würden sie noch lange draußen sitzen können. Später würden sie vielleicht noch ins *b8lich* gehen, einen neuen Club am Leipziger Markt, in den jetzt alle gingen. Was sollte sie dazu am besten anziehen? Es musste Biergarten- und Club-tauglich sein, das war gar nicht so einfach.

Sie freute sich. Endlich hatte sie wieder Probleme, die sich nur um die richtige Kleiderwahl drehten und nichts mit ihren Prüfungen zu tun hatten. Sie hatte das Gefühl, wochenlang nur gelernt zu haben. Selten hatte sie so ein

Bedürfnis nach Ausgehen, Party und Feiern gehabt wie heute.

Obwohl die Ampel vor ihr gerade auf Rot sprang, huschte Merle noch schnell über die Straße.

»Es ist Rot!«, hörte sie eine Frauenstimme rufen. Merle drehte sich fröhlich um. Eine ältere Frau stand neben dem Mann an der Ampel, der sie eben schon irritiert angeschaut hatte.

»Ist ja noch mal gut gegangen!«, rief sie der Frau zu und ging gut gelaunt weiter.

Als sie in ihrer Wohnung angekommen war, streifte sie die Schuhe von ihren Füßen und warf die Tasche zu Boden. Jetzt war die Zeit der Disziplin vorbei.

Merle ging in die kleine Küche und schaute in den leeren Kühlschrank. Zu dumm, sie war nicht mehr zum Einkaufen gekommen. Egal. Mama würde ihr morgen sowieso jede Menge Sachen mitgeben, damit würde sie vermutlich durch die ganze nächste Woche kommen.

Sie trank einen Schluck Wasser und warf noch mal einen Blick in den Gruppenchat auf ihrem Handy. Die letzten Wochen hatte sie sich regelmäßig mit Justus, Marlene, Finn und Carla geschrieben. Sie war froh gewesen, dass sie diesen Gruppenchat hatte. Sie hatten in den letzten Wochen zusammen gelernt und sich abends noch über ihre Sorgen und Probleme ausgetauscht. Heute hatten sie alle ihre Prüfung hinter sich gebracht. Und heute Abend wollten sie zusammen feiern.

»Das erste Bier seit 6 Wochen – kann's kaum abwarten«, schrieb Merle in die Gruppe.

»Du nimmst doch eh 'ne Weinschorle«, schrieb Justus prompt zurück, versehen mit einem Zwinker-Smiley.

Merle antwortete noch mit einem Kuss-Smiley und legte ihr Handy zur Seite. Jetzt brauchte sie erst einmal eine Dusche.

Noch im Flur zog sie ihre Sachen aus und ließ sie einfach zu Boden fallen. Pfeifend ging sie ins Bad und dort in die Duschkabine.

Zwanzig Minuten später kam sie mit nassen Haaren und nur in ein Handtuch gewickelt zurück ins Wohnzimmer. Sie hatte ihre elektrische Zahnbürste im Mund und griff nach ihrem Handy, um ihre Nachrichten zu überprüfen. Als sie es hochnahm, schaltete sich automatisch das Display ein. Irritiert nahm Merle ihre Zahnbürste aus dem Mund, und obwohl der rotierende Bürstenkopf die Zahnpasta durch den Raum spritzte, schaltete sie ihn nicht aus. Sie war wie erstarrt.

Der badende Sammy, der ihr Hintergrundbild zierte, war verschwunden. Dafür war ein neues Bild auf ihrem Display zu sehen. Es zeigte die Silhouette einer schlanken Frau, die hinter einem hellen Duschvorhang stand und sich die Haare wusch.

Es war ihr Bad. Ihre Silhouette. Die Frau war sie.

Panik stieg in ihr auf. Sie ließ die Zahnbürste fallen und versuchte, mit zitternden Fingern den Notruf zu wählen, als eine Nachricht aus dem Gruppenchat aufpoppte:

»Schade, dass du nicht kommst! Gute Besserung!« Die Nachricht war von Carla.

Merle merkte, wie ihr der Angstschweiß ausbrach. Sie klickte sich in den Chat und las, welche Nachricht als letzte von ihrem Handy abgeschickt worden war. Genau vor fünfzehn Minuten, als sie unter der Dusche stand.

»Kann leider nicht kommen. Migräne! Habe fürchterliche Kopfschmerzen.« Dahinter ein schmerzverzerrter Smiley.

»Was zur Hölle …«, entfuhr es Merle noch, als sie im nächsten Augenblick einen Schlag auf ihren Hinterkopf spürte. Dann wurde alles dunkel.

19

Am nächsten Tag hatte sich das gesamte Team im Konferenzraum zusammengefunden. Bernhard Müller hatte um das Treffen gebeten, und sein Gesichtsausdruck zeigte, dass er nicht gerade bester Laune war.

»Ich habe heute Morgen einen Anruf vom *Bonner Generalanzeiger* bekommen«, begann er das Meeting, ohne sich mit irgendwelchen Begrüßungsfloskeln aufzuhalten. »Eine der obersten Prioritäten in dieser Abteilung ist die Geheimhaltung unserer Fälle. Nichts, aber auch gar nichts von unserer Arbeit darf an die Öffentlichkeit gelangen. Nun, was soll ich sagen? So ganz scheint das nicht funktioniert zu haben.«

»Was wollte der Typ von der Zeitung denn?«, fragte Tom, der sofort an Iras Erpresser denken musste. Zum Glück war der *Generalanzeiger* ein seriöses Blatt.

»Er wollte mich zum Tod der Galeristin befragen. Ihre Leiche wurde jetzt zur Bestattung freigegeben«, antwortete Müller.

»Wir können nicht verhindern, dass solche Informationen an die Öffentlichkeit gelangen«, warf Katja ein. »Eine Trauerfeier ist nun mal nicht geheim zu halten.«

»Das ist mir schon klar«, sagte Bernhard Müller übellaunig. »Darum geht es mir auch nicht. In der Todesanzeige stand ja auch ›gewaltsam aus unserer Mitte gerissen‹. Aber der Reporter fragte mich gezielt, ob die Frau Opfer eines Serientäters geworden sei. Und davon stand nun wahrlich nichts in den Anzeigen. Jetzt frage ich euch: Wie kommt der Mann darauf?«

Philipp machte ein nachdenkliches Gesicht. »Das Netz ist heutzutage voller Verschwörungstheorien. Vielleicht hat sich irgendein Spinner diesen Quatsch ausgedacht …«

»Der bekanntermaßen kein Quatsch ist«, unterbrach Müller ihn. »Das ist ja das Problem, wir haben es ja tatsächlich mit einem Serienmörder zu tun. Der Reporter sagte mir, er habe gehört, dass es eine Art Ritualmord gewesen sei. Auch das sind Infos, die er nicht hätte haben dürfen. Also?« Müller blickte finster in die Runde.

Tom zuckte mit den Achseln. »Also was? Glauben Sie vielleicht, einer von uns hätte mit der Presse geredet?«

»Nicht im Sinne von: Hallo, ich habe Informationen für Sie«, antwortete Müller. »Aber hat einer von Ihnen vielleicht in einer Kneipe am Tresen ein Gespräch geführt, bei dem er zu viel gesagt haben könnte?«

»Halten Sie uns für Anfänger?«, fragte Ira mit empörter Stimme.

»Ich gehe nicht in Kneipen«, warf Nina ein, die sich von dem ganzen Thema offensichtlich nicht angesprochen fühlte.

»Ihnen ist hoffentlich allen klar, dass es Reporter gibt, die gezielt die Nähe zu Mitarbeitern des BKA suchen und …«

»Ich glaube«, unterbrach Tom ihn, »wir sind alle Profis genug, um zu wissen, dass wir nicht angetrunken in einer Kneipe stehen und einem Fremden von unserer Arbeit erzählen. Ehrlich gesagt, finde ich es gar nicht so unwahrscheinlich, dass der Typ Sie einfach so ins Blaue hinein auf einen möglichen Serienmord angesprochen hat.« Genauso wahrscheinlich war es allerdings auch, dass Iras Erpresser etwas mit der Sache zu tun hatte, dachte er.

Müller atmete tief durch. »Okay. Aber ich möchte Sie noch mal eindringlich für die Thematik sensibilisieren. Denken Sie daran, dass nichts, aber auch wirklich gar nichts von unserer Arbeit an die Öffentlichkeit dringen darf.«

Tom warf Ira einen Blick zu. Sie verzog keine Miene und sah Müller nur ausdruckslos an.

»Ich verlasse mich auf Sie«, fügte der noch hinzu und verließ den Raum.

»Wenn sich irgendjemand von den Vorwürfen angesprochen fühlt, wäre es ein guter Zeitpunkt, das jetzt zu sagen. Oder nachher unter vier Augen in meinem Büro«, sagte Tom, als sie wieder unter sich waren. Die anderen nickten. »In Ordnung. Ihr habt das Täterprofil von mir bekommen. Eine entscheidende Sache fehlt uns dabei allerdings noch.«

»Das Motiv«, sagte Ira.

»Oder anders gesagt: sein Trauma. Ich bin davon überzeugt, dass der Blutkünstler ein frühkindliches Trauma erlitten hat. Alles deutet darauf hin, dass er extrem unter einer weiblichen Person zu leiden hatte«, sagte Tom.

»Seine Mutter?«, fragte Katja. »Die Inszenierung der Opfer als kleine Mädchen spricht eigentlich dagegen.«

»Was ungewöhnlich ist, da Serienkiller mit einer Fixierung auf weibliche Opfer häufig durch ihre Mutter traumatisiert wurden, gerade wenn die Morde nicht sexuell motiviert sind«, fuhr Tom fort. »Vielleicht eine tyrannische Schwester?«

»Ich werde das recherchieren«, meinte Philipp. »Vielleicht war die Schwester auch sein erstes Opfer. Ich checke alle Morde, in denen der Bruder seine Schwester getötet hat. Zeitraum?«

»Maximal die letzten zwanzig Jahre«, sagte Tom. »Eher fünfzehn. Dann wäre er bei seinem ersten Mord ungefähr in diesem Alter gewesen.«

»Eine Schwester, die ihren Bruder quält«, überlegte Ira laut. »Ohne dass die Eltern etwas davon mitbekommen?«

Der Einwand war berechtigt. Tom dachte an sein Shooterspiel und an den Avatar, der auf den ersten Blick ein Mann gewesen war und sich auf den zweiten als zwei Spielerinnen entpuppt hatte.

»Vielleicht haben Mutter und Tochter gemeinsames

Spiel gemacht und den Täter als Kind gequält?«, mutmaßte er. »Und der Täter hat all seinen Hass auf die Schwester projiziert, weil die Mutterliebe trotz der Qualen noch zu groß war?«

»Es kommt nicht selten vor, dass die Mutter vergöttert wird, obwohl sie dem Kind Schlimmstes zugefügt hat«, stimmte Katja ihm zu. »Kinder verzeihen ihren Eltern viel mehr als ihren Geschwistern.«

»Klar. Sie sind biologisch ja auch dazu verdonnert, ihre Eltern zu lieben«, sagte Nina. »Sonst würde die ganze Evolution nicht funktionieren. Ein Kind, das seine Eltern nicht liebt, läuft weg und ...«

»... rennt in den Tod«, ergänzte Tom. »Es ist pure Biologie, seine Eltern zu lieben.« Niemand wusste das besser als er. »Für Geschwister gilt das nicht.«

Philipp wippte unruhig mit dem Fuß, bereit, loszulegen. »In Ordnung. Ich suche also sowohl nach einer ermordeten Schwester als auch nach einer tyrannischen Mutter.«

»Der Täter könnte ihr als Kind weggenommen worden sein«, sagte Katja.

Philipp stöhnte. »Mit solchen Fällen ist die Datenbank überfüllt.«

»Klar. Aber eine Schwester, die gemeinsam mit ihren Eltern den Bruder quält, das dürfte selten sein«, sagte Tom. »An die Arbeit.«

Alle standen auf und wollten den Raum verlassen.

»Ira? Warten Sie noch einen Moment?« Ira blieb stehen und schloss die Tür hinter den anderen.

»Der Reporter vom *Generalanzeiger* …«

»Ist nicht Jo«, sagte sie sofort. »Warum sollte er bei Müller anrufen und nicht seinen Trumpf ausspielen?«

»Und Sie verraten.«

»Eben. Aber es ist möglich, dass er die Sache trotzdem weitergegeben hat«, räumte sie ein. »Ich weiß, dass er dauernd in diesem Café in der Sternstraße rumhängt, in dem sich die gesamte Bonner Presse nach Feierabend trifft. Klar redet der da. Außerdem trinkt er auch gerne, ich habe ihn selbst oft genug mit einer Fahne erlebt. Kann mir also gut vorstellen, dass er gestern Abend noch dahin ist und sich einen gekippt hat.«

»Und ins Reden gekommen ist.«

»Ja. Die reden doch alle miteinander.«

»Wie heißt der Laden?«

»Sterneck.«

Das konnte er sich merken.

20

So schnell schnappte er sich normalerweise keinen Neuen. Normalerweise recherchierte er immer gründlich und war sich seiner Sache zu hundert Prozent sicher, bevor er erneut zuschlug. Und das hatte seinen Grund. Er wollte keinen Unschuldigen umbringen.

Warum war er diesmal von seiner Regel abgewichen? Vielleicht, weil ihm die Situation so dringlich erschienen war und er noch eine Spritze mit dem Muskelrelaxans bei sich gehabt hatte? Möglich. Vielleicht aber auch, weil er noch voller Adrenalin gewesen war, nachdem der Schädel des Pädos sich so schön hatte pulverisieren lassen. Ein Fehler. Und jetzt hatte er den Schlamassel.

Er setzte seine Cap auf und zog sie tief ins Gesicht. Durch den Rückspiegel blickte er auf den Mann, der auf der Rückbank seines Wagens lag und ihn aus halb geöffneten Augen ängstlich anstarrte.

Das war ihm schon lange nicht mehr passiert. Früher, nach seinen ersten Morden, war er so im Rausch gewesen, dass er unachtsam geworden war und Fehler begangen hatte. Nachdem die Bullen ihn einmal fast erwischt hatten, war ihm aber klar geworden, dass er besser aufpassen musste. Vor allen Dingen auf sich selbst. Er musste seine Gefühle besser unter Kontrolle bringen, das war ihm bewusst geworden, damals, als er sich über zwei Wochen im Wald versteckt hatte. Noch nicht mal achtzehn Jahre alt war er gewesen, und schon ein respektabler Dreifachmörder. Aber schon damals hatte er einen Ehrenkodex. Nur wer Kinder quälte, kam ihm unters Messer.

Der Erste war vom selben Schlag gewesen wie sein letzter Pädo, den Zweiten hatte er im Urlaub kennengelernt, einen reichen Asiaten, der in seiner Fabrik nur Kinder schuften ließ, bis sie vor Erschöpfung umfielen. Und der Dritte war ein verdammter Dealer gewesen, der Kinder abhängig machte, damit sie seine besten Kunden wurden. Als er ihm die Lichter ausknipste, war er unvorsichtig gewesen, hatte sich gehen lassen, alles an ihm ausprobiert und ihn wie im Wahn mit einer Axt zerhackt. Was für eine gigantische Sauerei das gewesen war, und er hatte gespürt, dass ihm genau das Spaß gemacht hatte. Und darin seinen Fehler erkannt. Rauschhaftes Morden war ein No-Go. Wer einen Typen in fünfzig Teile zerstückelte, hinterließ unweigerlich einen Haufen DNS-Spuren, anders war so ein grandioses Spektakel kaum zu bewerkstelligen.

Als er damals wieder klar denken konnte, war es fast zu spät gewesen. Er hatte in einem Berg Menschenhack gesessen und die Sirenen gehört, die immer näher kamen, und ihm war nichts anderes übrig geblieben, als in den Wald zu rennen, blutverschmiert und mit Geweberesten besudelt. Es hatte ewig gedauert, bis er danach wieder auftauchen konnte, in einer anderen Stadt und unter einem anderen Namen – was für ein Aufwand das alles gewesen war! Keine Frage, diese Erfahrung brauchte er nicht noch einmal. Seitdem ging er nur noch extrem planvoll und überlegt vor, nichts überließ er mehr dem Zufall. Bis gerade eben. Da war ihm einfach die Sicherung durchgebrannt.

Als er den Mann überwältigt hatte, war der gerade laut schreiend hinter zwei Kindern hergelaufen und hatte gedroht, sie eigenhändig zu erwürgen. Die Kinder waren kreischend in einen Hinterhof gerannt, und er war sich sicher gewesen, dass der Mann ihnen etwas antun würde, wenn er nicht sofort dazwischenging. Aber als er ihm die Spritze in den Hals gejagt und den bewegungsunfähigen Mann auf die Rückbank seines Wagens gelegt hatte, hatte er gehört, wie die Kinder vor Vergnügen quietschten und miteinander flüsterten.

»Papi findet uns nicht!«

»Zombie spielen mit Papi macht am allermeisten Spaß!«

Schlagartig war ihm klar geworden, dass er ein harmloses Spiel brutal unterbrochen hatte.

Und jetzt lag Papi bewegungsunfähig auf seiner Rückbank, während die reizenden Kinder darauf warteten, dass er sie endlich fand.

Wie kam er aus der Nummer jetzt bloß wieder raus? Er überlegte, den Mann einfach auf den Bordstein zu kippen, aber das erschien ihm dann doch zu herzlos. Der Mann hatte schließlich nichts getan und war Opfer seines Aktivismus geworden. Außerdem war es gut, wenn es Zeugen für seine Heldentat geben würde, dann würde der Familienvater das Schmierentheater auch eher selbst glauben. Und das war wichtig. Schließlich wollte er nicht angezeigt werden.

»Mann, Mann, Sie können echt froh sein, dass ich Sie gefunden habe!«, sagte er mit betont munterer Stimme und war von sich selbst überrascht, wie glaubwürdig er klang. »Sie waren ja völlig weggetreten! Hoffentlich haben Sie keinen Infarkt, Mann!«

Er drückte aufs Gaspedal und bog in die nächste Straße ab. »Hatten Sie so was schon öfter? Sind Sie vielleicht Epileptiker oder so? Sie sind doch nicht besoffen, oder?«

Es war nicht mehr weit bis zum nächsten Krankenhaus, und er konnte im Rückspiegel sehen, dass der Mann durch die rasante Fahrt fast von der Rückbank gefallen war. Jetzt konnte er ihn wenigstens nicht mehr anstarren.

Mit einer Vollbremsung stoppte er den Wagen, sodass der Mann gegen die Vordersitze knallte. Umso besser. Ein paar Prellungen würden seine Geschichte von einem Zusammenbruch nur untermauern.

Der Wagen parkte so vor dem Eingang der Klinik, dass jedem klar sein musste, dass er dort nicht lange stehen bleiben konnte. Er versperrte mehr oder weniger den gesamten Zugang zur Notaufnahme.

In gespielter Panik sprang er aus dem Auto und rief nach einem Pfleger, der gerade durch den Eingangsbereich der Klinik ging.

»Kommen Sie, schnell! Ich habe einen bewusstlosen Mann auf der Straße gefunden! Sie müssen ihm helfen! Schlaganfall, Herzinfarkt, ich habe keine Ahnung! Aber der rührt sich nicht!«

Geistesgegenwärtig schnappte sich der Pfleger einen Rollstuhl, der neben dem Eingang stand, und eilte zu ihm, während er versuchte, den Familienvater von der Rückbank zu ziehen. Bei der Vollbremsung hatte er sich eine blutige Nase geholt, und das Blut tropfte ihm auf sein weißes Hemd. Sehr gut. Das verstärkte die dramatische Wirkung sofort.

»Wer ist das?«

»Ich habe keine Ahnung! Ich wollte in meinen Wagen steigen, da ist er einfach neben meiner Tür zusammengebrochen!« Er bemühte sich, so aufgeregt wie nur möglich zu wirken, während der Pfleger mit professionellen Griffen den Mann in den Rollstuhl setzte.

»Okay. Sie heißen?«

»Frank Steiner«, log er.

»Gut, Herr Steiner. Parken Sie bitte Ihren Wagen auf dem Besucherparkplatz, und dann melden Sie sich vorne am Empfang. Wir brauchen Ihre Anschrift und Ihre Telefonnummer, damit wir Sie bei Rückfragen erreichen können.«

»Ja, klar. Mach ich. Wird er wieder gesund?«, rief er dem Pfleger noch hinterher, aber da war er schon in der Notaufnahme verschwunden.

Er atmete tief durch, warf noch einen verstohlenen Blick auf die Überwachungskamera, die über dem Eingang hing, zog sich seine Cap ins Gesicht und setzte sich in den Wagen.

Das Problem war gelöst. Jetzt musste er nur sehen, dass er schnell nach Hause kam und sein Auto in der Garage versteckte. Zum Glück hatte er noch ein ganzes Sammelsurium an Autokennzeichen, sodass er die Nummernschilder problemlos ersetzen konnte. Die Aufnahmen aus der Überwachungskamera würden ihm nichts anhaben können.

Er lenkte den Wagen vom Klinikgelände und freute sich auf seine Wohnung. Nichts war schöner, als nach einem überstandenen Adrenalinrausch nach Hause zu kommen und sich aufs Sofa zu lümmeln. Und sich dann bei einer schönen Tasse Kaffee in aller Ruhe um ein neues Projekt zu kümmern, das er diesmal akribisch vorbereiten und planen würde.

21

Tom hasste Stillstand. Ihm war klar, dass es bei allen Ermittlungen Durststrecken gab, aber sie setzten ihm trotzdem zu, machten ihn dünnhäutig und zehrten an seinem Nervenkostüm. Umso mehr freute es ihn, als Philipp am späten Nachmittag in sein Büro hereinplatzte, mit dem Tablet in der Hand. »Hast du 'ne Minute?«

»Setz dich«, sagte Tom. »Was hast du?«

»Ich habe hier eine Übersicht über die Fälle, in denen Mutter und Tochter den Sohn beziehungsweise Bruder misshandelt haben.«

»Kannst du mir das ausdrucken?« Beinahe ebenso wie die Durststrecken in einem Fall ging Tom die fortschreitende Digitalisierung auf die Nerven. Manchmal hatte er immer noch lieber ein Stück Papier in der Hand.

Philipp drückte auf das Display, und kurz darauf summte Toms Drucker.

»Übersicht«, wiederholte Tom und blickte auf den

Zettel. »Das sind ja bestimmt zwanzig Fälle. So viele Mutter-Tochter-Teams gibt es?«

»Nun ja, die Fälle sind unterschiedlich gelagert. Ich habe jetzt einfach mal alles rausgesucht, was auch nur ansatzweise ins Profil passte. Darunter sind aber auch Frauen, die vom Sohn beziehungsweise Bruder der Körperverletzung beschuldigt wurden, wo sich dann aber herausstellte, dass der Sohnemann ein Junkie war, der seine Familie unter Druck setzen wollte.«

»Verstehe.« Tom las sich die Liste sorgfältig durch, und Philipp erläuterte ihm jeden Fall einzeln. Mindestens die Hälfte der Vergehen konnte er gleich streichen, das sah Tom mit einem Blick. Da waren nicht nur Junkie-Söhne, die ihre Familienangehörigen fälschlicherweise beschuldigten, sondern auch Mütter, die zwar ihren Sohn misshandelt, aber die Tochter nicht minder verprügelt hatten. Das passte nicht in das Bild, das er von seinem Täter hatte. Denn es war die Schwester, die er in der Inszenierung der Opfer darstellte, nicht die Mutter. An ihr arbeitete der Blutkünstler sich ab, mit ihr konnte er kein Mitleid empfinden, was er aber vermutlich tun würde, wenn beide zu Opfern ihrer prügelnden Eltern geworden wären.

Zwei Fälle ließen Tom allerdings aufmerken. »Über die Sache mit der Puffmutter wüsste ich gerne mehr. Und die Organspende klingt auch interessant.«

»Eine Sekunde«, sagte Philipp und tippte auf seinem Tablet. »Also. Die Puffmutter hieß Tamara Gasch. Sie leitete in den 1980er-Jahren ein Bordell in der Eifel und bot da auch die Dienste ihrer minderjährigen Tochter Stella an. Ihr Sohn war erst zwölf und musste die Zimmer reinigen, in denen Mutter, Schwester und noch fünf weitere Frauen anschaffen gingen. Irgendwann wollte ein Typ es auch mit dem Jungen treiben und bot der Mutter eine horrende Summe. Nach der Vergewaltigung drehte der Junge durch und steckte das Bordell an.«

»Sind Mutter und Tochter tot?«

»Die Schwester kam bei dem Brand ums Leben, die Mutter überlebte mit schweren Verbrennungen. Lebt heute in einem Seniorenheim in Bornheim.«

»Und der Junge?«

»Er heißt Sven Gasch. War mit zwölf strafunmündig und kam zu seinem Vater. Weitere Einträge finden sich in der Akte nicht.«

Interessant, dachte Tom und notierte sich die Adresse des Altenheims, in dem Tamara Gasch lebte. »Kannst du rausfinden, wo der Junge heute lebt?«

»Ich kann es versuchen.« Philipp machte sich eine Notiz auf dem Tablet. »Der andere Fall spielt in einem ganz anderen Milieu. Feine Leute, er Chefarzt, sie Wissenschaftlerin, beide schlau und reich. Aber leider kommt ihr geliebtes Töchterchen mit einem seltenen Gendefekt zur Welt, der ihre Nieren verkümmern lässt. Trotz ihrer tollen Kontakte kommen die beiden nicht an ein frisches Organ und entscheiden sich dann, ein zweites Kind in die Welt zu setzen, welches das erste retten soll. Und so wird dann der Sohn geboren, der, Überraschung, eine passende Niere fürs Töchterchen hat, die der Vater ihm dann auch eigenhändig entnimmt und dem Mädchen einsetzt. Als der Sohn später davon erfährt, haut es ihn völlig aus den Schuhen. Er wird drogenabhängig und erschlägt schließlich den Vater.«

»Mutter und Schwester?«

»Beide inzwischen gestorben. Die eine an Altersschwäche, die andere an ihrem Gendefekt.«

»Und was ist aus dem Sohn geworden?«

»Der lebt in einer Einrichtung für psychisch Kranke.«

»Wo?«

Philipp gab ihm die Adresse. »Willst du selbst mit ihm sprechen?«, fragte er ihn.

»Das Altenheim von Tamara Gasch ist nicht weit von hier«, antwortete Tom. »Der Besuch kostet mich keine zwei Stunden. Katja?«, rief er durch die offene Bürotür. Kurz darauf kam sie zu ihm herein. Tom reichte ihr die Adresse. »Check bitte diesen Typen. Hat der Freigang, wie ist seine Verfassung, was kann er, das ganze Programm. Außerdem will ich wissen, wo er zum Zeitpunkt der Morde war.«

»In Ordnung.«

Tom stand auf, nahm Handy und Jacke und verließ das Büro. Als er an Iras Schreibtisch vorbeiging, blieb er kurz stehen. »Treffen wir uns heute Abend um acht im *Sterneck*?«

Katja, die die Bemerkung mitbekommen hatte, schaute irritiert auf. Ira verstand sofort. »Acht Uhr ist zu früh. Vor neun trifft man da niemanden.«

»Also um neun.«

»Okay.«

Bis nach Bornheim brauchte Tom nicht länger als eine halbe Stunde. Wenn auf der A555 nicht so viel los gewesen wäre, wäre er vermutlich schon in fünfzehn Minuten bei dem Altenheim gewesen.

Das Heim war ein einfaches Gebäude aus den 1960er- oder 70er-Jahren, der Putz bröckelte von der Fassade, und alles an diesem Haus wirkte trostlos. Mit den schicken Seniorenresidenzen, mit denen Eva liebäugelte, hatte dieses Heim gar nichts zu tun. In dem Moment fiel ihm ein, dass er sich seit seinem Anruf vom Stadion aus nicht mehr bei seiner Pflegemutter gemeldet hatte, und nahm sich vor, das auf der Rückfahrt nach Bonn sofort nachzuholen.

Obwohl die Besuchszeit längst zu Ende war, wurde Tom dank seines BKA-Ausweises Zutritt gewährt.

»Sie haben Glück«, sagte die kräftige Pflegerin, die an dem Empfangstresen stand. »Frau Gasch teilt sich normalerweise ein Doppelzimmer mit einer dementen Mitbewohnerin. Aber die ist gerade im Krankenhaus. Sonst hätten Sie ein ruhiges Gespräch mit Frau Gasch vergessen können.«

Tom dachte, dass er mit der Frau doch auch auf den Flur oder in ein Café hätte gehen können, sagte aber nichts.

Er fuhr mit dem Fahrstuhl in den ersten Stock und ging durch den dunklen Flur, in dem der Geruch von Urin und Putzmitteln hing. Kurz darauf stand er in dem Zimmer, das ihm genannt worden war. Sofort verstand er, was die Frau am Tresen gemeint hatte. Ein Gespräch außerhalb des Zimmers war undenkbar.

Tamara Gasch war in einer erbärmlichen Verfassung. Das Bett hatte sie vermutlich seit Jahren nicht mehr verlassen, ihre Arme und Beine waren durch die starken Verbrennungen bei dem Brand verkümmert, die Sehnen verkürzt, wodurch die Gliedmaßen an den Körper gezogen waren. Ihre Haut war mit Narben überzogen, das Gesicht als solches kaum zu erkennen: die Augen heruntergezogen, die Nase fast abgestorben, die Lippen durch zahlreiche Operationen, durch die man versucht hatte, den Mund wiederherzustellen, entstellt.

Ja, Brandopfer waren die schlimmsten, dachte Tom nüchtern. Vor seinem inneren Auge tauchten lodernde Flammen aus seiner eigenen Vergangenheit auf. Trotz ihres entstellten Äußeren war der Blick der alten, entstellten Frau jedoch hellwach. »Wer sind Sie?«, fragte sie mit erstaunlich fester und gut verständlicher Stimme.

Tom stellte sich vor. »Ich bin hier, weil ich auf der Suche nach Ihrem Sohn bin«, fügte er hinzu. »Wissen Sie, wo Sven Gasch lebt?«

Kaum merklich schüttelte die Frau den Kopf. »Nein. Ich habe Sven seit damals nie wieder gesehen«, sagte sie leise.

Da Tom nicht fand, dass er die Frau schonen müsse, fuhr er ohne Umschweife fort. »Ein paar Fragen können Sie mir sicherlich auch beantworten. Musste Sven als Kind, als er den Vergewaltigungen Ihrer Freier ausgesetzt war, Mädchenkleidung tragen?«

Die hängenden Augen der Frau weiteten sich vor Entsetzen. »Wie bitte?«

Warum tat sie so erschrocken?, fragte sich Tom. Es hatte ihr offenbar nichts ausgemacht, ihren kleinen Sohn regelmäßig vergewaltigen zu lassen, aber die Vorstellung, dass er dabei ein Kleidchen getragen hatte, machte sie jetzt fertig? Was für ein bigottes Miststück! Laut sagte er: »Sie haben mich verstanden. Also: Mädchenkleidung?«

»Nein.«

»Gut. Trug Ihre minderjährige Tochter, während sie für Sie anschaffen ging, Kleinmädchenkleidung?«

Die Frau musste schlucken. Es war nicht zu übersehen, wie schmerzhaft die Fragen für sie waren. Aber das interessierte Tom nicht. »Manchmal«, sagte sie.

»Ein gelbes Kleid?«

»Weiß ich nicht mehr.« Wieder musste die Frau schlucken, und Tom fragte sich, ob das wirklich ein Anzeichen für verspätete Reue oder einfach ihren Vernarbungen geschuldet war.

»Trug sie ihre Haare zu Kleinmädchenzöpfen geflochten?«

»Manchmal.«

»Welche Haarfarbe hatte Ihre Tochter?«

»Mal so, mal so.«

Tom wurde immer gereizter. Es nervte ihn, dass die Alte ihm keine richtigen Antworten gab. Auf die Frage nach der Haarfarbe des eigenen Kindes hätten alle Eltern sofort die Naturhaarfarbe genannt, selbst wenn der

Schopf des Nachwuchses später zur knallbunten Irokesenbürste gefärbt worden wäre.

»Und wenn sie die Zöpfe trug? War sie dann blond?«

Die Frau atmete hörbar aus – eine Mischung aus Stöhnen und Pfeifgeräuschen. »Herrgott noch mal! Ich weiß es nicht mehr! Wissen Sie, wie lange das zurückliegt?« Ihr vernarbter Mund verzog sich zu einer merkwürdigen Grimasse, und Speichel lief ihr über das Kinn.

»Dann denken Sie gefälligst nach«, sagte Tom harsch. »An dem Tag, an dem Sven das Feuer legte, waren da die Haare Ihrer Tochter blond gefärbt?«

Er konnte an ihrem Blick sehen, wie es in ihr arbeitete. War der Rest des Gesichts auch fratzenhaft verzerrt und ließ kaum noch eine Deutung zu, so waren die Augen doch immer noch ein Fenster zu ihrem Inneren.

»Möglich. Vielleicht aber auch schwarz oder rot. Ich weiß es wirklich nicht mehr!«

Blöde Kuh, dachte Tom verärgert. Das Einzige, was in ihrem zerstörten Körper noch funktionierte, war ihr Gehirn. Und selbst das schien zu verkümmern.

»Okay.« Tom brachte seine Wut auf die Frau unter Kontrolle. Seit seiner Kindheit konnte er seine Gefühle von einer Sekunde auf die andere abschalten, jedenfalls meistens. Er brauchte keine Emotionen, sie behinderten ihn nur beim Denken. »Was ist mit Svens Vater?«

»Was soll damit sein?«

»Ist er auch der Vater Ihrer verstorbenen Tochter?«

»Natürlich nicht.«

Das war klar, dachte Tom. »Lebt er noch?«

»Keine Ahnung.« Wieder musste sie schlucken, während ihr der Speichel über das Kinn rann. Sie versuchte, ihn mit dem Ärmel ihres fleckigen Nachthemdes abzuwischen, was ihr aber nicht vollständig gelang. »Ich habe keine Lust mehr, mich mit Ihnen zu unterhalten. Sie sind ein Arschloch«, brachte sie dann mit wütender Stimme hervor.

»Das sagt die Richtige.«

»Raus hier!«

Er warf der Frau noch ein spöttisches Lächeln zu und wandte sich dann zur Tür. Im Hinausgehen fiel sein Blick auf eine schäbige Kommode, auf der ein gerahmtes Foto stand. Es zeigte die entstellte Tamara Gasch, im Rollstuhl sitzend. Neben ihr stand ein jüngerer, ungepflegter Mann.

»Ist das Ihr Feuer legender Sohn?«

Die Frau antwortete nur mit einem abfälligen Grunzen.

»Kommt er Sie also doch besuchen? Er hängt an Ihnen, obwohl Sie sein Leben ruiniert haben, stimmt's?«

Ohne Tamara Gasch weiter zu beachten, nahm Tom sein Handy aus der Tasche, fotografierte das Bild ab und verließ den Raum. Am Eingang fragte er die korpulente Pflegerin hinter dem Tresen nach den Angehörigen der entstellten Frau.

Die Pflegerin zuckte mit den Schultern. »Im Prinzip hat sie keine. Ist 'ne ganz arme Sau.«

»Was ist mit ihrem Sohn? Immerhin hat sie ein Foto von ihm im Zimmer.«

»Ja, der kommt einmal im Jahr vorbei und bleibt für eine Stunde.«

»Haben Sie eine Telefonnummer von ihm?«

Die Frau schüttelte den Kopf. »Nein. Ich glaube, er ist obdachlos. Er hat mal zu mir gesagt, dass wir im *Straßenkehrer* anrufen sollen, falls es mit seiner Mutter zu Ende geht. Das ist eine Anlaufstelle für Obdachlose am Kölner Hauptbahnhof. Vielleicht können die Ihnen ja weiterhelfen.«

Tom bedankte sich und verließ das schäbige Gebäude. Als er wieder im Auto saß, wählte er als Erstes Evas Nummer. Es gab so viele kaputte Familien, so viele zerstörte Seelen, und er selbst kam aus einer der schlimmsten Familiensituationen, die man sich nur vorstellen konnte. Aber er war entkommen und hatte bei Eva und Georg ein liebevolles Zuhause gefunden, das ihn vermutlich gerettet hatte. Er würde ihnen für immer dankbar sein, dankbar dafür, dass sein Leben nicht so vor die Hunde gegangen war wie das von Sven Gasch oder seiner Mutter.

Oder wie das von Aaron.

22

Merle konnte vor Angst kaum denken. Ihr Kopf schmerzte noch immer, allerdings ein bisschen weniger als am Tag zuvor.

War sie wirklich schon Tage hier? Oder doch erst Stunden? Sie wusste es nicht und hatte jede Orientierung verloren.

Erneut versuchte sie, etwas in ihrer Umgebung wahrzunehmen. Sie lag gefesselt und geknebelt auf einer Matratze. Es war dunkel und roch muffig, nach feuchtem Keller. Manchmal glaubte sie, die Kanalisation zu hören. Aber sie war sich nicht sicher. Vielleicht war es auch das Rauschen eines Bachs.

Nachdem er sie in ihrer Wohnung bewusstlos geschlagen hatte, hatte sie ihn nur einmal kurz gesehen, als er sie in den Kofferraum seines Wagens legte. Sie konnte sich nur an seine Augen erinnern – wässrig blau mit einem kalten Blick –, der Rest des Gesichts war unter einer Maske verdeckt gewesen.

Sie zog an ihren Fesseln – nicht zum ersten Mal – und gab erschöpft auf, als ihr das harte Material erneut in die Handgelenke schnitt. Warum hielt er sie hier unten so lange gefangen? Was hatte er mit ihr vor? Mädchenhändler, Zwangsprostitution – drohte ihr so etwas? Würde sie womöglich in irgendeinem illegalen Bordell anschaffen müssen? Das würde jedenfalls erklären, warum sie immer noch am Leben war.

Nach dem ersten Schlag auf den Kopf hatte er sie in Ruhe gelassen. In stockdunkler Nacht hatte er sie aus dem Kofferraum in diesen Keller getragen und sie hier an Händen und Füßen gefesselt. Die Stahlschnüre, die an einem Haken in der Wand festgemacht waren, schnitten in ihre Haut, sobald sie an ihnen zog. Aber das war die einzige Verletzung, die er ihr zugefügt hatte, abgesehen von der Beule am Kopf. Allerdings hatte er ihr keine Möglichkeit gegeben, auf die Toilette zu gehen, und so war ihr irgendwann nichts anderes übrig geblieben, als unter sich zu machen. Aber inzwischen kümmerte sie das nicht mehr.

Wenn er ein Menschenhändler war, dann würde sie ihm nur lebend nutzen, dachte Merle, um sich selbst Mut zu machen. Tot würde sie ihm nichts bringen; nur eine lebende Zwangsprostituierte versprach Geld.

Sie spürte, wie der Durst immer unerträglicher wurde. Er war schlimmer als das Hungergefühl, das sie ebenfalls seit einer Weile plagte. Warum gab er ihr nichts zu trinken? Ihm musste doch klar sein, dass sie ohne Wasser nicht lange überleben würde.

Erneut überkam sie die Panik. Und wenn ihm etwas passiert war? Wenn er sie im Auftrag irgendeines Menschenhändlers entführen sollte und auf dem Weg verunglückt war? Dann würde niemand wissen, dass sie hier unten gefangen gehalten wurde, dann würde sie elendig verdursten müssen.

Merle versuchte zu schreien, aber wegen des Knebels in ihrem Mund brachte sie nur einen undefinierbaren Laut heraus. Panisch zog und zerrte sie an den Stahlseilen. Aber abgesehen davon, dass sich dadurch die Schmerzen an ihren Hand- und Fußgelenken nur verschlimmerten, passierte nichts.

Wimmernd schloss Merle die Augen. Sie dachte an ihre Eltern, mit denen sie die bestandene Prüfung hatte feiern wollen, an Sammy, ihren geliebten Hund, mit dem sie aufgewachsen war, und an ihre Freunde.

Schließlich beruhigte sich ihre Atmung ein wenig. Man würde sie vermissen, dachte sie. Und dann würde man sie suchen und bestimmt auch bald finden.

Als sie sich gerade mit dem Gedanken angefreundet hatte, dass bestimmt schon ein Polizeitrupp auf dem Weg zu ihr war, fiel ihr ein, dass ihr Entführer eine Nachricht in ihre WhatsApp-Gruppe geschickt hatte. Von ihren Freunden würde sie keiner vermissen, denn die glaubten, sie läge mit Kopfschmerzen im Bett.

Und wenn ihr Entführer auch eine Nachricht an ihre Eltern geschickt hatte? Dann gingen womöglich alle davon aus, dass sie krank war oder spontan verreist oder was er sich sonst noch für Lügen ausgedacht hatte.

Dann würde niemand nach ihr suchen. Merle wurde übel, als ihr klar wurde, was das bedeutete – dass der dunkle, miefige Kellerraum nichts anderes als ihr Grab war.

Fast erleichtert hörte sie nach einer Weile die Schritte, die von außen zu ihr drangen. Ihr Instinkt sagte ihr sofort, dass es nicht die Polizei war, sondern dass er kommen würde. Zumindest heißt das, dass er mich doch nicht hier unten verrotten lässt, dachte sie. Das war erst einmal gut, auch wenn sie keine Ahnung hatte, was gleich passieren würde.

Mit einem lauten Quietschen wurde die Tür geöffnet, und kurz darauf betrat er den Raum. In der Hand hielt er einen Plastikbeutel, und Merle glaubte, darauf den Namen eines Baumarktes zu erkennen. Von dem Mann selbst sah sie nicht viel. Er hatte einen Schutzanzug an, so wie ihn Handwerker trugen, und sein Gesicht war von einer Cap verdeckt. Er wirkte nicht gerade schlank, wobei sie sich nicht sicher war, ob sich unter der Fettschicht nicht einige Muskeln verbargen.

Merle versuchte, ihre Atmung unter Kontrolle zu bringen. Sie rechnete damit, in den nächsten Minuten vergewaltigt zu werden, und sie wollte ihm auf keinen Fall die Genugtuung geben, dabei zu weinen oder zu jammern.

Zu ihrer Überraschung schenkte der Mann ihr aber keinerlei Aufmerksamkeit. Stattdessen ging er zu einer Art Werkbank, die am anderen Ende des Raumes stand, schaltete eine Schreibtischlampe an und begann, die

Gegenstände auszubreiten, die sich in dem Beutel befunden hatten. Sie konnte nicht genau erkennen, was es war, glaubte Draht und Werkzeuge auszumachen. Dann holte er eine bestimmt fünfzig Zentimeter große Gliederpuppe aus dem Beutel. Merle kannte diese Puppen nur zu gut. Während ihres Studiums waren sie ihr nicht nur einmal begegnet. Diese Puppen aus massivem Holz eigneten sich hervorragend als Zeichenvorlagen, da sie die menschlichen Proportionen originalgetreu abbildeten. Die einzelnen Körperteile waren mit Schraubengliedern verbunden, sodass die Puppe eine hohe Beweglichkeit hatte und man sie in unendlich viele Positionen versetzen konnte. Merle war nicht nur einmal beim Abzeichnen dieser Puppe verzweifelt.

Jetzt sah sie, wie der Mann die einzelnen Glieder zählte und mit einem schwarzen Stift nummerierte. Eine 1 malte er auf den Fuß, eine 2 auf den Unterschenkel, eine 3 auf den Oberschenkel – so beschriftete er die Puppe in einem fort. Dann betrachtete er die Holzgelenke, überprüfte ihre Beweglichkeit und hielt sie an einen fast fingerdicken Draht, der auf der Werkbank lag. Schließlich drehte er sich zu ihr um, langsam und in aller Ruhe. Merle stockte der Atem, als der Mann endlich auf sie zukam. Die Angst überwältigte sie, und sie riss erneut wild an ihren Fesseln.

Mit ausdrucksloser Miene stand er jetzt vor ihr. Sein Gesicht wirkte irgendwie schwammig, und sie versuchte, sich jeden Zentimeter davon einzuprägen. Aber es gab nichts Besonderes an ihm, keinen Leberfleck, keine

Narbe, nichts, womit sie ihn der Polizei später würde beschreiben können. Der Mann sah einfach unglaublich gewöhnlich aus.

Schweigend und mit unverändertem Gesichtsausdruck zog er eine Schere aus seiner Tasche und begann, ihr von den Füßen aus die Hose aufzuschneiden.

Merle spürte, wie ihr Herz raste und ihr der Schweiß ausbrach. In ihrer Panik konnte sie an nichts anderes mehr denken als an das, was ihr nun bevorstand.

Jetzt schneidet er dir die Kleidung vom Leib, ging es ihr durch den Kopf. Jetzt wird er dich vergewaltigen.

Doch zu ihrer Überraschung beließ er es bei der Hose. Als er ihr diese vom Körper geschnitten hatte, warf er noch nicht mal einen Blick auf ihren Slip. Auch schien er darauf bedacht zu sein, sie nicht unnötig anzufassen, weder strich er ihr über den Oberschenkel, noch berührte er auf sonst eine Weise ihre Haut. Nichts in seinem Verhalten war anzüglich. Stattdessen legte er die Schere zur Seite.

Was hatte er vor? Merle versuchte, ihre Panik unter Kontrolle zu bringen und das Zittern zu verbergen. Wollte er sie doch nicht missbrauchen? Stieß ihn vielleicht der stechende Uringeruch ab?

Sie sah, wie er einen schwarzen Filzstift aus seiner Tasche zog. Er musterte noch einmal ihre Beine, aber auch das auf eine Art, die nichts Anzügliches hatte. Dann schrieb er eine 1 auf ihren Fuß, eine 2 auf ihren Unterschenkel.

Und mit einem Schlag wurde Merle alles klar. Wieder

schrie sie, und wieder sorgte der Knebel in ihrem Mund dafür, dass sie nur ein klägliches, halblautes Wimmern herausbrachte – viel zu leise, als dass es jemand außerhalb dieser Mauern hätte hören können.

23

Die ganze Fahrt zurück nach Bonn über hatte Tom mit Eva telefoniert. Es war ein lockeres Gespräch gewesen, das sich nicht mehr nur ausschließlich um Georgs Tod und seine Folgen gedreht hatte. Tom hatte selbst gemerkt, wie gelöst er gewesen war, und auch Eva schien es recht gut zu gehen. Mit dem Versprechen, sie am Wochenende zu besuchen, verabschiedete er sich von seiner Pflegemutter.

Es war kurz vor neun, als er vor dem *Sterneck* angekommen war. Ira hatte ihm eine Nachricht hinterlassen, dass sie sich etwas verspäten würde, und er hatte keine Lust, auf sie zu warten. Pünktlichkeit gehörte zu den wenigen Dingen, die sein Vater ihm beigebracht hatte und die er nicht völlig ablehnte.

Tom schob den schweren roten Vorhang zur Seite, der hinter der Eingangstür hing, um die kalte Zugluft abzuhalten. Sofort schlug ihm ein Stimmengewirr entgegen, und er hatte das Gefühl, in eine andere Zeit zu reisen. Die Einrichtung des *Sterneck* hatte sich in den letzten vierzig Jahren offensichtlich nicht viel verändert. Eine dunkle Holztheke bildete das Zentrum des Gastraums, um sie herum standen ein gutes Dutzend Holztische, die alle belegt waren. Bestimmt achtzig Prozent der Gäste waren Männer, die die fünfzig längst überschritten hatten und exakt so aussahen wie das Klischee eines überarbeiteten, leicht übergewichtigen Reporters. Die Kneipe hatte nichts von einem Szenelokal, in dem sich die Polit-Journalisten trafen, wie es zu Zeiten der Bonner Republik noch der Fall gewesen war. Im Gegenteil. Hier lag der Geruch von Verlierern in der Luft. Hier wimmelte es von Leuten, die einmal Journalisten geworden waren, weil sie die Welt verbessern wollten, und die heute hin und wieder über Verkehrsunfälle in der Innenstadt berichten durften. Wenn's hoch kam.

Tom ließ seinen Blick durch den Raum schweifen und erkannte diesen Jo sofort. Er saß am Tresen und aß eine Frikadelle, während ein deutlich älterer Mann auf ihn einredete. Toms erster Eindruck, dass Jo ein drahtiger, durchtrainierter Kerl war, bestätigte sich. Als ungefähr Mittvierziger senkte er den Altersdurchschnitt in der Kneipe um gut zehn Jahre. Seine dunklen Haare waren grau meliert und mit viel zu viel Gel nach hinten gestrichen. Er hatte den Kragen seines roten Poloshirts nach oben geschlagen und nickte dem Alten zwischendurch immer wieder zu.

»Darf ich?«, fragte Tom und drängte sich zwischen den Alten und Jo.

»Ey, was soll das?«, schimpfte der ältere Mann. »Was ist denn mit dir los?«

Tom drehte sich langsam zu ihm um und sah ihm direkt in die Augen. Er wusste, wie er auf andere wirken konnte, mit seiner Körpergröße, seinem selbstbewussten Blick, seiner ruhigen, aber bestimmten Art. »Ich muss nur kurz etwas klären, etwas, das nicht warten kann«, sagte Tom, als wäre es das Natürlichste auf der Welt.

Der ältere Mann stutzte, brummte dann etwas, das wie »Unverschämtheit« klang, und zog sich mit seinem Bier in den hinteren Bereich des Tresens zurück. Tom drehte sich wieder zu seiner Zielperson um. Die versuchte sichtlich, sich so unbeeindruckt wie nur möglich zu geben. Dass Jo Tom erkannt hatte, war eindeutig.

»Was wollen Sie?«, fragte er mit vollem Mund.

»Sie nennen sich Jo, richtig?«

»Wer will das wissen?«, fragte er und schmatzte dabei fast demonstrativ, als wollte er damit zum Ausdruck bringen, wie wenig ihn Tom interessierte und wie wichtig ihm dagegen seine Frikadelle war.

»Ich.« Tom setzte sich neben ihn. »Aber vor allen Dingen will ich wissen, wer Ihnen die Tipps mit den Morden gegeben hat.«

»Ich hab keine Ahnung, wovon Sie sprechen.«

»Lass den Scheiß, Jo.« Ira war plötzlich neben Tom aufgetaucht. »Er weiß Bescheid, und im Übrigen ist er mein Chef.«

Jo biss in seine Frikadelle und schien nachzudenken.

»Wenn er Bescheid weiß, dann weiß er doch auch sicherlich, dass es für mich keinen Grund gibt, einfach so mit ihm zu sprechen.«

Der Typ wollte ein Angebot, dachte Tom. Das konnte er haben.

»Ja, auch das weiß ich«, antwortete er. »Und ich mache Ihnen folgenden Vorschlag: Sobald wir den Mörder haben, bekommen Sie ein Exklusivinterview mit ihm.«

Jos Augen blitzten auf. Aber so schnell ließ er sich nicht überzeugen. »Sie können mir viel versprechen. Woher weiß ich denn, dass Sie Ihr Versprechen auch halten?« Er stocherte mit einem Finger zwischen seinen Zähnen herum und holte schließlich ein Stückchen Frikadelle aus einer Zahnlücke hervor, das er sofort wieder in seinem Mund verschwinden ließ. Ira verzog angewidert das Gesicht.

»Ich rufe Sie persönlich an, sobald ich den Kerl in Handschellen vor mir habe«, sagte Tom und bemerkte aus dem Augenwinkel, wie Ira ihn ungläubig anguckte.

»Sind Sie irre?«, entfuhr es ihr.

»Nein.« Tom sah Jo ernst an. »Sie können sich auf mich verlassen. Sie können ein Interview mit dem Killer führen, bevor er von der Polizei verhört wird. Einzige Bedingung ist, dass ich bei dem Interview dabei bin.«

Jo steckte sich das letzte Stück Frikadelle in den Mund und war sichtbar bemüht, gelassen zu wirken. Dass seine Hände vor Aufregung einen Hauch zitterten, nahm vermutlich nur Tom wahr.

»Sie können ihm doch nicht so etwas zusagen!«,

zischte Ira Tom ins Ohr. »Damit kommen Sie in Teufels Küche!«

Er zuckte unbeeindruckt mit den Schultern. »Das ist mein Problem. Also, was sagen Sie, Jo?«

Er konnte dem Journalisten ansehen, wie der frohlockte. Immer wieder versuchte er, ein Lächeln zu unterdrücken und sich so cool wie nur möglich zu geben. Ganz offensichtlich witterte er die Story seines Lebens. Aber noch zögerte er.

»Das ist mir zu unsicher«, sagte er und spülte die Reste seiner Frikadelle mit einem großen Schluck Bier herunter.

»Ich gebe Ihnen meine private Handynummer und meine Adresse«, sagte Tom und zog einen Stift aus der Tasche. Auf dem Bierdeckel des Mannes notierte er seine Daten. »Sie können mich jederzeit aufsuchen, wenn Sie Fragen zu dem Fall haben sollten.«

Ira war nun völlig fassungslos und schüttelte nur noch stumm den Kopf, aber Tom ignorierte sie einfach. Auffordernd sah er Jo an.

»Okay«, sagte Jo schließlich. »Dann haben wir einen Deal.«

»Gut. Woher wussten Sie also von den Morden?«

Jo grinste ihn an. »Tja, das ist leider beim besten Willen nicht so spannend, wie Sie es sich vielleicht vorgestellt haben. Sie wissen schon, dass man den Polizeifunk abhören kann?«

»Reden Sie keinen Scheiß.« Jetzt war Tom genervt. Verarschen ließ er sich nicht. »Das würde ja bedeuten, dass Sie 24/7 den Polizeifunk in ganz Deutschland abhören. Ich glaube Ihnen kein Wort.«

Der Reporter verdrehte die Augen. »Jeder gute Boulevardreporter hat natürlich seine Polizeifunk-Scouts, was denken Sie denn?«, fragte er verächtlich. »Ich höre mir den ganzen Kram doch nicht selbst an. Fünf Scouts arbeiten ausschließlich für mich.«

»Was sind das für Leute?«

»Freaks, die den ganzen Tag nur den Notruf abhören. Sobald etwas Interessantes dabei ist, sagen sie mir Bescheid. Und wenn ich eine Story daraus machen kann, gibt es einen Hunni für sie. Dann fühlen sie sich wie die nächsten Pulitzer-Preisträger.« Er lachte spöttisch.

Was für ein erbärmlicher Typ, dachte Tom. Freute sich, dass er nicht das schwächste Glied in der Nahrungskette war.

»Und welcher von den fünf Typen hat Ihnen den Tipp mit den Morden gegeben?«

Jo schien sich in der Rolle des Allwissenden gut zu gefallen. Er sah Tom mitleidig an. »Die kamen natürlich nicht nur von einem. Ist doch klar. Die Morde fanden ja schließlich in unterschiedlichen Städten statt. Ich glaube, jeder von denen hat mir mal einen Tipp gegeben.«

Es brauchte noch ein bisschen Überredungskunst, bis Jo die Namen der fünf Männer rausrückte. Kurz danach stand Tom mit Ira wieder auf der Straße.

»Und für diese Namen riskieren Sie Ihren Job?«, blaffte Ira ihn an. »Haben Sie da nicht etwas zu hoch gepokert?«

»Ich glaube diesem Jo kein Wort«, entgegnete Tom. »Überlegen Sie doch mal: Seine Polizeifunk-Scouts geben ihm durch, wo sich die Leiche befindet.«

»Und?«

»Wie lange dauert es normalerweise vom Eingehen des Notrufs bis zum Auftauchen der Polizei?«

»Keine Ahnung. Kommt drauf an. Maximal zwanzig Minuten, würde ich sagen.«

»Jetzt klar?«

Ira legte nachdenklich die Stirn in Falten. »Ja, klar. Jo kann unmöglich vor der Polizei am Tatort gewesen sein. Schon gar nicht, wenn er nach Bremen oder München musste.«

»Eben. Entweder er lügt ...«

»Oder einer seiner Scouts.«

24

Sein Herz pochte wild vor Freude. Zum fünften Mal las er sich jetzt die Nachricht durch: Tommy war wieder da.

Wie gut, dass er den Kerl damals bestochen hatte! Den Kerl, der ihm jetzt die Nachricht schickte, dass ein gewisser Tom Bachmann in Deutschland wieder eine eigene Steuernummer hatte. Tommy war also ganz offiziell wieder in Lohn und Brot, lebte nicht im Untergrund, so wie er.

Für das BKA war der Kleine jetzt also tätig. Aaron lächelte. Das passte zu Tommy. So konnte er seine Mordlust befriedigen, ohne selbst morden zu müssen. Das war seine Art, mit dem Erbe umzugehen, das sie beide bekommen hatten, als sie das Heim verließen. Zwei Jahre hatte Tommy noch ohne ihn in der Hölle gelebt. Zwei Jahre, in denen er seinem wahnsinnigen Vater schutzlos ausgeliefert gewesen war. Bis heute wusste Aaron nicht, warum Tommy damals geblieben war.

Er seufzte. Es war schade, dass der Kleine sich nach

der Heimzeit für die andere Seite entschieden hatte. Dabei könnten sie doch so viel mehr erreichen, wenn sie sich zusammenschließen würden. Gemeinsam könnten sie all die Schweine, die Kinder quälten, ins Jenseits befördern. Etwas anderes hatten sie eh nicht verdient, und Aaron fand, dass sie ihr Erbe damit in eine sinnvolle Bahn lenken konnten. Er empfand es jedenfalls als sinnstiftend und befriedigend, was er tat. Natürlich befriedigte es auch seine Lust, aber es war ja auch keine Schande, das eine mit dem anderen zu verbinden.

Die Sache mit dem Familienvater, den er versehentlich außer Gefecht gesetzt und mitgenommen hatte, war zum Glück glimpflich ausgegangen. Im Netz hatte er auf einer regionalen Seite eine Notiz gefunden, dass ein verwirrter Mann ins Krankenhaus eingeliefert worden sei, der grundlos auf der Straße zusammengebrochen war und keine Erinnerung mehr an das Geschehen hatte. Ein wenig halbherzig wurden Augenzeugen gesucht, da aber kein Verbrechen vorzuliegen schien und der Mann auch inzwischen wieder nach Hause entlassen werden konnte, wurde dem Fall keine besondere Aufmerksamkeit geschenkt.

Aaron betastete mit dem Zeigefinger die Erde in einem der vielen kleinen Blumentöpfe. Sie war viel zu trocken. Er nahm eine Kanne vom Regal, füllte Wasser hinein und goss vorsichtig die Kräuter, die er auf dem Fensterbrett in der Küche zog. Das war auch so ein Überbleibsel aus der Zeit im Heim. In dieser Einrichtung war das Essen wie üblich kantinenmäßig schlecht gewesen, verkocht, versalzen, voll künstlicher Geschmacksstoffe und ohne jegliche Frische. Seit er damals das Weite gesucht hatte, hatte er nie wieder ein Fertiggericht gegessen. Aaron liebte es, selbst zu kochen, und verwendete nur die besten und frischesten Zutaten. Er wusste, dass Tommy die kulinarische Prägung des Heims anders verarbeitet hatte. Essen hatte für ihn keine Bedeutung mehr, es war für ihn nichts anderes als Nahrungsaufnahme, und im Gegensatz zu ihm konnte Tommy sich auch mit einem Tiefkühlgericht zufriedengeben.

Aaron musste lächeln. Tommy hatte sich zwar in Sachen Mordlust auf die Seite des Guten geschlagen, aber dafür konnte Aaron beim Essen punkten.

Sein Blick fiel aus dem Fenster in den Hof, aus dem nun lautes Geschrei zu ihm drang. Die Wohnung hatte damals niemand haben wollen, weil sie direkt an den Schulhof der Grundschule grenzte. Aaron war der einzige Interessent gewesen und hatte sofort den Zuschlag bekommen. Ihn störte das Kindergeschrei nicht, jedenfalls nicht, solange es fröhlich war.

Jetzt war der Unterricht zu Ende, und die Schüler rannten juchzend nach draußen. Aaron wartete. Als er schon glaubte, dass niemand mehr käme, sah er ihn wieder.

Jeden Tag trat der kleine Junge als Letztes und ganz allein aus der großen Schultür. Er wirkte verloren, traurig und ängstlich. Zuerst hatte Aaron gedacht, dass der Junge ein klassisches Mobbingopfer wäre, für das die Schule eine einzige Tortur war. Solche Fälle gehörten nicht zu Aarons Aufgabengebiet, auch wenn ihm diese Kinder leidtaten. Vor ein paar Tagen allerdings hatte er zum ersten Mal beobachtet, dass die Ursache für die Traurigkeit des Kindes nichts mit seinen Mitschülern zu tun hatte. Es war seine Mutter, die dem Jungen so zusetzte.

Mit hängendem Kopf ging der Kleine Richtung Schultor. Wie alt mochte er sein? Vielleicht sieben oder acht Jahre? Seine Schritte wurden immer langsamer, je näher er dem Tor kam. Vor einem großen schwarzen SUV stand eine blonde Frau in teurer Designerkleidung. Selbst aus dieser Entfernung konnte Aaron die unvermeidliche Louis-Vuitton-Tasche mit dem passenden übergroßen Schal erkennen, der bei den Temperaturen mehr als überflüssig war. Die viel zu langen Haare, die nur mit Extensions eine solche Länge erreichten, und natürlich die hochhackigen Schuhe zur Hose, die so eng war, dass es wehtun musste, sie zu tragen. Entweder war die Frau beruflich sehr erfolgreich, oder sie hatte einen Mann, der das war.

Aaron tippte allerdings auf Ersteres. Die Frau wirkte eher wie jemand, der beruflich extrem eingespannt war, als wie jemand, der außer Yoga und Maniküre am Vormittag nichts vorhatte.

Die meisten Kinder wurden von ihren Müttern oder Vätern liebevoll begrüßt, aber diese Frau schimpfte schon los, als der Junge noch nicht ganz bei ihr angekommen war. Aaron konnte den genauen Wortlaut nicht verstehen, aber er hörte, wie sie ihn anschrie. Als das Kind etwas erwiderte, gab die Frau ihm wütend eine Ohrfeige.

Aaron spürte einen Stich in der Magengrube. Er hatte den Schlag ins Gesicht genau mitbekommen, auch wenn es aus dieser Entfernung unmöglich war, ihn zu hören. Unzählige Male in seinem Leben hatte er selbst eine solche Ohrfeige bekommen. Und er wusste, dass der körperliche Schmerz nicht so schlimm war wie die Demütigung. Eine Ohrfeige war das Demütigendste, was Aaron sich vorstellen konnte. Denn sie kam immer von jemandem, der über einem stand oder sich zumindest über einem wähnte. Und mit dem klatschenden Aufprall schrie die Ohrfeige ihm ins Gesicht: *Ich kann dich schlagen, und du kannst nichts dagegen tun.*

Mit hängenden Schultern stand der Junge einfach nur so da, während seine Mutter schimpfend den Ranzen in den Kofferraum warf. Dann schubste sie ihn auf die Rückbank und stieg selbst an der Fahrerseite ein. Ohne sich selbst anzuschnallen oder zu warten, dass der Junge es getan hatte, fuhr sie mit quietschenden Reifen davon.

Aaron spürte, wie der Hass in ihm aufflammte, und versuchte, ihn unter Kontrolle zu bringen. Hass war kein nützliches Gefühl, es brachte seinem Besitzer absolut gar nichts und war niemals hilfreich. Im Gegenteil. Hass vernebelte die Sinne und sorgte dafür, dass man Fehler machte. Hass war etwas, das Aaron sich niemals durchgehen ließ.

Kühl und überlegt handeln, das ist das, was du tun musst, dachte er.

Er nahm den Bleistift, der zusammen mit einem kleinen Block auf der Fensterbank lag, und notierte sich das Kennzeichen des SUVs, das er sich eingeprägt hatte.

»Und jetzt gucken wir uns Miss Neureich mal ganz in Ruhe genauer an«, sagte er zu sich und setzte sich mit seinem Laptop aufs Sofa.

25

Tom und Ira trafen sich vor dem Haus in Alfter, einem kleinen Ort vor den Toren Bonns, in dem der erste Name auf der Liste von Jos Polizeifunk-Scouts wohnte. Ira hatte noch am Abend alle fünf Namen durch die Datenbank gejagt, aber keiner der Scouts war bisher polizeilich aufgefallen.

Nach mehrfachem Klingeln öffnete ihnen Frederick Kröner die Tür. Er bewohnte eine billige Souterrainwohnung, aus der ihnen ein Mief aus Schweiß und knoblauchhaltigem Essen entgegenschlug. Tom konnte sein Alter nur schwer schätzen. Vielleicht war er dreißig, vielleicht aber auch älter. Er hatte ein jungenhaftes Gesicht, das ihn vermutlich auch mit fünfzig noch wie dreißig aussehen ließ. Ansonsten sah er genauso aus, wie man sich einen Computer-Nerd vorstellte, der den ganzen Tag in einem dunklen Keller vor dem Rechner hockte und außer Fast-Food und Cola nichts zu sich nahm: blass und weich. Überrascht blickte der Mann sie an, der trotz der vielen Pizzakartons, die hinter ihm sichtbar wurden, erstaunlicherweise nicht übergewichtig wirkte. »Habe ich was bestellt?«, fragte er.

»Sehen wir so aus, als lieferten wir Pakete aus?«, konterte Ira.

Er grinste. »Sorry, nein. Aber ich kriege normalerweise keinen Besuch. Bis auf die Leute von DHL und dem Pizzadienst klingelt hier selten jemand.«

Ira stellte Tom und sich vor und erklärte dem Mann, warum sie gekommen waren – beziehungsweise präsentierte ihm die Geschichte, die sie sich gemeinsam überlegt hatten.

»Der Mann nennt sich Jo Gerber, heißt tatsächlich aber Joachim Gerberling. Kennen Sie den?«

»Ja.« Frederick Kröner war anzusehen, dass er sich unwohl fühlte. »Was ist mit ihm?«

»Er steht im Verdacht, eine Straftat vertuscht zu haben«, log Ira. »Bei seiner Aussage hat er unter anderem Ihren Namen angegeben. Sie sollen ihm bei der Tat geholfen haben.«

Kröner machte große Augen. »Wie bitte?«

»Können wir das drinnen besprechen?«, fragte Tom.

Kröner zögerte. »Muss das sein? Ehrlich gesagt sieht es bei mir aus wie im Schweinestall.«

Tom zuckte mit den Schultern. »Das stört uns nicht.«

Der Mann schaute von Tom zu Ira und dann wieder zu Tom, bevor er seufzend einen Schritt zurücktrat und sie hineinließ. Sie kamen nur bis in den Flur der kleinen Wohnung.

Tom genügte ein Blick in den Wohnraum, um zu wissen, warum Kröner sie nur ungern hereinlassen wollte. Er verzog keine Miene. Im Gegensatz zu ihm konnte Ira ihre Fassungslosigkeit nur schwer verbergen.

»Mein Gott«, entfuhr es ihr, als sie die Berge von Müllsäcken, Zeitungspapier, Plastiktüten und leeren Flaschen sah, die sich fast bis zur Decke stapelten. Einen kleinen Weg, der bis zu einem Schreibtisch mit drei Monitoren führte, hatte Kröner frei gelassen. Links und rechts davon türmten sich Müll und andere Gegenstände, die jeder normale Mensch längst entsorgt hätte. Der Mann war ein Messie, wie er im Buche stand.

»Tut mir leid«, sagte er mit gesenktem Kopf. Peinlich berührt blickte er zu Boden und knetete seine Finger. »Wie gesagt, ich habe normalerweise keinen Besuch. Sonst hätte ich natürlich noch ein bisschen aufgeräumt.«

»Es geht uns nichts an, wie Sie leben«, sagte Tom, der wieder aufs Thema kommen wollte.

Aber Ira ging dazwischen. »Nein, es geht uns nichts an«, sagte sie. »Doch wenn Sie Hilfe brauchen, können wir die sicherlich vermitteln.«

Kröner bekam ein hochrotes Gesicht. »Sie haben einen völlig falschen Eindruck von mir. Ich bin nicht gestört oder so. Ich habe nur eine Weile vergessen aufzuräumen. Wirklich.«

»Kein Problem, wie gesagt, es geht uns nichts an«, sagte Tom schnell, dem es vollkommen egal war, ob der Typ Müll oder Gartenzwerge sammelte. Wenn er so leben wollte, sollte er es doch tun. »Jo Gerber beziehungsweise Joachim Gerberling hat sie beschuldigt, ihm bei der Vertuschung einer Straftat geholfen zu haben.«

»Um was geht es denn überhaupt?«

»Gerberling wird vorgeworfen, gegen das Betäubungsmittelgesetz verstoßen zu haben.«

»Drogen?«, fragte Kröner ungläubig. »Damit hatte ich noch nie was zu tun. Ich trinke höchstens mal ein Bier.«

»Er behauptet, Sie hätten für ihn den Polizeifunk abgehört und ihn vor Ermittlungen gegen seine Person gewarnt«, log Ira weiter.

Jetzt wirkte Frederick Kröner wie ein eingeschüchterter kleiner Junge. »Also ... das ist ja wirklich gemein ...«, sagte er mit zittriger Stimme. »Nein, das stimmt doch nicht ...«

»Hören Sie den Polizeifunk ab?«, fragte Tom.

Kröner nickte langsam. »Ja ... schon ... aber doch nicht, um ihn zu warnen ...«

»Sondern?«

Wieder zögerte der Mann. Ihm war anzusehen, wie er nach den richtigen Worten suchte.

»Sie können ganz offen mit uns sprechen«, sagte Ira. »Zurzeit wird nur gegen Gerberling ermittelt. Wir befragen Sie hier als Zeugen. Okay?«

»Okay ... Also, Jo bezahlt mich dafür, wenn ich ihm Tipps für eine Story gebe. Autounfälle, Einbrüche, Überfälle. Je spektakulärer, desto besser. So etwas gebe ich an ihn weiter. Meistens scanne ich nur den Polizeifunk hier in der Nähe, damit Jo die Sachen in den lokalen Zeitungen unterbringen kann. Ich schwöre Ihnen, dass ich ihm nie erzählt habe, dass irgendwelche Ermittlungen gegen ihn laufen. So etwas kriege ich über den Funk doch auch gar nicht mit!«

»Wie oft weisen Sie ihn auf einen Mord hin?«, fragte Tom.

Kröner zuckte mit den Schultern. »Kann ich nicht genau sagen. Sobald ein Leichenfund genannt wird, gebe ich Jo natürlich sofort Bescheid. Eine Leiche ist schließlich immer eine Story. Aber ob es sich dann um Mord oder Selbstmord oder einen Unfall handelt, das kriege ich häufig gar nicht mit. Ich lese keine Zeitung, ich weiß nicht, wie die Fälle ausgehen.«

Tom blickte skeptisch auf die riesigen Zeitungsstapel. Wieder senkte Kröner beschämt seinen Kopf.

»Ich kann es nicht ertragen, dass meine Nachbarin ihre Zeitungen ins Altpapier wirft«, sagte er leise.

»Wo soll sie die denn sonst hinwerfen?«, fragte Ira erstaunt.

»Aber ... die sind doch noch gut, die muss man doch nicht wegwerfen.«

»Klar«, sagte Tom. »Haben Sie ihm den Hinweis auf einen besonders brutalen Mord in Düsseldorf gegeben?«

»Sie meinen, jetzt ganz aktuell? Ich weiß nicht, ob der Mord besonders brutal war. Aber ja, ich habe ihm gesagt, dass man eine ziemlich übel zugerichtete Leiche in einer Galerie gefunden hat.«

»Können Sie auf Ihrem Handy nachschauen, wann genau Sie Gerberling darüber informiert haben?«

Frederick Kröner zog sein Handy aus seiner Hosentasche. Er tippte ein paarmal auf dem Display und scrollte sich dann offenbar durch seine Telefonliste. »Das habe ich schnell. So viel telefoniere ich ja nicht. Hier ist es schon. Das war am Samstagmorgen um genau acht Uhr einundzwanzig.«

Um acht Uhr neunzehn war der Notruf von Jule Mey, der Assistentin der ermordeten Galeristin, eingegangen. Kröner musste ihn abgefangen und Gerberling dann sofort informiert haben.

»Ungefähr zwei Stunden früher hatte ich ihn an dem Morgen schon mal angerufen«, erklärte Frederick Kröner mit Blick auf sein Handy weiter. »Da gab es eine Gruppenvergewaltigung. Auch in Düsseldorf.«

»Hat er darüber ebenfalls berichtet?«, fragte Ira.

»Er wollte. Vergewaltigungen nimmt er eigentlich immer mit. Die kriegt er in jeder Zeitung untergebracht. Aber diesmal hatte es sich als Falschmeldung herausgestellt. Jedenfalls haben weder Jo noch die Polizei vor Ort irgendwas finden können. So hat er es mir später zumindest gesagt.«

Gerberling war also schon in Düsseldorf gewesen, dachte Tom. Deshalb hatte er es so schnell zur Galerie geschafft. Womöglich hatte er sogar einen kürzeren Weg gehabt als die Polizei. Dieser Zufall konnte die Fotos der toten Galeristin erklären, aber Tom konnte sich nicht vorstellen, dass es in Hamburg, Bremen und München zu ähnlichen Zufällen gekommen war. Es sei denn, der Blutkünstler hatte gezielt für diese Zufälle gesorgt.

»Danke, das war's dann auch.« Tom drehte sich um und ging aus der Wohnungstür.

»Zeigen Sie mich jetzt an?«, fragte Kröner noch mit unsicherer Stimme.

»Warum?«

»Wegen des Polizeifunks?«

»Nein«, antwortete Tom.

»Aber vielleicht lüften Sie mal durch«, fügte Ira noch hinzu.

Als sie zum Auto gingen, atmete sie tief durch. »Wie kann man nur so leben. Armer Kerl.«

Tom zuckte mit den Schultern und setzte sich in den Wagen. »Er wirkte jedenfalls erst mal glaubhaft«, sagte er, als er aus der Parkbucht fuhr.

»Wieso erst mal?«

»Er ist natürlich nicht grundlos Messie. Pathologisches Horten ist eine psychische Störung. Sie kann gemeinsam mit anderen Krankheiten auftreten, etwa Depressionen. Die Wohnung spiegelt im Prinzip nur das innere Chaos wider. Es ist eigentlich der emotionale Haushalt, der nicht aufgeräumt ist.«

»Und was sind die Ursachen dafür?«, fragte Ira.

»Oft haben die Betroffenen eine Bindungsstörung und Verlustängste. Viele haben eine schlimme Kindheit hinter sich, eine strenge Erziehung mit Zwang und Gewalt, Traumata, Kränkungen, Demütigungen. Das Übliche eben.«

»Alles, was auch auf den Blutkünstler zutreffen könnte. Und auf zigtausend andere.«

»Ja. Manche Messies bauen eine richtige Beziehung zu den Dingen auf, die sie sammeln. Etwa als Ersatz für Freundschaften.«

Ira schüttelte den Kopf. »Das ist echt traurig.«

»Klar. Aber dass er in dem Müllhaufen sitzt und den Polizeifunk abhört, passt perfekt ins Bild. Der Typ ist speziell, so viel steht fest.«

»Okay.« Sie nickte. »Speichern wir ihn also erst mal unter schräg, aber glaubwürdig ab.«

»Wir müssen klären, ob Gerberling bei den anderen Morden auch schon zufällig vor Ort war, wie jetzt in Düsseldorf. Vielleicht schickt der Blutkünstler fingierte Meldungen über den Polizeifunk ab, um ihn vor Ort zu haben.«

»Werde ich Philipp durchgeben«, sagte Ira und zog ihr Handy aus der Tasche. »Wen nehmen wir uns jetzt vor?«

Tom kratzte sich am Kinn. »Wir können nur noch zu diesem Thomas Bült fahren. Der wohnt in Leverkusen. Dieser Karl Steiner ist in Essen, durch den Berufsverkehr bräuchten wir jetzt Stunden. Und die anderen beiden sitzen jeweils in Augsburg …«

»Und Unterföhring. Das ist zu weit. Philipp soll sich darum kümmern, dass jemand die beiden Herren vor Ort aufsucht. Nach Essen können wir morgen fahren.«

Während Ira mit Philipp telefonierte, musste Tom an einen Messie denken, mit dem er es vor Jahren mal in den USA zu tun gehabt hatte. Der Gestank in der Wohnung dieses Mannes, der ins Zentrum einer Mordermittlung gerückt war, war so unerträglich gewesen, dass sie den Verwesungsgeruch beinahe nicht bemerkt hätten. Als Tom sich mit seinen Kollegen in Schutzanzug und Atemmaske einen Weg durch das Chaos gebahnt hatte, hatte er jedoch ein Rattennest entdeckt, in dem sich angenagte Knochen befanden, die er mit einem Blick als die Überreste menschlicher Finger identifizieren konnte. Von diesem Moment an hatten sie jedes Stück Müll in der Wohnung angefasst und umgedreht. Die Spurensicherung hatte sich noch Jahre später Geschichten davon erzählt, wie abartig ihre Arbeit in diesem Fall gewesen war. Es hatte Tage gedauert, bis sie den gesamten Müll aus der Wohnung geschafft hatten. Schlussendlich fanden sie dabei vierzehn abgetrennte Finger von mindestens fünf verschiedenen Personen, drei in kleinere Stücke zerlegte Unterschenkel, einen Fuß und mehrere Stücke aus verschiedenen Torsi. Bis heute konnte nicht geklärt werden, was der Mann mit den anderen Überresten gemacht hatte, die Köpfe der Toten blieben ebenfalls verschwunden. Von dem Zeitpunkt an, an dem sie die ersten Leichenteile gefunden hatten, hatte der Mann nie wieder gesprochen. Wie ein tibetanischer Mönch mit Schweigegelübde hatte er jede Aussage verweigert. Er reagierte weder auf die Fragen der Ermittler noch auf die Verurteilung später vor Gericht. Selbst im Knast schien er niemals ein Wort mit den anderen Häftlingen zu wechseln. Spätestens seit diesem Fall war Tom klar, dass das krankhafte Horten von Dingen nur ein Symptom von vielen sein konnte, das das ganze Ausmaß einer psychischen Erkrankung manchmal nur verdeckte.

»Philipp kümmert sich darum«, sagte Ira und holte ihn damit aus seinen Erinnerungen zurück. Sie steckte ihr Handy wieder in die Tasche.

»Danke. Sie mögen den Jungen, stimmt's?«, fragte Tom.

»Wollen Sie ein persönliches Gespräch mit mir anfangen?«, entgegnete Ira.

»Nein. Mir fällt nur auf, dass Sie mit Philipp anders reden als mit Nina und Katja.«

»Aha. Und wie?«

»Irgendwie mütterlicher.«

Ira verdrehte die Augen. »Was für ein Blödsinn.«

Ihre Reaktion zeigte ihm, dass er richtiglag. »Vielleicht erinnert er Sie an den Sohn, den Sie niemals hatten?«

Sie unterdrückte ein genervtes Seufzen. »Ich wäre Ihnen wirklich dankbar, wenn Sie mich mit Ihrem Psychogelaber verschonen würden.«

»Ich frage nur aus reinem Interesse. So wie Kollegen sich auf einer Autofahrt unterhalten. Sie haben doch keine Familie, oder?«

Sie zögerte einen winzigen Augenblick. »Ich habe eine Mutter.«

Ihre Stimme hatte sich verändert, und Tom stellte mit einem Seitenblick fest, wie Ira versuchte, ihre Miene völlig unbeteiligt erscheinen zu lassen. Über ihre Mutter zu sprechen, berührte sie offensichtlich. Tom beließ es dabei. Er würde sie ein andermal auf ihre Mutter ansprechen.

Inzwischen hatten sie Leverkusen erreicht und fuhren durch einen Ortsteil, der aus heruntergekommenen Hochhäusern bestand. Er parkte den Wagen, und sie gingen schweigend auf das Haus zu, in dem der Scout von Jo Gerber wohnte.

»Keiner da«, sagte Tom, nachdem er bereits zum fünften Mal auf die Klingel gedrückt hatte, die neben dem Namen Thomas Bült angebracht war. Das Zehn-Parteien-Haus wirkte marode und verwahrlost.

»Sie wollten ja nicht, dass wir unser Kommen telefonisch ankündigen«, bemerkte Ira spitz.

»Natürlich nicht.« Er warf Ira einen spöttischen Blick zu. »Oder finden Sie es vielleicht schlau, sich bei einem potenziell Tatverdächtigen vorher telefonisch anzumelden?«

»Man hätte vielleicht einen Vorwand finden können, der unverdächtig gewesen wäre. Das ist ja nun nicht so schwer!«

In diesem Moment öffnete sich die Tür auf dem Balkon im Erdgeschoss, und eine korpulente schwarzhaarige Frau trat heraus. Ihr dicker Bauch spannte unter dem Faltenrock, den sie bis zu den Rippen hochgezogen hatte.

»Kennen Sie einen Thomas Bült?«, rief Ira ihr zu. »Er wohnt hier.«

»Nix da«, antwortete die Frau.

»Das haben wir auch schon gemerkt. Wann haben Sie ihn denn zuletzt gesehen?«

»Nix da. Immer unterwegs«, sagte die Frau in gebrochenem Deutsch.

»Wir wollten wissen, wann Sie ihn zuletzt gesehen haben. Also?«, hakte Tom noch einmal nach.

»Weiß nicht. Paar Wochen?«

»Wissen Sie, wo wir ihn erreichen können?«, versuchte Ira noch mal ihr Glück, doch die Frau schüttelte nur den Kopf. »Gibt es hier vielleicht einen Hausmeister, der uns weiterhelfen könnte?«, fragte Ira.

»Nix da«, wiederholte die Frau nur und steckte sich eine Zigarette an.

»Das bringt nichts«, sagte Tom.

Ira bedankte sich bei der Frau und ging mit ihm zurück zum Wagen.

»Kriegen wir für die Wohnung einen Durchsuchungsbeschluss?«, überlegte er laut.

»Kann ich mir nicht vorstellen«, antwortete Ira. »Der Mann ist ja nicht wirklich tatverdächtig. Aber ich werde es trotzdem versuchen.«

»Gut. Wenn wir nicht in die Wohnung können, dann will ich, dass jemand das Haus im Auge behält.«

»Das wird nicht weniger schwierig werden«, sagte Ira und stöhnte leise. »Woher sollen wir denn das Personal nehmen, um einfach ins Blaue hinein so ein Haus zu observieren? Vielleicht ist dieser Bült ja einfach im Urlaub oder bei Verwandten.«

»Vielleicht lauert er aber auch gerade seinem nächsten Opfer auf. Im Moment sind dieser Jo und seine fünf Scouts alles, was wir haben. Ich will nicht, dass wir hier irgendetwas übersehen, nur weil einer dieser Typen gerade nicht zu Hause ist. Also kümmern Sie sich darum. Bitte!«, fügte Tom hinzu, als er Iras Halsschlagader pochen sah.

Sie verdrehte die Augen und zückte ihr Handy.

»Und wenn Sie schon mal dabei sind«, setzte Tom noch schnell nach, »dann sorgen Sie bitte dafür, dass ich mit einem Sven Gasch sprechen kann.«

»Wer ist das jetzt schon wieder?«

»Der Sohn von der halb verbrannten Puffmutter. Er ist regelmäßig in der Obdachlosenszene vorm Kölner Hauptbahnhof unterwegs.«

»Na toll. Sonst noch was?«

Tom schüttelte den Kopf. Seine Laune war mindestens genauso schlecht wie Iras. Der Fall machte keine großen Fortschritte, und das nervte ihn. Geduld gehörte nicht zu seinen Stärken.

Es wird höchste Zeit für ein, zwei Stunden Lauftraining, dachte er und startete den Motor.

26

Es wurde schon dunkel, als Tom endlich loslief. Obwohl es abends inzwischen recht kühl war, trug er nur ein ärmelloses Shirt und eine kurze Laufhose. Er war grundsätzlich nicht der Typ, der schnell fror, aber wenn es doch mal vorkam, dann ließ er es geschehen und unternahm nichts dagegen. Vor Kälte zu bibbern, erinnerte ihn daran, wie es war, vor Angst zu zittern. Und dieses Gefühl ermahnte ihn, nicht zu vergessen, wer er war und woher er kam.

Er hörte, wie eine Kirchturmuhr zehnmal schlug, als er die Straße in Richtung Rhein abbog. Um diese Uhrzeit war die Anzahl der Jogger und Spaziergänger schon deutlich reduziert, in erster Linie gingen jetzt noch ein paar Leute mit ihren Hunden Gassi. Die Sportler waren eindeutig in der Unterzahl.

Tom versuchte, den Kopf frei zu bekommen und an nichts zu denken. Er konzentrierte sich auf das Geräusch, das jeder seiner Schritte auf dem Asphalt machte, und bemühte sich, in seinem Gehirn nur Platz für diesen Takt zu lassen. Es gelang ihm nicht. Nach wenigen Augenblicken kreisten seine Gedanken wieder um den Blutkünstler.

Er dachte an Frederick Kröner, den Einzigen aus einem möglichen Täterumfeld, mit dem sie bisher gesprochen hatten. Bei seinen bisherigen Überlegungen war er immer von einem traumatisierten Täter ausgegangen. Das konnte auf Kröner zutreffen. Inzwischen glaubte er aber, dass der Blutkünstler zusätzlich auch unter einer Psychopathie litt. Dafür hatte er bei Kröner keine Anzeichen erkennen können. Psychopathen waren in der Regel keine Messies, ein solcher Kontrollverlust passte nicht zu ihnen.

Tom spürte, dass er in eine andere Richtung denken musste. Er rief sich alles in Erinnerung, was er über Psychopathie wusste.

Es gab bestimmte Merkmale, die das Gehirn eines Psychopathen von dem eines normalen Menschen unterschieden, und er war sich sicher, dass das beim Blutkünstler der Fall war. Psychopathen mangelte es an Aktivität in den Bereichen des Frontal- und Temporallappens des Gehirns, den Gebieten, die für Empathie und Selbstkontrolle zuständig waren. Vermutlich fehlte ihnen die Fähigkeit zur moralischen Vernunft und zur Kontrolle ihrer Impulse. Die für Stress und Aufregung verantwortlichen Bereiche waren ebenso inaktiv. All das führte zu einem gefühllosen Verhalten, das auch die Taten des Blutkünstlers eindeutig auszeichnete.

Tom hatte jetzt den Rhein erreicht und lief am Ufer des Flusses entlang. Der Blick auf das fast schwarze Wasser hatte eine beruhigende Wirkung auf ihn. Passanten gab es hier nur noch wenige.

Während seiner Tätigkeit beim FBI hatte er Einblick in eine große Studie über Psychopathen bekommen. Die wissenschaftlichen Ergebnisse lauteten, dass Psychopathen ausgesprochen manipulativ waren und ausgezeichnet lügen konnten. Sie konnten unglaublich charmant sein und selbst unter Extremstress eiskalt bleiben, waren gleichzeitig aber impulsiv, kannten keine Schuld und bedauerten ihr Handeln niemals.

Bei dieser Studie wurde mit der sogenannten Hare-Liste gearbeitet, einer von Robert Hare entwickelten Psychopathie-Checkliste. Bei einer maximalen Punktzahl von vierundvierzig galt man als voll ausgeprägter Psychopath. Tom und einige andere junge FBI-Agenten hatten die Liste aus Spaß selbst ausgefüllt. Keiner seiner Kollegen hatte mehr als fünf Punkte erreicht, einige sogar nur einen oder gar keinen. Tom hatte sein Ergebnis als Einziger für sich behalten. Seine achtundzwanzig Punkte hätten den anderen nur Angst gemacht.

Er beschleunigte sein Tempo. Tom hatte keinen Zweifel daran, dass der Blutkünstler ein Psychopath war. Aber er glaubte nicht, dass es sich bei ihm um einen sogenannten primären Psychopathen handelte. Primäre Psychopathen wurden so geboren – sie waren Zeitbomben, die jederzeit hochgehen konnten, ganz ohne ungünstige äußere Einflüsse. Diese Menschen empfanden nichts für andere Menschen und zeigten oft schon als Kleinkind auffällige Muster, hatten eine große Portion Gewaltbereitschaft und einen Mangel an emotionaler Empathie sowie Gene, die resistent gegen Stress machten. Es gab nur eine winzige Chance, dass diese Menschen nicht zu Tätern wurden: Wenn sie in ihrer Kindheit nicht misshandelt wurden und in einem äußerst liebevollen Elternhaus aufwuchsen, konnten sie sich eventuell normal entwickeln.

Nein, der Blutkünstler war kein primärer Psychopath, dachte Tom. Die Art, wie er tötete, und die Inszenierung der Tatorte sprachen dafür, dass er damit ein massives Trauma verarbeitete. Tom vermutete vielmehr, dass es sich bei ihm um einen sekundären Psychopathen handelte. Diese trugen zwar auch das Gen in sich, aber sie benötigten zwingend einen auslösenden Faktor, der sie zum Killer machte. Auch sie kannten keine moralischen Grenzen, funktionierten in der Gesellschaft aber halbwegs normal.

Die Studie konnte aufzeigen, dass Misshandlungen in der Kindheit eine entscheidende Rolle dabei spielten, ob aus einem Psychopathen ein Mörder wurde oder nicht. In den ersten zwei Lebensjahren war das Gehirn von Kleinkindern besonders formbar. Im vorderen Teil wurden die Umwelterlebnisse gespeichert. Viel Liebe konnte solche vordisponierten Kinder schützen, während Misshandlungen sie zu Killermaschinen machten. Es hatte in der Studie nicht einen einzigen Fall gegeben, in dem ein gewalttätiger sekundärer Psychopath als Kind nicht misshandelt worden war, sei es nun physisch oder psychisch. Im Gegensatz zum primären Psychopathen, der auch ohne Misshandlungen zum Täter werden konnte, brauchte der sekundäre Psychopath diesen Auslöser. Er war weniger selbstbewusst und litt unter größeren emotionalen Schwankungen, während ein primärer Psychopath extrem selbstsicher war und anderen gegenüber dominant auftrat.

Psychopathie war im Prinzip nichts anderes als eine Persönlichkeitsstörung, und Tom hatte sich in seinem Leben nicht nur einmal gefragt, ob er auch davon betroffen sein könnte. Zumal eines alle Psychopathen einte: Sie konnten nicht lieben.

Konnte Tom es? Bis zum Tod seiner Mutter hätte er diese Frage eindeutig mit Ja beantwortet. Aber seitdem er das Heim verlassen hatte, war er sich nicht sicher, ob er noch lieben konnte. Jedenfalls hatte er nie wieder richtige Liebe empfunden.

Er atmete tief durch und versuchte, nicht mehr über seine eigene Persönlichkeit nachzudenken. Hier ging es schließlich nicht um ihn. Er durfte den Fokus nicht verlieren.

Er fragte sich, was mit dem Blutkünstler passieren würde, wenn sie ihn schnappen sollten. Die Chancen, einen mordenden Psychopathen zu resozialisieren, waren gering. Eine forensische Psychiatrie würde hier nicht weiterhelfen, da diesen Tätern das Bewusstsein für die Falschheit ihres Handelns vollständig fehlte. Sie hatten ihre Aggressionen nicht dauerhaft unter Kontrolle. Sein

Studienleiter hatte das mit dem Gefühl verglichen, pinkeln zu müssen. Man konnte den Drang lange beherrschen, aber irgendwann musste man zwangsläufig aufs Klo.

Tom dachte an den Love-Show-Killer, an dessen Verhaftung er damals maßgeblich beteiligt gewesen war und der in den USA für großes Aufsehen gesorgt hatte. Alex Rodriguez war ein extrem gut aussehender junger Mann, der nie ein Problem gehabt hatte, eine Frau kennenzulernen. Dennoch hatte er damals an einer populären Fernsehshow teilgenommen, die in Deutschland als *Herzblatt* bekannt wurde. Alex war so charmant und humorvoll, dass er die Show überlegen gewann und mit der weiblichen Kandidatin, die ihn ausgewählt hatte, ein Wochenende in den Rocky Mountains verbringen durfte. Dass er zu diesem Zeitpunkt bereits fünf Frauen vergewaltigt und ermordet hatte, wusste niemand. Nach der Show verhielt sich Alex der Kandidatin gegenüber so kalt, dass diese sich weigerte, mit ihm in das gewonnene Wochenende zu reisen. Das rettete der Frau vermutlich das Leben. Ein halbes Jahr und drei weitere tote Frauen später konnte er festgenommen werden. Er hatte seine Lust zu töten endgültig nicht mehr unter Kontrolle gehabt. Blutspuren am letzten Tatort überführten ihn schließlich. Dass der Mann nur wenige Monate vor seiner Verhaftung die Öffentlichkeit in einer Fernsehshow suchte, machte ihn zum Prototyp eines psychopathischen Mörders. Er wollte die Aufmerksamkeit, er brauchte die Bestätigung durch das Gewinnen der Show, brauchte die Gewissheit, dass er der Größte war, dass er die Macht hatte, alles zu tun, ohne entdeckt zu werden.

Ihr Blutkünstler suchte ebenfalls die Öffentlichkeit. Er hoffte, durch Jo Gerberling die Aufmerksamkeit zu bekommen, die ihm bisher fehlte. Es musste ihn wahnsinnig stören, dass der Reporter bisher nicht über ihn berichtet hatte. Dieser Psychopath brauchte die Aufmerksamkeit wie ein Vampir das Blut, und Tom befürchtete, dass der Blutkünstler alles dafür tun würde, um sie endlich zu bekommen.

Ein Geräusch riss ihn aus seinen Gedanken. Es waren die Schritte eines anderen Läufers, die er hörte. Aber wo war er? Tom konnte niemanden sehen. Aber dass da jemand war, konnte er nicht nur hören. Er spürte genau, dass er beobachtet wurde. Und das Gefühl wurde immer drängender.

Tom verlangsamte sein Tempo und versuchte, seine Umgebung so gut wie möglich zu überblicken. Das Rheinufer hatte sich immer mehr geleert, jetzt waren gar keine Passanten mehr zu sehen. Und dennoch hatte ihn jemand im Blick. Aber wo war diese Person?

An einer Bank hielt er an, setzte seinen Fuß auf und tat so, als hätte sich sein Schnürsenkel gelöst. Tatsächlich wollte er unauffällig den Weg hinter sich überprüfen, ohne dass sein Verfolger es bemerkte.

»Du bist gut in Form, Tommy«, hörte er plötzlich die bekannte Stimme. Wie aus dem Nichts war er hinter ihm aufgetaucht. Sofort stellten sich ihm die Nackenhaare auf. Tommy. Es gab nur zwei Menschen in seinem Leben, die ihn so nannten.

Sein verfluchter Vater.

Und Aaron.

Langsam drehte sich Tom um und sah in Aarons Gesicht, der ihn erfreut anlächelte. Er trug ebenfalls Laufkleidung, im Gegensatz zu ihm aber eine lange schwarze Hose und eine dunkle Jacke.

»Willkommen zuhause, Bruder«, sagte er. Er freute sich sichtlich und tat einen Schritt auf ihn zu, um ihn in den Arm zu nehmen.

Instinktiv wich Tom zurück. »Ich bin nicht dein Bruder«, sagte er kalt.

»Ach komm, irgendwie doch schon«, entgegnete Aaron grinsend, »auch wenn wir nicht verwandt sind. Unsere gemeinsame Zeit hat uns doch viel mehr verbunden, als irgendeine Blutsverwandtschaft das jemals getan hätte. Für mich bist du jedenfalls immer mein Bruder gewesen. Auch wenn ich froh bin, dass das Blut von diesem Scheißkerl nicht auch durch meine Adern fließt. Reicht ja, wenn du dich damit rumärgern musst.« Er lachte kurz auf, als hätte er einen Witz gemacht.

Tom blickte ihn ernst an. »Was willst du von mir?«

»Kannst du dir das nicht denken? Ich will Zeit mit dir verbringen! Mensch, Tommy, wir haben uns so lange nicht mehr gesehen.«

»Und das war auch gut so.«

Aaron lächelte ihn an. »Du dachtest, wenn du mich aus deinem Leben ausschließt, wirst du auch deine Vergangenheit los? Aber so läuft es nicht, Tommy. Unsere Vergangenheit wird uns niemals loslassen. Sie hat uns zu dem gemacht, wer wir heute sind. Dein Vater hat uns dazu gemacht.«

»Und dafür wird er für den Rest seines Lebens in einer Zelle verrotten.«

Tom wollte nicht an seinen Vater denken, an diesen Wahnsinnigen, der seine Macht missbraucht hatte, um aus Kindern Monster zu machen. Er war von der kranken Idee besessen gewesen, aus Menschen Mörder formen zu können. Unzählige Experimente hatte er durchgeführt, weil er davon überzeugt war, in jedem das Böse erwecken zu können. Das, was bei einem Psychopathen funktionierte, wollte er auch bei normalen Menschen erreichen. Er glaubte, dass Psychopathie eine Persönlichkeitsstörung sei, die ausschließlich auf äußere Einflüsse zurückging. Und diese These wollte er auf Teufel komm raus beweisen. Ohne Rücksicht auf Verluste.

Als Direktor eines Heims für schwer erziehbare Kinder verfügte er über schier unermessliche Macht. Seine Angestellten ahnten nicht, was er in der riesigen Gründerzeitvilla trieb, die zu dem Heim gehörte. Sie glaubten, seine Maßnahmen seien sicherlich erzieherisch, anders sei den rebellischen Kindern und Jugendlichen eben nicht beizukommen. Oder sie schauten bewusst weg.

Tatsächlich hatte sich in dem Heim alles gesammelt, was in der Gesellschaft keinen Platz mehr fand. Hierher kamen Kinder, die ihre Eltern geschlagen, die kleine

Schwester vergewaltigt oder den Familienhund angezündet hatten. Tom wollte sich gar nicht vorstellen, wie viele von diesen Kindern die Anlage zur Psychopathie in sich getragen hatten. Und aus denen versuchte sein Vater dann, alles Böse rauszuholen, was nur möglich war. Mit physischer und psychischer Folter.

Aber es waren auch genug andere Kinder da gewesen, die verhaltensauffällig waren, weil sie selbst jahrelang Missbrauch erlebt hatten und nun von ihren Eltern in das Heim abgeschoben worden waren. Diese schwer traumatisierten Kinder, die hier auf Hilfe gehofft hatten, wurden von seinem Vater dann endgültig zerstört. Tom wusste, dass nicht wenige von ihnen sich später das Leben genommen hatten.

»Hör auf, ihn zu hassen, Tommy.« Aaron schien seine Gedanken lesen zu können. »Hass frisst dich nur selbst auf, das alte Schwein merkt davon nichts.«

Tom atmete hörbar aus und begann, weiterzulaufen. Aaron folgte ihm, und für eine Weile joggten sie beide schweigend nebeneinanderher.

»Wir können nicht ungeschehen machen, was mit uns passiert ist«, sagte Aaron schließlich. »Aber wir können das, was er in uns geweckt hat, sinnvoll nutzen.«

Bilder von damals tauchten vor Toms innerem Auge auf. Aaron, der gefesselt an der Wand hing und von Tom mit einem Elektroschocker gequält wurde, wobei Tom lauter weinte und schrie als er. Tom, der von seinem Vater gezwungen wurde, Aarons Kopf in einer Badewanne unter Wasser zu drücken, und als er sich weigerte, selbst »auf Tauchstation« gehen musste, wie sein Vater es nannte. Und natürlich Juli, seine geliebte Katze.

Immer wieder Juli. Von Aaron niedergemetzelt.

»Du bist anders als ich«, sagte Tom.

Aaron war inzwischen recht kurzatmig geworden. »Das hättest du wohl gerne«, sagte er. »Aber du machst dir was vor. Ich bin nicht anders als du.« Er wischte sich den Schweiß von der Stirn. »Tommy, du und ich, zusammen können wir unsere Vergangenheit in etwas Positives verwandeln. Lass uns gemeinsam auf die Jagd gehen und die Welt von denen befreien, die Kinder quälen. Wir können dafür sorgen, dass es weniger von der Sorte gibt, zu der auch dein Vater zählt.«

Tom schüttelte den Kopf. »Ich jage auf eine andere Art als du«, entgegnete er. »Beim BKA kann ich ganz legal auf Jagd gehen.«

»Aber erwischst du auch die Leute, die es wirklich verdient haben?« Aaron konnte Toms Lauftempo inzwischen kaum noch halten.

»Momentan bin ich dem Blutkünstler auf der Spur, einem psychopathischen Frauenmörder. Du kannst mir glauben, der hat es verdient, geschnappt zu werden.«

Tom erhöhte sein Tempo so stark, dass Aaron nicht mehr mithalten konnte.

»Warte!«, rief Aaron, der inzwischen stehen geblieben war. Aber Tom lief unbeirrt weiter.

27

14. September 1988

Die beiden Jungen hatten sich in der Wäschekammer eingeschlossen. Hier wurden die Bettbezüge, Wolldecken und Handtücher gelagert, die im Heim regelmäßig gewechselt werden mussten. Es gab nicht wenige Kinder, die nachts ins Bett machten, und je nachdem, wie der Stand ihrer *Maßnahmen* war, bekamen sie danach frische Wäsche oder mussten noch wochenlang in der verunreinigten liegen. Tom und Aaron hatten schon beides erlebt.

Da einige Kinder es nach einer gewissen Zeit nicht mehr aushielten, in ihren stinkenden Laken zu schlafen, und sich heimlich frische aus der Kammer nahmen, gehörte dieser Raum zu den wenigen im Heim, die sich abschließen ließen. Abgesehen natürlich von den Räumen, die Toms Vater für seine Behandlungen nutzte. Zu denen besaß aber nur er einen Schlüssel, während die Wäschekammer vom Hausmeister, der Putzfrau und den Küchenhilfen aufgeschlossen werden konnte. Für Aaron war es ein Leichtes gewesen, einen dieser Schlüssel zu stehlen. Seitdem trafen sich die Jungen regelmäßig hier und schlossen sich ein, um für einen Moment das Gefühl von Sicherheit zu erleben.

»Wir müssen von hier verschwinden«, flüsterte Aaron und strich sich dabei über den Arm, der mit blutigen Striemen übersät war. Dann befühlte er vorsichtig sein linkes Auge. Es war dick geschwollen, wie so oft. Komischerweise wurde er links häufiger getroffen als rechts. Tom hatte beobachtet, dass Aaron sich zu einer Seite schneller wegducken konnte als zur anderen, während er selbst fast immer zu langsam war, um den Schlägen zu entkommen. »Ich halt' das nicht mehr länger aus.«

»Ich auch nicht.«

»Dann lass uns abhauen!«

»Aber wo sollen wir denn hin?« Tom stiegen die Tränen in die Augen. »Es gibt doch niemanden, zu dem wir können.«

»Dann verstecken wir uns eben im Wald. Hast du mal von den Wolfskindern gehört?«

Tom schüttelte den Kopf.

»Mein Opa hat mir früher von denen erzählt. Das waren Waisenkinder, die vor dem Krieg und den Nazis geflohen sind und sich in den Wäldern versteckt haben. Monatelang!«

»Was sind Nazis?«

Aaron verdrehte die Augen. Dann wuschelte er Tom durch die Haare. »Arschlöcher. Aber egal. Ich wollte damit nur sagen, dass man im Wald durchaus überleben kann. Ich kenne eine Stelle, an der massenweise Blaubeeren wachsen. Da gehen wir hin.«

»Und wo sollen wir schlafen?«

»Es ist noch warm draußen.«

»Ja, jetzt. Und in ein paar Wochen?«

Aaron seufzte und legte seinen Kopf auf seine angezogenen Knie. Für eine Weile schien er intensiv nachzudenken. »Ich hab' einen Cousin in Berlin«, sagte er dann. »Der ist siebzehn und lebt in so einer Drogen-WG. Da können wir schlafen.«

»Was ist eine WG?«

»Meine Fresse, du weißt ja echt gar nichts!« Aaron schüttelte verwundert den Kopf. Als er merkte, dass Tom erneut die Tränen in die Augen stiegen, wuschelte er ihm wieder durch die Haare. »Schon gut, Kleiner. Ich vergesse manchmal, dass du erst sechs bist. Das ist eine Wohngemeinschaft.«

»Und stört das die Leute da nicht, wenn wir kommen?«

»Die kriegen das gar nicht mit. Glaub mir. Als ich meinen Cousin das letzte Mal gesehen habe, hat er die ganze Zeit nur grinsend in der Ecke gesessen. Den stört das nicht, wenn wir da schlafen.«

Tom spürte für einen kurzen Augenblick so etwas wie Zuversicht. Vielleicht gab es doch noch ein anderes Leben als dieses. Doch sofort hatte er wieder einen Kloß im Hals.

»Aber wie sollen wir denn hier rauskommen? Wir

kommen niemals über die Mauer. Und das Tor ist immer abgeschlossen.«

»Nicht immer.« Aarons Augen blitzten. »Jeden Freitagabend fährt dein Vater weg ...«

»Sein Clubabend. Ja. Aber wenn er durch das Tor gefahren ist, wird es doch sofort wieder geschlossen.«

»Ich habe das genau beobachtet«, sagte Aaron leise mit aufgeregter Stimme. »Um halb acht verlässt er immer das Gelände. Um Viertel vor acht kommt der Nachtwächter und macht es sich im Häuschen neben dem Tor bequem. Er ist es, der das Tor wieder schließt.«

Tom sah ihn mit aufgerissenen Augen an. »Für eine Viertelstunde steht es offen.«

Aaron nickte. »Wir haben genau fünfzehn Minuten, um aus unseren Zimmern zu laufen und durch das Tor zu kommen.«

»Fünfzehn Minuten ... in denen man uns nicht sehen darf.«

»Auf keinen Fall. Sonst ist die Kacke am Dampfen.«

Tom dachte nach. War das zu schaffen? »Um sieben müssen wir auf unseren Zimmern sein, und um halb acht muss das Licht ausgeschaltet werden.«

»Kurz nach acht kommt der Kontrollgang. Wir können versuchen, unter die Decke ein paar Kissen zu legen, damit es so aussieht, als schliefen wir. Aber grundsätzlich müssen wir damit rechnen, dass sie um acht Uhr mitkriegen, dass wir weg sind.«

»Das heißt, wir haben eine weitere Viertelstunde Zeit, um möglichst weit wegzulaufen.«

Aaron grinste ihn an. »Auch das habe ich mir schon überlegt. Wir brauchen keine fünf Minuten bis zur Bushaltestelle. Und um zehn vor acht fährt ein Bus Richtung Stadt. Wenn wir den erwischen, sind wir sicher.«

Aarons Begeisterung war ansteckend, und Tom nickte eifrig. »Das können wir schaffen!«

»Und ob! Bist du dabei?«

Tom strahlte. »Natürlich!«

Da sein Zimmer im Ostflügel der Villa lag und Aarons im entgegengesetzten Teil des großen Hauses, verabredeten sie sich pünktlich um zwanzig vor acht an der großen Eiche hinter dem Tor. Von da aus wollten sie gemeinsam bis zur Bushaltestelle laufen.

»Zieh deinen Schlafanzug über deine normalen Sachen«, riet Aaron. »Den werfen wir dann weg, bevor wir in den Bus steigen. Hast du Geld?«

»Nein. Mein Vater gibt mir kein Taschengeld.«

»Kein Problem. Ich hab' bestimmt zwanzig Mark gespart. Das reicht für den Bus und was zu essen, aber mit der Bahn müssen wir dann schwarzfahren. Macht nichts. Wir verstecken uns einfach im Klo, das wird schon klappen.«

»Diesen Freitag?«

Aaron schaute ihn mit seinen dunklen Augen ernst an. »Diesen Freitag. Dann sind wir frei.«

In den nächsten drei Tagen bis zu ihrer Flucht konnte Tom nicht schlafen. Nicht nur die Aufregung ließ ihn nachts wach liegen, auch die Zweifel, die an ihm nagten und von Stunde zu Stunde größer wurden.

Er hatte seine Mutter an Krebs verloren, hatte gesehen, wie elend sie gestorben war. Danach hatte er sie wahnsinnig vermisst. Geschwister hatte er keine, seine Großeltern waren auch schon tot, und selbst Juli, seine Katze, war nicht mehr bei ihm. Der Einzige, der ihm von seiner Familie geblieben war, war sein Vater. Der sagte ihm immer, dass alles, was in dem Heim passierte, nur zu Toms Besten sei. Konnte das stimmen? Manchmal zitterte er vor Angst, wenn er seinen Vater nur sah. Von den Schmerzen, den inneren und äußeren, die er ihm zugefügt hatte, ganz zu schweigen.

Andererseits war er sein Vater. Der einzige Mensch auf der Welt, der ihn noch liebte. Sollte er ihm nicht doch vertrauen?

Und konnte er Aaron wirklich trauen? Er hatte immerhin Juli ermordet, sein geliebtes Kätzchen, das er so sehr vermisste.

Als es Freitag wurde, war es Tom morgens schon schlecht. Bis zum Nachmittag hatte er sich dreimal übergeben, so sehr quälte ihn die Anspannung. Zum Abendbrot bekam er keinen Bissen runter, während Aaron, der ein paar Tische weiter saß, so viel Graubrot in sich hineinstopfte, wie er nur konnte. Pünktlich um sieben Uhr mussten die Kinder in ihre Zimmer, und Tom zog seinen Schlafanzug über seine Jeans und sein T-Shirt. Er hatte Glück, dass er alleine war, seine beiden Zimmergenossen lagen beide auf der Krankenstation, nachdem sie sich gegenseitig grün und blau geprügelt hatten. Ob sich die Kinder die Verletzungen jedoch wirklich gegenseitig zugefügt hatten, hinterfragte niemand.

Tom saß auf dem schlichten Kiefernbett und starrte auf seine Armbanduhr. Um kurz vor halb acht sprang er auf und lief zum Fenster. Er sah, wie sein Vater mit dem Mercedes auf das Tor zufuhr, anhielt und ausstieg, um es zu öffnen. Kurz darauf war er durch das Tor verschwunden. Jetzt würde es für die nächsten fünfzehn Minuten offen stehen.

Du musst dich beeilen, du darfst keine Sekunde zögern, sonst schaffen wir es nicht!

Aarons Worte hallten in seinem Kopf wider. Ja, er musste sich beeilen. Sein Zimmer lag weit vom Tor entfernt, er musste schnell und gleichzeitig vorsichtig sein.

Tom eilte zur Zimmertür und hielt inne. Für den Bruchteil einer Sekunde sah er die erstochene und schon steife Juli vor sich. Er konnte ihr kaltes Fell auf seiner Haut förmlich spüren. Es war Aarons Werk gewesen. Obwohl er gewusst hatte, was die Katze ihm bedeutete, hatte er sie getötet.

Tom ließ die Türklinke wieder los und tigerte wie ein gefangenes Tier durch den Raum. Was sollte er tun? Ja, es war schlimm, was sein Vater mit ihnen machte, die Elektroschocks, die Schläge, das stundenlange Einsperren im fensterlosen Loch, all das war kaum auszuhalten. Und dass er sie dazu zwang, den anderen Kindern Schmerzen zuzufügen, war dabei das Schlimmste. Aber wenn sein Vater recht hatte? Wenn diese ganzen Torturen dafür da waren, sie auf den rechten Pfad zu bringen, wie er es immer ausdrückte? Er war doch sein Vater! Und Tom liebte ihn, trotz allem.

Er schaute auf die Uhr. Es war sieben Minuten nach halb acht. In drei Minuten wollte er sich mit Aaron an der alten Eiche treffen. Und in acht Minuten würde der Nachtwächter kommen und das Tor wieder verschließen.

Acht Minuten.

Tom raste los. Wie ein gehetztes Reh rannte er durch die langen Gänge, stürzte die Treppe hinunter und lief atemlos durch die große Eingangshalle.

Raus, du musst hier raus. Sonst werden die Qualen noch ewig weitergehen.

Tom sprang über die Stufen hinaus ins Freie. Er eilte über den Kies und achtete darauf, dass er im Schatten der Bäume blieb. Zum Glück war die Abenddämmerung inzwischen so stark, dass er unerkannt vorwärtskam.

Er konnte sich nicht erinnern, jemals in seinem Leben so schnell gelaufen zu sein. Um 19.43 Uhr hatte er die alte Eiche erreicht. Drei Minuten nach ihrem verabredeten Zeitpunkt.

Aber Aaron war nicht mehr da.

Wie betäubt lehnte sich Tom an den Baum und schnappte nach Luft. Er hatte sich nur minimal verspätet, aber Aaron hatte nicht auf ihn gewartet.

Tom hatte keine Ahnung, in welcher Richtung die Bushaltestelle lag. Außerdem hatte er keinen Pfennig Geld in der Tasche.

Benommen ging er durch das Tor zurück zur Villa. Aaron hatte ihn im Stich gelassen. Er hatte geahnt, dass er ihm nicht trauen konnte, auch wenn er insgeheim gehofft hatte, dass es anders wäre. Aber sein Gefühl hatte ihn nicht getrogen. In diesem Moment hoffte er, dass er Aaron nie wiedersehen würde.

Als Tom die Stufen zur Eingangstür hinaufging und sich noch einmal umdrehte, sah er, wie der Nachtwächter sein Fahrrad an dem Häuschen abstellte, das eiserne Tor zuzog und sorgfältig verschloss.

28

Inzwischen hatte er ihr die gesamte Kleidung vom Leib geschnitten und ihren Körper mit Nummern in verschiedene Zonen eingeteilt.

Merle versuchte, durch ihren Knebel zu sprechen, aber sie bekam nur undefinierbare Laute heraus. Längst war sie sich sicher, dass er sie nicht vergewaltigen wollte. Damit hatte das alles hier nichts zu tun, dafür achtete er viel zu genau darauf, ihre Geschlechtsteile nicht zu berühren. Auch hatte er weder ihre Brüste noch ihren Intimbereich nummeriert, nur ihr Bauch hatte eine Nummer bekommen, dann erst wieder ihr Hals.

Was zur Hölle hatte dieser Typ bloß vor?

Mit ausdrucksloser Miene sah er sie an und schien nachzudenken. Dann nahm er die Kette von der Wand und zog sie durch eine Art Flaschenzug, der an der Decke hing.

»Was willst du von mir?«, wollte Merle schreien, aber ihre Worte waren nicht zu verstehen.

Ruckartig und mit lautem Geschepper zog er sie an der Kette hoch. Ein stechender Schmerz durchfuhr ihren Körper, der so lange in der liegenden Position festgezurrt gewesen war und nun wie auf einer Streckbank in die Länge gezogen wurde.

Merle hörte ihre Knochen knacken. Sie war sich nicht sicher, ob ihre Gelenke das überstehen würden.

Dann entfernte er ihre Fußfesseln, sodass sie etwas Erleichterung verspürte. Und die Chance witterte, sich vielleicht doch noch wehren zu können. Konnte sie es schaffen, ihn mit einem Fußtritt k. o. zu treten?

Verzweifelt versuchte Merle, ihn mit ihren Füßen zu treffen, und schwankte von links nach rechts. Wie ein Fisch an der Angel baumelte sie von der Decke, unfähig, ihre Bewegungen zu koordinieren, geschweige denn in eine Richtung zu lenken.

Er schien von ihren Verteidigungsversuchen völlig unbeeindruckt. Ohne eine Miene zu verziehen nahm er die Kette, mit der ihre Füße eben noch an der Wand gefesselt waren, und steckte sie durch eine Eisenschlaufe am Boden. Er zog fest daran, sodass sie nun lang gestreckt dahing. Es war ihr unmöglich, sich zu bewegen, nur ihren Kopf konnte sie noch ein wenig zur Seite drehen.

Immer weiter zog er sie in die Länge, und Merle spürte, dass ihre Gelenke aus den Pfannen sprangen. Zuerst knackte es in ihren Handgelenken, dann in ihren Schultern, und kurz darauf riss mit einem hörbaren Knall irgendetwas in ihren Knien.

Die Schmerzen waren so unerträglich, dass sie nicht mehr schreien konnte. Mühsam schnappte sie nach Luft und konnte kaum noch atmen, so straff war ihr Körper zwischen Boden und Decke gespannt. Obwohl sie das Gefühl hatte, schon seit Tagen nichts mehr getrunken zu haben, lief ihr der Urin die Beine hinunter. Sie fragte sich für einen Moment, wie ihr Körper den noch herstellen konnte.

Der Mann stand vor ihr und hatte den Kopf zur Seite geneigt. So, wie er sie ansah, erinnerte er sie an einen Museumsbesucher, der eine Statue betrachtete.

Du verfluchter Irrer!, dachte sie hasserfüllt, während sie ihn im nächsten Augenblick in Gedanken anflehte, sie laufen zu lassen. Bitte hör auf damit! Lass mich doch bitte gehen!

Aber ihre Qualen schienen ihn nicht im Geringsten zu beeindrucken. Weder ergötzte er sich sichtbar daran, noch zeigte er irgendeine andere Regung. Merle hatte das Gefühl, als dränge das alles gar nicht zu ihm durch, als wäre er nicht in der Lage, ihr Leid zu sehen.

War er auf Droge? Vielleicht. Aber sie war sich nicht sicher, ob das gut oder schlecht für sie war.

Er drehte sich um und ging zurück zu der Werkbank, auf der immer noch die hölzerne Gliederpuppe stand. Fast zärtlich berührte er sie kurz, riss sich dann wieder zusammen und zog einen großen Metallbottich hervor, der unter der Bank stand. Er erinnerte Merle an einen alten Waschtrog oder an eine Tränke, wie man sie früher den Kühen auf die Weide gestellt hatte. Es schien ihm nicht schwerzufallen, den Trog anzuheben. Er trug ihn zu ihr herüber und stellte ihn so neben sie, dass sie nun fast über dem Trog hing.

Wollte er sie waschen? Merle spürte, dass ihr Körper trotz der gestreckten Haltung zitterte. Der Schmerz in ihren Knien war inzwischen der schlimmste. Ihre Hände und Schultern spürte sie kaum noch, aber ihre Knie brannten, als hätte man sie auf einen Grill gelegt.

Der Mann überprüfte noch einmal den Stand des Trogs, rückte ihn ein wenig nach rechts, nickte zufrieden und ging zurück zur Werkbank. Als er sich wieder zu ihr umdrehte, sah sie, dass er ein Werkzeug in der Hand hatte. Sie konnte nicht genau erkennen, was es war, aber es erinnerte sie an eine Kreissäge. Nur dass diese kleiner war und kein Kabel hatte. Der Mann drückte auf den Einschaltknopf, und die Säge heulte auf, während sich das kreisrunde gezackte Blatt in Windeseile drehte.

Dann kam er auf sie zu. Merles Angst wurde übermächtig. Ihr Herz raste, und ihr brach der Schweiß aus, während ihr die Tränen über das Gesicht liefen. Ihr Blick fiel noch mal auf die hölzerne Gliederpuppe, die wie ein stummer Zeuge auf der Werkbank stand und sie anzustarren schien. Als er die Zahlen auf ihren Körper geschrieben hatte, die auch die Puppe auf den einzelnen Gliedmaßen trug, hatte sie eine Ahnung von dem bekommen, was ihr womöglich widerfahren würde. Aber dann hatte sie den Gedanken verdrängt und nur darüber nachgedacht, wie sie diesen Albtraum überleben konnte.

Jetzt wusste sie, dass das nicht möglich war.

»Wahre Kunst entsteht immer durch Schmerz«, sagte er leise. Es war das Erste, was er zu ihr sagte. Er sprach komisch und nuschelte, als hätte er etwas zwischen den Zähnen.

Die Handkreissäge heulte erneut auf. Konzentriert betrachtete er die Ziffern auf ihrer Haut. Ein letztes Mal versuchte Merle, sich aufzubäumen, an den Ketten zu ziehen und zu rütteln, was ein Ding der Unmöglichkeit war.

»Zuerst die eins«, sagte er leise.

Dann trennte er ihr mit der Säge den linken Fuß ab. Der ungeheure Schmerz, der Merle durchfuhr, betäubte sie. Das Letzte, was sie hörte, war das Plätschern ihres Blutes, das in den Bottich floss. Dann wurde es dunkel.

29

Als Tom den Verhörraum betrat, musste er unwillkürlich durch den Mund atmen. Der Geruch, der von dem Mann ausging, war so streng, dass Tom ihn kaum ertragen konnte. Die Mischung aus Ammoniak und Alkohol ließ ihn als Erstes das Fenster öffnen.

»Danke, dass Sie vorbeigekommen sind, Herr Gasch«, sagte Tom.

Sven Gasch schaute ihn mit alkoholverschleierten Augen an. »Habe ich nicht umsonst gemacht«, sagte er leicht lallend. »Die Bullen haben gesagt, ich bekomme dafür eine Aufwandsentschädigung. Das stimmt doch hoffentlich?«

»Sicher. Herr Gasch, ich habe mich neulich mit Ihrer Mutter unterhalten.«

»Ich hab mit der alten Hure nichts mehr zu tun.«

»So ganz stimmt das ja nicht, einmal im Jahr besuchen Sie sie ja noch.«

»Und?«

»Ihre Kindheit, die Zeit im Bordell – hat Ihre Mutter Sie damals gezwungen, Mädchenkleidung zu tragen?«

Sven Gasch machte große Augen. »Hä?« Dann lachte er heiser auf. »Natürlich nicht! Die Kerle, die mich ficken wollten, die standen doch auf kleine Jungs. Die wollten mit den Mösen nichts zu tun haben, da wäre es doch schwachsinnig gewesen, wenn ich mich so angezogen hätte!«

Nur der Form halber fragte er Sven Gasch noch, wo er zum Zeitpunkt des Mordes an der Galeristin gewesen war. Er war sich ziemlich sicher, dass dieser schwere Trinker, dem das Leben offensichtlich völlig entglitten war, nicht der Blutkünstler sein konnte. Sven Gasch wäre gar nicht in der Lage gewesen, die aufwendigen Morde durchzuführen, selbst wenn er ein Motiv gehabt hätte.

»Ich bin eigentlich immer auf der Domplatte. Manchmal auch unten am Rhein, aber am Wochenende immer am Dom. Da sind die meisten Touris, da krieg ich am meisten Kohle zusammen.«

»Danke, Herr Gasch. Ich schicke Ihnen einen Kollegen rüber, der sich darum kümmern wird, dass Sie zurück nach Köln kommen«, sagte Tom und verließ grußlos den Raum.

Er bat Katja, sich um den Mann zu kümmern, und ging in sein Büro, in dem Ira schon wartete. »Ich habe meine guten Kontakte spielen lassen«, sagte sie. »Eine Person wurde uns genehmigt, die das Haus von Thomas Bült im Auge behalten wird. Aber erst ab nächster Woche.«

Tom schüttelte ungläubig den Kopf. »Bis dahin könnte der Kerl doch weiß der Teufel was angestellt haben.«

»Ich habe den Personalmangel nicht zu verantworten. Ich bin froh, dass wir überhaupt jemanden genehmigt bekommen haben.«

Tom stand auf und warf sich seine Jacke über die Schulter. »Ja, danke. Wollen wir los?«

»Wir sollten unbedingt los. Wenn wir noch länger warten, ist der ganze Ruhrpott dicht. Die Strecke nach Essen ist das reinste Nadelöhr.«

»Wie jede Strecke in die Richtung. Haben Sie die Adresse von diesem ...«

»Karl Steiner. Ja. Hoffentlich haben wir diesmal mehr Glück.«

Als sie durch das Großraumbüro gingen, in dem Philipp und Nina an ihren Schreibtischen saßen, kam Katja ihnen mit zwei großen Kaffeebechern entgegen. Tom ignorierte sie bewusst, Ira nickte ihr freundlich zu. Bevor sie ihm einen Kaffee anbieten konnte, war er schon durch die Tür.

»Ich habe diesmal übrigens sichergestellt, dass dieser Scout von Jo Gerber auch wirklich da ist«, sagte Ira. »Es wäre zu ärgerlich, umsonst nach Essen zu fahren.«

»Ich gehe mal davon aus, dass Sie ihm nicht gesagt haben, dass wir kommen. Oder erwartet der uns jetzt mit Kaffee und Kuchen?«

»Nein. Aber die Hausverwaltung stattet ihm einen Besuch ab. In genau ...« Sie blickte auf ihre Uhr. »Drei Stunden.«

»Das sollte zu schaffen sein.«

Schweigend gingen sie durch das Treppenhaus und verließen das Gebäude durch die Hintertür, die zum Parkplatz führte. Wie selbstverständlich ging Tom auf seinen Wagen zu, während Ira ihren ansteuerte.

»Wieso gehen Sie davon aus, dass wir mit Ihrem Auto fahren?«, fragte sie, öffnete die Fahrertür und setzte sich hinters Steuer. »Sie kennen doch gar nicht die Adresse.«

»Die meisten Frauen fahren ja nicht so gerne Auto«, sagte Tom, um sie zu ärgern. »Daher wollte ich Ihnen das abnehmen.«

Aber Ira ließ sich nicht provozieren. »Steigen Sie ein«, sagte sie nur, ohne ihn eines Blickes zu würdigen.

Tom verkniff sich ein Grinsen und stieg ein. Das wird eine spaßige Fahrt, dachte er. Ein paar gezielte Spitzen, und seine Kollegin würde sofort an die Decke gehen.

»Ich glaube, ich habe es noch nie mit einem so sadistischen Mörder zu tun gehabt wie mit dem Blutkünstler«, sagte Ira nachdenklich. »Sie?«

»Sadistische Mörder sind mein Spezialgebiet. Ich hatte schon mit einigen zu tun.«

»Ist der Blutkünstler der schlimmste?«

Tom starrte auf die Straße. »Schlimm ist keine Kategorie für mich.«

»Nennen Sie es, wie Sie wollen. Ist er der brutalste? Der grausamste?«

»Schwer zu sagen. Noch kenne ich nicht alle Details. Sicherlich zählen seine Taten zu den blutigsten. Aber ich hatte schon Täter vor mir sitzen, die grausamer waren, auch wenn bei den Morden kein Tropfen Blut geflossen ist.«

»Was meinen Sie?« Ira lenkte den Wagen auf den Autobahnzubringer. »Jemanden zu erdrosseln oder zu ersticken, kann doch nicht so grausam sein wie das, was unser Mann veranstaltet hat.«

»Das sehe ich anders«, erwiderte Tom. »Beim FBI hatte ich es mit einem Mann zu tun, der seine Opfer erhängt hat. Natürlich kenne ich auch Sadisten, die Organe entreißen oder ähnlich blutig vorgehen wie der Blutkünstler. Aber das, was der Haar-Mörder von Wisconsin gemacht hatte, zeigte ein neues Maß an Grausamkeit.«

»Der Haar-Mörder?« Ira sah ihn erstaunt an.

»So nannten wir ihn, weil er auf das lange Haar seiner Opfer fixiert war.« Tom erzählte seiner Kollegin von dem Fall, den er vor einigen Jahren gelöst hatte. Don Miller war als Lkw-Fahrer durchs ganze Land gefahren und hatte über die Jahrzehnte eine typische Vorgehensweise entwickelt. Während seiner Touren lockte er Prostituierte mit Geld in seinen Lkw und fiel dort über sie her. Würgte sie bewusstlos, zog sie aus, nahm dann einen Strick und hängte sie an der Decke seines Führerhauses auf. »Ich freute mich auf ihren Todeskampf«, schrieb er einmal in einer Art Chronik seiner Morde, die er im Lastwagen aufbewahrte, um sich mit diesen niedergeschriebenen Erinnerungen wie mit einer Pornozeitschrift zu befriedigen. Er beschrieb darin, wie sehr es ihn erregte, die Frauen am Strick zappeln zu sehen. Wie sie langsam die Kontrolle über ihre Bewegungen verloren. Wie sie dann nur noch zuckten. Wie das Leben aus ihnen wich. »Ihr Gesicht wird dick, die Augen laufen rot an, die Lippen werden blau, Speichel läuft aus ihrem Hurenmaul«, schrieb er und schwärmte von dieser »geilen Macht über Leben und Tod«. Während sie starben, verging er sich an ihnen, rieb sich an den baumelnden Körpern und erlebte die schönsten Orgasmen, wie er schrieb, filmte und fotografierte die röchelnden Frauen und durchwühlte ihre Haare. Wenn sie tot waren, schnitt er ihnen eine Haarsträhne ab und bewahrte sie in einer Tüte auf.

Ira starrte auf die Fahrbahn. »Das ist ja furchtbar. Und Sie erzählen das so, als wäre es eine Urlaubsgeschichte.«

»Für mich ist auch das Monströse menschlich«, versuchte Tom, seine Emotionslosigkeit zu erklären, auch wenn es ihm eigentlich egal war, ob Ira ihn für einen empathielosen Typen hielt oder nicht. Aber er wollte vermeiden, dass die neuen Kollegen den Eindruck bekamen, er könnte ein Freak sein. Das würde womöglich Fragen aufwerfen, die er auf keinen Fall beantworten wollte. »Triebtäter haben Bedürfnisse wie andere Menschen, auch sie wünschen sich Nähe. Und aus irgendeinem Grund erfüllte sich Don Miller diesen Wunsch auf eine Art, die abnorm war, kriminell und tödlich. Weil irgendetwas in seiner Psyche, in dem komplexen System aus Bedürfnissen und deren Befriedigung fehlgeschaltet war. Ich war mir von Anfang an sicher, dass es dazu noch eine andere Fehlschaltung geben musste: Auch die Bremse war defekt, die Empathie, die bei Menschen den

Drang hemmt, anderen Leid zuzufügen. Das Mitgefühl mit den Opfern.«

»Nun, ich sehe nicht, dass der Blutkünstler welches hat.«

»Hat er auch nicht. Aber der entscheidende Unterschied ist, dass wir kein Sperma an den Tatorten gefunden haben. Don Miller kam zum Orgasmus, als die Frauen ihren letzten Atemzug taten. Das war es, was ihn erregte. So konnte er sein Bedürfnis nach Nähe herstellen. Das sind nicht die Motive, die den Blutkünstler antreiben.«

Ira atmete tief durch. »Ich wünschte, ich könnte das so nüchtern sehen wie Sie. Ich habe immer auch das Leid der Opfer im Kopf.«

»Das behindert Sie nur.«

Ira seufzte. »Ich weiß nicht. Manchmal kann es durchaus hilfreich sein, wenn man sich die Qualen der Opfer mal vor Augen führt. Und warum war der Typ nun so auf langhaarige Frauen fixiert?«

»Seine Mutter hatte lange Haare. Sie war eine aggressive, kaltherzige Frau, die ihn als Kind regelmäßig verprügelte. Nur wenn er Albträume hatte, durfte er zu ihr ins Bett. Dann schmiegte er sich an ihren Rücken und vergrub seine Hände in ihren Haaren.«

»Haare sind auch für unseren Mann ein Thema«, sagte Ira. »Vielleicht gibt es bei ihm ähnliche Ursachen für sein Verhalten?«

»Ich glaube kaum, dass seine Mutter geflochtene Kleinmädchenzöpfe trug«, bemerkte Tom spöttisch.

»Das ist mir auch klar. Aber vielleicht seine Schwester? Hoffentlich musste sie nicht dasselbe durchmachen wie die anderen armen Frauen.«

»Sagen Sie nicht arme Frauen. Damit bauen Sie viel zu viel Nähe zu den Opfern auf.«

Ira verzog den Mund. »Aber es sind doch arme Menschen, oder etwa nicht?«

Tom musterte sie. »Woher kommt das ganze Mitgefühl für misshandelte Frauen? Waren Sie selbst mal Opfer? Hat Ihr Ex Sie regelmäßig zusammengeschlagen?« Das würde auch Iras früheres Engagement für verprügelte Huren erklären, fügte er in Gedanken hinzu.

Ira blickte ernst nach vorne. »Ich würde mich niemals verprügeln lassen, das können Sie mir glauben.« Ihre Stimme klang hasserfüllt.

In dem Moment wusste Tom, worauf Iras Einsatz für misshandelte Frauen zurückging. »Ihre Mutter. Natürlich. Sie haben gesehen, wie Ihr Vater Ihre Mutter verprügelt hat.« Sein Handy klingelte, und Tom zog es aus seiner Tasche.

»Und das nicht nur einmal«, sagte Ira bitter.

»Das erklärt einiges«, sagte Tom und nahm den Anruf an. »Ja?«

Es war sein Chef Bernhard Müller. »Sie müssen sofort zurückkommen!«

»Warum?«, fragte Tom, obwohl er ahnte, was Müller ihm gleich sagen würde.

»Der Blutkünstler hat wieder zugeschlagen!«

30

Auf der Fahrt zurück zum BKA telefonierte Tom mit Philipp und wies ihn an, sich augenblicklich auf den Weg nach Essen zu machen. Sie durften die Überprüfung von Karl Steiner nicht abblasen, es bestand nach wie vor die Möglichkeit, dass er in den Fall verwickelt war. Philipp versprach, sofort loszufahren, und war schon nicht mehr im Gebäude, als Ira und Tom in ihre Büros zurückkehrten.

Bernhard Müller stand mit besorgter Miene vor ihnen.

»Diesmal in Leipzig. Eine junge Studentin.«

»Sicher, dass es unser Mann ist?«

»Nach den Beschreibungen der Kollegen ... Ja. Daran scheint es keinen Zweifel zu geben. Ich will, dass Sie sofort hinfahren.«

»Katja checkt gerade die Flüge«, sagte Tom.

Müller schüttelte den Kopf. »Sie fahren mit der Bahn. Anweisung von oben, auch das BKA muss aufs Klima achten.«

»Soll das ein Witz sein?«

»Ganz und gar nicht. Die Kosten müssen niedrig gehalten werden, und mit dem Zug über Frankfurt sind Sie sowieso genauso schnell in Leipzig wie mit dem Flugzeug.«

Tom wusste, dass Müller damit recht hatte. Die Verbindung mit dem ICE war tatsächlich gut. Und so trafen Ira und er schon am frühen Nachmittag im Skulpturenpark in Leipzig ein.

Der Park war weitläufig für die Öffentlichkeit abgesperrt worden. Hinter den Absperrbändern tummelten sich Journalisten und Schaulustige, die Fotos schossen und mit ihren Handys filmten. Einige uniformierte Beamte sorgten dafür, dass niemand die Absperrung überschritt.

Es wird immer schwieriger, die Morde aus der Öffentlichkeit zu halten, dachte Tom. Zum Glück hatten die Kollegen den Tatort mit großen Spanntüchern verdeckt, sodass niemand das Werk des Blutkünstlers sehen konnte.

»Er sucht das Publikum«, sagte Tom, als er mit Ira über die Wiese ging. »Er hat den öffentlichen Platz bewusst ausgewählt. Er giert nach Aufmerksamkeit.«

»Nun, meine hat er«, versetzte Ira trocken.

Wie ein Zelt hatten die Kollegen die weißen Laken um den Leichenfundort drapiert. Als Tom und Ira ihn erreicht hatten, kam ihnen ein junger Beamter entgegen. Er war leichenblass und litt unter einem Würgereiz.

»Komm bloß nicht auf die Idee, hier deine DNS zu

verteilen«, sagte Tom streng zu ihm. »Los, zieh Leine. Gekotzt wird erst in hundert Metern. Frühestens!« Der Polizist presste die Lippen aufeinander und eilte davon.

Tom schob den Stoff zur Seite und betrat den abgesperrten Bereich. Abrupt blieb er stehen, als er die Szene vor sich sah. Er musste sich eingestehen, dass der Anblick überraschend war. Ira, die direkt hinter ihm stand, presste sich erschrocken eine Hand vor den Mund. »Mein Gott ... das ist ja ...«

»Bizarr.«

»Grauenvoll!«

Vor ihnen stand ein hölzerner Sockel, auf dem kunstvoll die Überreste einer jungen Frau drapiert waren. Sie trug ein gelbes Kleid und blonde Zöpfe, und ihr Körper war in zahlreiche Einzelstücke zerlegt worden. Danach hatte man die Teile wieder miteinander verbunden. Zwischen Fuß und Bein, zwischen Hand und Arm war jeweils ein vielleicht fünf Zentimeter langes Stück Draht zu sehen, das die Körperteile zusammenhielt. Der Kopf war geöffnet worden, und das Gehirn »schwebte« an einem Draht über der offenen Schädeldecke.

»Diesmal also eine Skulptur und kein Bild«, stellte Tom fest. »Interessant.«

»Das arme Mädchen«, sagte Ira betroffen. »Was für ein fürchterlicher Tod.«

Ein untersetzter Mann, der vielleicht um die fünfzig war und auffallend rote Haare hatte, trat mit ernster Miene auf sie zu. Er stellte sich als Kommissar Stefan Krämer von der Mordkommission in Leipzig vor.

»Sehe ich das richtig, dass es hier keine Blutspuren gibt?«, fragte Tom, nachdem er sich und Ira vorgestellt hatte.

»Ja«, antwortete Krämer. »Und die Leiche selbst ist vollkommen blutleer.«

»Der Auffindeort ist also nicht der Tatort. Können Sie ein paar Fotos machen, Ira?«

»Klar.« Seine Kollegin nahm ihre Kamera aus der Tasche und begann zu fotografieren.

»Wir haben schon zig Bilder geschossen«, sagte Krämer. »Wenn Sie wollen, schicken wir sie Ihnen zu.«

»Gerne. Aber ich will immer auch ein paar eigene haben«, sagte Tom und verkniff sich eine weitere Bemerkung. Ihm war klar, dass Ira einen ganz anderen Blick auf die Leiche hatte als der normale Fotograf von der Kripo. Im Gegensatz zu dem hatte seine Kollegin die anderen Werke des Blutkünstlers gesehen, sie wusste, worauf sie bei den Fotos achten musste. Es waren Kleinigkeiten wie die Farbe der Haargummis oder der Schuhe, in denen die abgetrennten Füße steckten.

»Wer hat sie gefunden?«, fragte Tom den Kommissar.

»Ein Jogger. Zum Glück waren zu dem Zeitpunkt noch keine anderen Leute im Park.«

»Wo ist er?«

»Im Krankenhaus. Er hat einen handfesten Schock erlitten.«

»Können Sie dafür sorgen, dass er niemandem von dem Leichenfund erzählt?«, fragte Tom. »Es ist wichtig, dass keine Details die Runde machen.«

»Ich werde es versuchen«, antwortete Krämer und kratzte sich an seinem roten Schopf. »Aber ich werde irgendein Statement abgeben müssen. Genug Leute haben mitgekriegt, dass hier etwas passiert ist. Das kann ich nicht einfach ignorieren und unkommentiert lassen, sonst schießen die Spekulationen ins Kraut.«

»Sie wollen eine Presseerklärung rausgeben?«

»Das ist in Mordfällen durchaus so üblich.«

»Dann sagen Sie, dass eine Tote gefunden wurde. Und dass über die Umstände noch nichts bekannt ist.«

Der Kommissar blickte auf die Leiche. »Sie ist zerstückelt worden. Das scheint mir ja wohl ziemlich bekannt zu sein.«

»Die Anweisung kommt von ganz oben«, sagte Tom streng. »Keine Details an die Öffentlichkeit. Eine Tote wurde gefunden, mehr muss niemand wissen. Von jetzt an übernehme ich die Ermittlungen.«

Krämer verzog das Gesicht. »Habe ich mir schon fast gedacht, als es hieß, das BKA rückt an.«

»Und sorgen Sie dafür, dass die Leiche zu uns kommt.«

»Klar.« Krämer wandte sich ab und ging zu seinen Kollegen, um die Überführung mit ihnen zu besprechen. Ihm war anzusehen, dass er sich nicht gern den Fall aus den Händen nehmen ließ und sich nur widerwillig seinem Schicksal fügte.

»Wo ist das ganze Blut?« Ira stand neben ihm und schoss ein Foto.

»Wahrscheinlich hat er es behalten«, überlegte Tom laut. »Das ist neu. Bei allen anderen Morden war das

Blut immer ein zentrales Motiv. Er hat damit seine Werke geschmückt, ohne Blut hätte er niemals so malen können.«

»Ja, das habe ich auch gedacht.« Ira hob das gelbe Kleid an. »Der ganze Körper ist zerlegt worden, das Kleid verdeckt die restlichen Verstümmelungen. Es scheint darauf keine Blutflecke zu geben.«

»Er hat sie also nackt verstümmelt«, schlussfolgerte Tom. »Und ihr das Kleid hinterher angezogen.«

Kommissar Krämer kam wieder zu ihnen zurück. »Die Leiche wird noch heute Abend zum BKA überführt. Sobald wir alle Spuren gesichert haben.«

»Danke. Haben Sie die Identität der Toten schon klären können?«

»Noch nicht. Aber die Kollegen gehen gerade die Vermisstendateien durch.« Krämer warf einen betroffenen Blick auf die Leichenskulptur. »Armes Mädchen. Ich hoffe nur, dass sie schon tot war, als man ihr das angetan hat.«

Tom schüttelte den Kopf. »Nein, er hat sie bei lebendigem Leib zerlegt«, sagte er nüchtern. »Sonst hätte sie nicht so ausbluten können. Ihr Herz muss das Blut aktiv aus dem Körper gepumpt haben. Die einzelnen Fleischstücke wären ansonsten nicht so blutleer.«

Erst da merkte Tom, wie fassungslos der Kommissar ihn anschaute. Für einen Moment überlegte er, etwas Empathie vorzugaukeln, entschied sich dann aber dagegen und zuckte stattdessen nur mit den Schultern.

31

Aaron schlenderte durch die Allee, an der eine riesige Villa neben der anderen stand. Obwohl er schon seit Jahren in Köln lebte, hatte es ihn noch nie in den edlen Stadtteil Marienburg gezogen, der von schicken Gründerzeitvillen geprägt war. Bisher hatte er ja auch noch keinen Grund gehabt, hier spazieren zu gehen. Das war jetzt anders.

Er hatte herausgefunden, dass die Frau, die den kleinen Jungen auf dem Schulhof geschlagen hatte, eine vermögende Verlegerin war. Ella Verne hatte vor gut zwanzig Jahren den Verne-Kunst-Verlag gegründet, der sich mit aufwendig gestalteten Büchern zum Thema erotische Kunst einen Namen und sie selbst reich gemacht hatte. Erst spät hatte sie ein Kind bekommen, von dessen Vater sie sich kurz nach der Geburt getrennt hatte. Es war leicht für Aaron gewesen, an diese Informationen zu kommen, da Ella Verne ein gern gesehener Gast auf den roten Teppichen der Stadt war und häufig in der Lokalpresse über sie berichtet wurde. Sie galt als schillernde Persönlichkeit in der Kunstwelt, in die sie so gar nicht hineinzupassen schien. Freizügig, ja fast billig war manchmal ihr Auftreten. Offenbar machte es ihr große Freude, mit Klischees zu spielen, und die erotische Kunst in den von ihr verlegten Büchern überschritt nicht selten Grenzen, weshalb die Boulevardpresse sie auch manchmal die Porno-Verlegerin nannte.

Die Straßen in dem Villenviertel waren angenehm leer. Ab und zu traten einfach gekleidete Leute aus den luxuriösen Häusern, die eindeutig als Personal zu identifizieren waren. Von den Bewohnern selbst sah man niemanden.

Hier würde er nicht auffallen, dachte Aaron. Er hatte sich zur Sicherheit eine dunkelgrüne Latzhose angezogen, auf der das Logo einer fiktiven Gärtnerei gedruckt war. Damit hatte er schon einmal gute Erfahrungen gemacht, als er in das Anwesen eines erfolgreichen Regisseurs eingedrungen war, der sich an seinen minderjährigen Darstellern verging. Jeder, der ihn so sehen würde, würde ihn für Personal halten und vermutlich nicht weiter beachten. Das hatte bei dem Regisseur hervorragend geklappt, und schon wenig später hatte er ihn durch die Kanalisation spülen können.

Die meisten von Aarons Fällen waren Männer, bisher waren ihm nur zwei Frauen unters Messer gekommen. Die eine war eine Krankenschwester gewesen, die auf der Säuglingsstation gearbeitet und die Neugeborenen dort regelmäßig mit Kolibakterien versorgt hatte. Neun tote Babys gingen auf das Konto der Schwester, die sich durch die Rettung der Kinder hatte in Szene setzen wollen. Die andere Frau war schon über siebzig gewesen und hatte ihre Dienste als Leih-Oma angeboten. Sie kümmerte sich um zahlreiche kleine Kinder, deren Eltern berufstätig waren. Dabei züchtigte und quälte sie sie regelmäßig, während sie sich nach außen hin als nette Omi gab. Als Aaron herausgefunden hatte, dass sie in den 1970er-Jahren ihre eigenen Zwillinge ertränkt und dafür fünfzehn Jahre im Gefängnis gesessen hatte, war ihr Todesurteil besiegelt. Fünfzehn Jahre für zwei tote Kinder waren ihm absurd wenig vorgekommen, zumal eine Resozialisierung ganz offensichtlich nicht stattgefunden hatte. Der Fall der vermeintlich netten Omi, die in Wahrheit eine Hexe war, hatte ihn darin bestärkt, dass er das Richtige tat. So wie jetzt.

Aus seinem Versteck hatte er mit eigenen Augen gesehen, wie die Verlegerin ihren Sohn mit heißem Wasser verbrüht hatte. Sie hatte ihn nackt in die Küche gezerrt und den dampfenden Wasserkocher genommen, um seinen Inhalt über dem Kind auszuleeren. Zum Glück hatte der Junge nicht die gesamte Ladung abbekommen, sondern konnte sich losreißen und in sein Zimmer rennen, aber trotzdem hatte Aaron ihn am nächsten Tag mit einem verbundenen Arm gesehen. Seine Oma, die ihn nach der Schule abgeholt hatte, war fassungslos gewesen, als sie die Verletzungen gesehen hatte. Sie schien ein herzliches Verhältnis zu ihrem Enkel zu haben, die beiden wirkten sehr innig miteinander, jedenfalls die wenigen Male, in denen Aaron sie zusammen gesehen hatte. Ahnte die alte Dame, was ihre Tochter dem Jungen antat? Möglich. Jedenfalls schien das Verhältnis der beiden Frauen zerrüttet, und die jüngere unternahm alles, um den Kontakt zwischen Großmutter und Enkel zu unterbinden, obwohl sich die Großmutter verzweifelt bemühte, ihren Enkel sehen zu können. Das war keine gute Entwicklung. Im Gegenteil. Es wäre das Beste, wenn der Junge für immer bei seiner Großmutter leben könnte.

Aaron wusste, dass die Verlegerin schon zu Hause war, schließlich hatte er ja gesehen, wie sie ihren Sohn vom Training abgeholt hatte. Inzwischen dämmerte es, und die aufkommende Dunkelheit machte ihn noch unsichtbarer.

Er blickte sich um, und als er sicher war, dass nach wie vor keine Passanten in der Nähe waren, sprang er über einen kleinen Zaun auf das Nachbargrundstück von Ella Verne.

Er hatte das Haus der Verlegerin schon seit ein paar Tagen beobachtet und wusste genau, wie schwierig es war, auf das Gelände zu kommen. Die Einfahrt wurde mit Kameras überwacht, eine Alarmanlage sicherte die Villa, und oben auf der großen Mauer, die sie umgab, war Stacheldraht angebracht worden. Die Bewohner in diesem Viertel schützten sich eben so gut wie möglich vor Einbrechern, die hier allerdings trotzdem immer wieder zuschlugen.

Glücklicherweise stand das alte Gebäude auf dem

Nachbargrundstück leer, wurde kernsaniert und hatte zurzeit kein Dach. Den ganzen Tag über gingen Bauarbeiter und Handwerker ein und aus.

Jetzt hatten sie Feierabend, und Aaron konnte sich ungestört auf dem Gelände bewegen. Er wusste inzwischen, dass auch der Garten der Verlegerin von den Kameras überwacht wurde, aber er hatte längst eine Stelle auskundschaften können, an der er unentdeckt bleiben würde.

Er holte sich die große Leiter, die an der Fassade lehnte, kletterte über die Mauer und sprang auf der anderen Seite zwischen die Rhododendronbüsche. Von hier aus hatte er einen guten Blick in das Haus. Er konnte durch die großen Fenster sowohl in Küche und Wohnzimmer im Erdgeschoss sehen als auch in die Schlafzimmer der ersten Etage.

Im Moment ging Ella Verne aufgebracht im Wohnraum auf und ab. Ihr kleiner Sohn stand mit hängendem Kopf und stumm mitten im Zimmer, während seine Mutter wild gestikulierend ihre Runden um ihn zog. Aaron konnte nicht verstehen, was sie sagte, aber es war eindeutig, dass sie mit dem Jungen schimpfte. Dass er auf ihre Tirade nicht reagierte, schien sie nur noch wütender zu machen. Immer wieder holte sie aus und schlug dem Kind ins Gesicht, das die Tortur klaglos über sich ergehen ließ.

Unbewegt schaute Aaron dem Geschehen zu. Einzig sein linkes Auge zuckte jedes Mal, wenn der Junge einen Schlag ins Gesicht bekam.

Das Kind reagierte immer noch nicht, weder wehrte es sich, noch schien es zu weinen. Jedenfalls konnte Aaron keine Regung in seiner Miene erkennen.

Außer sich vor Zorn zog die Frau das Kind schließlich aus dem Zimmer, wobei der Junge stolperte und lang hinschlug, was seine Mutter aber nicht interessierte. Aggressiv zerrte sie ihn weiter über den Boden und schließlich an den Haaren aus dem Raum.

Ein paar Minuten konnte Aaron die beiden nicht sehen. Dann wurde es in der ersten Etage hell, die Tür zu einem der Schlafzimmer öffnete sich, und die Frau zog ihren Sohn herein. Sie riss die Schranktür auf und stieß das Kind mit voller Wucht hinein. Dann schloss sie die Tür ab, schrie noch irgendetwas, das Aaron nicht verstehen konnte, strich sich dann die Haare glatt und verließ das Zimmer.

Es war nicht das erste Mal, dass Aaron so eine Szene beobachtet hatte. Er war jetzt ein halbes Dutzend Mal hier gewesen, und fast immer hatte sich dasselbe Drama abgespielt. Manchmal hatte das Kind stark geblutet oder Verbrühungen auf der Haut gehabt, manchmal war es fast bewusstlos gewesen, wenn die Mutter es mit dem Hinterkopf gegen die Wand geknallt hatte. Und immer war der Junge danach für die nächsten drei, vier Stunden in dem Schrank eingesperrt geblieben. Sie würde ihm heute nichts mehr zu essen geben, und er würde mal wieder hungrig zu Bett gehen müssen. Wenn er das Pech hatte, in der Zeit seiner Gefangenschaft im Schrank zur Toilette zu müssen und nicht einhalten zu können, erwartete ihn erneut eine Tracht Prügel. Wenn die Verletzungen zu schlimm waren, durfte er am nächsten Tag nicht zur Schule und musste auch beim Hockey aussetzen. Meistens achtete Ella Verne allerdings darauf, dass das Gesicht und alle sichtbaren Stellen verschont blieben.

Während ihr Sohn in einem engen Schrank eingesperrt hungern musste, bestellte sich Ella Verne bei ihrem Stamm-Sushi-Restaurant etwas zu essen, machte sich dazu einen Weißwein auf und telefonierte den halben Abend. Aaron hatte keine Ahnung, mit wem sie sprach, aber weil sie so lebhaft gestikulierte und häufig lachte, ging er davon aus, dass es irgendein Mann sein musste.

Er hatte genug gesehen. Diesmal lag kein Irrtum vor, diesmal würde es die Richtige treffen. Es wurde höchste Zeit, dass er eingriff, sonst würde der Kleine irgendwann womöglich durch die Hand seiner Mutter sterben.

Inzwischen hatte sich Aaron einen guten Überblick über ihren Tagesablauf verschaffen können und schon eine Idee, wie er diese schreckliche Frau von hier wegbringen konnte. Er war sich nur noch nicht ganz sicher, wie er es anstellen sollte, dass der Junge nichts von dem Tod seiner Mutter mitbekam. Auch wenn Aaron davon überzeugt war, dem Kind den größten Gefallen seines Lebens zu tun, wollte er auf keinen Fall, dass der Kleine Zeuge dieser Tat wurde. Aus eigener Erfahrung wusste er, wie schwierig der Anblick von Mord und Totschlag für Kinder sein konnte.

Am späten Freitagnachmittag hatte der Junge Hockeytraining. Diese zwei Stunden waren das Zeitfenster, das er nutzten konnte. Die Mutter ging in der Zeit meistens einen Kaffee trinken oder ein paar Besorgungen machen, nachdem sie das Kind am Hockeyclub abgesetzt hatte. Er musste versuchen, sich in ihrem Auto zu verstecken, wenn sie den Jungen ins Gebäude begleitete. Und dann würde sie den Wagen dahin steuern, wohin er es wollte.

Ob er diesen Freitag schon zuschlagen sollte? Warum nicht. Auf einem Vermietungsportal hatte er ein geeignetes Haus in der Eifel gefunden, schön abgelegen mit Whirlpool im Keller. Dort konnte die Frau in Ruhe ausbluten. Die Säure würde ihre Überreste dann zersetzen.

Aaron drehte sich um und schlich durch die Rhododendronbüsche zurück zu der Stelle an der Mauer, an die er die Leiter gelehnt hatte. Es war inzwischen so dunkel, dass er Schwierigkeiten hatte, Äste und Steine, die ihm den Weg versperrten, zu erkennen. Vorsichtig stieg er die Leiter hoch, hockte sich auf dem breiten Mauerrand zwischen den Stacheldraht, zog die Leiter zu sich und ließ sie lautlos auf der anderen Seite wieder hinunter. Plötzlich hielt er inne. Wie eine Katze verharrte er in der Position und bewegte sich nicht einen Millimeter. Er starrte auf die dachlose Villa, die dunkel vor ihm lag. Nein, es gab keinen Zweifel. In der ersten Etage war jemand. Derjenige stand am Fenster, in dem noch kein Glas war, und beobachtete das Haus von Ella Verne. Als er sich ein Stück zur Seite bewegte, fiel etwas Licht von der Straßenbeleuchtung auf ihn. Es war ein Mann, davon war Aaron jetzt überzeugt. Er trug schwarze Kleidung, wodurch er in der Dunkelheit fast unsichtbar war. Und er hatte ein Fernglas in der Hand.

Guck an, dachte Aaron und lächelte. Madame hat noch einen Verehrer. Aber so, wie sich diese dunkle Kreatur versteckte, wollte sie der guten Ella bestimmt keine Rosen bringen. Vielleicht wollte er sie ausrauben oder vergewaltigen oder beides. Kleinigkeiten, die die Aufmerksamkeit der Polizei auf sich ziehen würden. Das konnte Aaron gar nicht brauchen. Er hoffte, dass ihm der Kerl nicht in die Quere kommen würde.

32

Es war noch recht früh am Morgen, und die Luft war noch kalt und klar. Die Nacht in dem kleinen Hotel, in dem Tom und Ira übernachtet hatten, war kurz gewesen. Lange hatte er mit ihr über den Fall gesprochen, bevor sie sich müde in ihr Zimmer verabschiedet hatte, während Tom noch stundenlang an der Bar sitzen geblieben war und vor sich hin gegrübelt hatte. Geschlafen hatte er höchstens drei Stunden.

Kommissar Krämer parkte seinen Wagen in der Berliner Straße und stieg aus, Ira folgte ihm. Tom blieb noch auf dem Rücksitz sitzen.

»Philipp«, sagte Tom, als er den Anruf des Kollegen angenommen hatte. »Was gibt's?«

»Ich war gestern noch lange bei diesem Karl Steiner und habe ihn ausführlich befragt«, antwortete er. »Er scheint mir unverdächtig zu sein. Er lebt mit seiner Freundin zusammen. Die beiden tun den ganzen Tag nichts anderes, als den Polizeifunk abzuhören und durchs Netz zu surfen. Bisschen bekloppt, aber eindeutig harmlos. Mit dem Mord an der Galeristin hat er definitiv nichts zu tun.«

»Hat er ein Alibi?«

»Ja. Er hat keinen der Morde an Jo Gerber weitergegeben. Das klang glaubhaft.«

»Okay. Was ist mit den anderen Kerlen? Den Typen aus Augsburg und Unterföhring?«

»Die Kollegen vor Ort haben sie gecheckt. Der aus Unterföhring ist auch harmlos. Jedenfalls hat er nichts mit unserem Fall zu tun. Er hat sich vor vier Wochen bei einem Motorradunfall die Hüfte gebrochen, hat erst lange im Krankenhaus gelegen und ist jetzt in der Reha in Garmisch.«

»Und was ist mit Augsburg?«

»Ein IT-Student, der zurzeit ein Auslandssemester in Australien macht. Die Kollegen haben per Skype mit ihm gesprochen. Allein schon wegen der Entfernung kommt er für uns nicht mehr infrage.«

»Danke, Philipp. Dann wissen wir jetzt wenigstens, dass wir der Spur nicht mehr nachgehen müssen. Gibt es was Neues von diesem Thomas Bült? Das ist bisher der Einzige, den wir nicht sprechen konnten.«

»Nein. Aber ich habe noch mal Druck gemacht, was seine Observierung angeht«, sagte Philipp. »Durch eure Tote kriegen wir jetzt eher jemanden. Spätestens morgen früh steht einer bei ihm vorm Haus.«

»Sehr gut. Sobald der Kerl auftaucht, sprichst du mit ihm.«

»Geht klar, Chef.«

Tom legte auf und stieg aus dem Wagen.

»Sie wohnte im zweiten Stock«, sagte Krämer. »Ihre Eltern hatten sie vermisst gemeldet, als sie am Wochenende nicht wie verabredet nach Hause gekommen war. Die Kollegen haben natürlich erst mal nichts unternommen ...«

»Klar, eine Studentin, die ein paar Tage durchfeiert, ist jetzt nicht so ungewöhnlich«, sagte Ira.

Krämer nickte. »Ihre Mutter hatte zwar betont, wie zuverlässig die Tochter sei und dass so ein Verhalten überhaupt nicht zu ihr passe, aber da das Mädchen gerade eine Prüfung bestanden hatte, sind die Kollegen natürlich erst mal von einem Partywochenende ausgegangen und haben die Frau beruhigt. Tja.«

»Die Mutter hat offensichtlich ein gutes Bauchgefühl«, stellte Tom nüchtern fest, wofür er einen ungläubigen Blick von Kommissar Krämer erntete. »Gehen wir rein?«, fügte er deshalb schnell hinzu.

Das klassizistische Mehrfamilienhaus war offenbar vor einigen Jahren renoviert worden. Der dunkle Marmorboden im Eingangsbereich erinnerte daran, dass hier einmal vermögende Leute gewohnt haben mussten. Früher hatte es hier nur eine herrschaftliche Wohnung pro Etage gegeben. Inzwischen waren vier neue Türen in jedem Geschoss zu sehen, die einst großen Bürgerwohnungen hatten sich also jeweils in vier kleine verwandelt.

Kommissar Krämer reichte Tom und Ira Plastikschoner, die sie über ihre Schuhe streiften, und jeweils ein

Paar Handschuhe. Dann betraten sie die Wohnung, in der zwei Mitarbeiter der Spurensicherung bereits bei der Arbeit waren.

Der Flur hatte den alten Holzboden behalten, sonst erinnerte nichts mehr an die Zeit, in der das Haus gebaut worden war. Es gab ein kleines Schlafzimmer, in dem nur ein schmales Bett und ein kleiner Schrank standen, einen Wohnraum mit integrierter Küchenzeile und ein Bad. Ein Paar Schuhe standen im Flur, so, als wären sie gerade erst von den Füßen gestreift worden. Alles sah so aus, als wäre Merle Weiler eben erst nach Hause gekommen. Nur eine Tischlampe, die zerbrochen am Boden lag, wies darauf hin, dass hier etwas passiert sein musste.

»Damit hat er sie vermutlich niedergeschlagen«, sagte der jüngere Kollege von der Spurensicherung, der gerade die Fingerabdrücke auf der Lampe sichern wollte. »Er muss Handschuhe getragen haben, hier ist jedenfalls nichts zu sehen.«

»Er scheint sowieso extrem vorsichtig vorgegangen zu sein«, sagte der ältere Kollege. »Es gibt keine Aufbruchspuren, weder an der Tür noch an den Fenstern.«

»Er hatte einen Schlüssel?«, fragte Kommissar Krämer.

»Möglich. Oder sie hat ihren Mörder selbst in die Wohnung gelassen«, überlegte Ira laut. »Vielleicht kannten sich die beiden, vielleicht hatte er schon seit einer Weile ihre Nähe gesucht.«

»Er könnte aber auch über die Fassade in die Wohnung gekommen sein«, sagte der jüngere Kollege. »Ein Fenster stand offen. Wenn man sich ein bisschen geschickt anstellt und nicht der Allerunsportlichste ist, schafft man das von außen.«

»Ist das ihr Handy?«, fragte Tom und zeigte auf ein silbernes Mobiltelefon, das auf dem Wohnzimmertisch lag.

»Ja, wir haben schon alle Spuren gesichert«, antwortete der jüngere Mann. »Sie können es sich anschauen. Aber bitte nichts löschen.«

»Schon klar.«

Während Ira und Kommissar Krämer sich im Schlafzimmer umsahen, schaltete Tom das Handy an. Er hielt das Display so ins Licht, dass er auf dem Glas erkennen konnte, auf welchen Zahlen die Fingerabdrücke am sichtbarsten waren.

»Das ist einfach«, sagte er leise, als die Abdrücke auf den Zahlen 3567 aufschienen. Die 3 stand auch für den Buchstaben e, die 5 für das l, die 6 für das m und die 7 für das r. Tom drückte die Ziffern in der Reihenfolge, in der sie das Wort MERLE ergaben. Sofort erschien als Hintergrundbild das Foto von einem Duschvorhang, hinter dem eine Frau stand.

Tom ging ins Bad und verglich den Duschvorhang mit dem Foto. Es war derselbe.

Das Foto wird das Opfer nicht selbst als Hintergrundbild ausgewählt haben, dachte er. Der Blutkünstler musste sie also beobachtet und das Bild heimlich geschossen haben. Vermutlich wollte er sie damit ängstigen, dafür sorgen, dass sie in Panik geriet, wenn sie begriff, dass sie nicht alleine in der Wohnung war.

Nicht schlecht, dachte Tom anerkennend und klickte auf die WhatsApp-Kachel. Die letzten Nachrichten, die den Account von Merle Weiler erreicht hatten, waren von ihrer Mutter. Immer wieder bat sie ihre Tochter, sich doch endlich zu melden. Am Freitagabend hatte Merle ihr die letzte Nachricht geschickt.

Fühle mich krank. Komme am Wochenende nicht. Kuss, Merle.

Danach hatte die Mutter nie wieder etwas von ihr gehört.

Tom klickte auf eine Gruppe, die sich »Bachelor-Feier« nannte. Auch hier hatte Merle am Freitagabend ein letztes Lebenszeichen gegeben und eine bevorstehende Feier wegen starker Kopfschmerzen abgesagt, obwohl sie kurz zuvor noch geschrieben hatte, wie sehr sie sich auf den Abend freue. Am nächsten Tag hatten auch diese Freunde versucht, sie zu erreichen, und sich nach ihrem Befinden erkundigt, aber eine Antwort bekamen auch sie nicht mehr.

»Er hat in ihrem Namen Nachrichten verschickt«, sagte Tom zu Ira, die aus dem Schlafzimmer zu ihm kam. »Am Freitagabend hat er sie bei Freunden und Eltern entschuldigt.«

»Damit hat er sich etwas Zeit verschafft, bevor man nach ihr suchte«, sagte Ira. »Im Schlafzimmer steht ihre gepackte Reisetasche. Scheint so, als hätte sie definitiv vorgehabt, zu ihren Eltern zu fahren. Das Bett ist gemacht, sie hat also nicht mehr darin geschlafen. Und zu sexuellen Übergriffen scheint es auch nicht gekommen zu sein, jedenfalls nicht da.«

»Natürlich nicht.« Inzwischen sollte es Ira doch wohl klar sein, dass der Blutkünstler kein Interesse an Sex hatte, dachte er. »Er hat das Opfer beobachtet«, sagte er dann nachdenklich und klickte sich wieder in die Chatrunde. »Und er konnte sich gewaltfrei Zugang zur Wohnung verschaffen. Ich habe hier die Namen und Telefonnummern ihrer Freunde. Bevor wir zurück nach Bonn fahren, will ich mit jedem von ihnen gesprochen haben.«

Eine halbe Stunde später standen sie in der großen Wohnküche einer Studenten-WG. Hier lebten Marlene, Finn und Carla, drei der Freunde, mit denen Merle in der Chatgruppe verbunden war. Nur Justus wohnte in einem Appartement zwei Straßen weiter.

Tom und Ira saßen an dem Küchentisch und warteten, bis die drei jungen Leute sich etwas beruhigt hatten. Marlene und Carla weinten, die eine laut und schluchzend, die andere still und tränenreich, während Finn geschockt Tom anstarrte, als könnte er nicht fassen, was er gerade gehört hatte.

»Das kann doch nicht sein«, stammelte er.

»Leider doch«, sagte Ira einfühlsam. »Ich weiß, dass es nur schwer zu verstehen ist. Wann haben Sie Merle zum letzten Mal gesehen?«

»Direkt nach der Prüfung«, antwortete Finn tonlos. »Sie war so glücklich, dass sie bestanden hatte. Ich habe sie selten so happy erlebt.«

»Und dann das ...« Auch Carlas Stimme war kaum wahrnehmbar.

Tom merkte, wie er unruhig wurde. Er konnte verstehen, dass die jungen Leute unter Schock standen, aber das Geheule und Gestammel kostete nur Zeit und brachte sie nicht weiter.

»In welcher Beziehung standen Sie zu ihr?«, fragte er Finn. »Waren Sie mit ihr zusammen?«

Der junge Mann schüttelte den Kopf. »Nein. Wir waren alle nur Freunde.«

»Mit Justus hatte sie auch nichts?«

»Nein ...«

»Pflegte sie sonst einen offenen Umgang mit Männern?«

Ira warf ihm einen strengen Blick zu, während die anderen drei Tom empört anschauten.

»Was wollen Sie denn damit sagen?«, fragte Marlene sauer und wischte sich die Tränen von den Wangen, die mit Wimperntusche verschmiert waren. »Merle war keine, die mit jedem ins Bett ging, wenn Sie das meinen!«

»Ja. Genau das wollte ich wissen«, sagte Tom. »Es wäre ja denkbar, dass sie ihren Mörder durch einen Flirt kennengelernt hat. Gibt es jemanden, der in letzter Zeit ihre Nähe gesucht hat? Ist Ihnen da etwas aufgefallen?«

»Ich weiß von keinem Verehrer«, sagte Carla mitgenommen.

»Vielleicht jemand, der sich mit Ihnen allen anfreunden wollte?«, hakte Tom nach. »Der mitten im Semester plötzlich aufgetaucht ist und mit Ihnen etwas unternehmen wollte?«

Finn dachte nach und schüttelte schließlich den Kopf. »Nein, der Einzige, der im laufenden Semester dazukam, war Justus. Sonst waren eigentlich immer nur wir zusammen ...«

Marlene schlug die Hände vors Gesicht. »Das wird jetzt nie wieder so sein ...« Erneut schluchzte sie auf.

Tom unterdrückte ein Seufzen. Wenn diese Heulerei jetzt wieder losging, würden sie nichts Brauchbares mehr aus den Leuten rauskriegen. »Seit wann zählte Justus denn zu Ihrer Clique?«, fragte er deshalb schnell.

»Noch nicht lange«, antwortete Finn mit zittriger Stimme. »Er ist erst vor ein paar Wochen nach Leipzig gewechselt. Aber wir haben uns sofort alle gut verstanden ...«

Carla nickte. »Ja. Die paar Jahre Altersunterschied haben uns nie gestört.«

Tom merkte auf. »Wie alt ist er denn?«

»Neunundzwanzig«, antwortete Finn. »Er hat erst irgendwas anderes gemacht, bevor er sich für Kunstgeschichte eingeschrieben hat.«

»Und was?«

Finn zuckte mit den Schultern. »Keine Ahnung. Wie gesagt, so gut kennen wir ihn noch nicht.«

Marlene fuhr sich durch ihre langen, dunklen Haare und blieb mit den Händen an der bunten Spange hängen, die die Mähne im Nacken zusammenhielt. Mit zitternden Fingern nahm sie sie heraus.

»Die hat Merle mir geschenkt ... zu meinem Geburtstag vor zwei Wochen ...« Weinend lehnte sie ihren Kopf an Finns Schulter, dem nun auch die Tränen über das Gesicht liefen.

»Okay, das bringt hier wohl nichts mehr«, raunte Tom Ira zu, woraufhin sie ihm einen Tritt gegen das Schienbein verpasste.

»Danke für Ihre Zeit«, sagte sie mit einem bösen Seitenblick zu Tom. »Wir werden jetzt noch Ihren Freund Justus befragen, aber eventuell werden wir Sie auch noch mal kontaktieren müssen.«

»Justus ist nicht da«, sagte Finn schniefend. »Er ist am Wochenende nach Köln zu seinen Eltern gefahren und wollte dort ein paar Tage bleiben.«

Tom runzelte die Stirn. »Ach ja? Wissen Sie, wann er gefahren ist?«

Finn zuckte mit den Schultern. »Nicht genau. Er war Freitagabend nur kurz mit dabei, weil er noch irgendwas anderes vorhatte. Keine Ahnung, ob er dann Samstag oder Sonntag gefahren ist. Tut mir leid.«

»Kein Problem. Wir haben ja seine Nummer«, sagte Ira freundlich.

Während sich seine Kollegin mitfühlend von den aufgelösten jungen Leuten verabschiedete, nickte Tom ihnen nur kurz zu und verließ die Wohnung. Unten auf der Straße atmete er tief durch.

»Diesen Justus sollten wir uns mal genauer anschauen.«

»Das würde ich auch sagen.«

33

Fast zärtlich nahm er das glänzende Papier aus dem Drucker. Diesmal war er überwältigt von seinem Werk. Er legte das ausgedruckte Foto auf den Tisch und wartete, bis es getrocknet war. Bis dahin studierte er jede Einzelheit aufs genauste. Zwischendurch schloss er immer wieder lächelnd die Augen und erinnerte sich.

Es war die richtige Entscheidung gewesen, den abgetrennten Fuß zunächst wieder mit einem eisernen Draht am Unterschenkel der Statue zu befestigen, bevor er das nächste Stück abgesägt hatte. Zum Glück hatte er das offene Bein auch abgebunden, sonst wäre die kleine Merle vermutlich sofort verblutet. Aber so hatten sie beide länger etwas davon gehabt. Dass sie sogar das Bewusstsein wiedererlangt hatte, war eine wirklich schöne Überraschung gewesen, auch wenn es nicht lange angehalten hatte. Aber wenigstens ein bisschen Spaß hatten sie noch zusammen haben können, und er würde ihren Gesichtsausdruck niemals vergessen, als er ihr mit einem Spiegel gezeigt hatte, wie ihre Füße in den Unterschenkeln steckten und diese wiederum mit Draht in den Knien verschraubt waren. Natürlich war sie ein bisschen entsetzt gewesen, aber er glaubte, auch so etwas wie staunende Bewunderung in ihren Augen gesehen zu haben.

Ja, sie hatte ihn bewundert. Ihn, den größten Künstler aller Zeiten.

Leider war es dann sehr schnell gegangen. Er hatte die Oberschenkelarterie unterschätzt. Natürlich wusste er, dass sie eine der Hauptleitungen im Körper war, aber er hätte nicht gedacht, dass das Verbluten so schnell gehen würde. Als er Merle den rechten Oberschenkel durchtrennte, spritzte das Blut in solchen Mengen, dass er die Wunde nicht wie geplant noch abbinden konnte. Der Bottich war in Sekundenschnelle vollgelaufen, und Merle hatte noch nicht einmal mehr gezuckt. Das einzig Gute an dem schnellen Ausbluten war, dass sie ihren Gesichtsausdruck nicht mehr verändert hatte. Der bewundernde Blick war geblieben. Voller Stolz atmete er tief durch und legte das Foto dann in den goldenen Barockrahmen.

Diesmal hatte es auch mit der Öffentlichkeit geklappt. Der Park war jedenfalls der ideale Platz, um die berechtigte Aufmerksamkeit zu bekommen. Er hatte sich zwar etwas geärgert, dass die Polizei in ihrem offiziellen Statement nur von einer gefundenen Frauenleiche gesprochen und dabei die Raffinesse seines Werks verschwiegen hatte, aber es war nur eine Frage der Zeit, bis alle Details an die Öffentlichkeit gelangten. Dann hatte er endlich das Publikum, das er verdiente.

Er hängte das gerahmte Foto an die Wand. Merle hatte einen schönen Platz neben Senta bekommen. Die beiden machten sich gut nebeneinander, das fast perfekte Bild und die perfekte Statue.

Aber war sie wirklich perfekt?

Erneut stiegen leise Zweifel in ihm auf. Er trat einen Schritt näher an das Bild heran und betrachtete es noch einmal genau. Er hatte sich präzise an die Nummerierung der Gliederpuppe gehalten, hatte als kleine künstlerische Variation Merles rechtes Bein etwas angewinkelt, so als hüpfte sie. Das gefiel ihm besonders gut, weil es so aussah, als sprängen die Gehirnstücke aus dem Kopf, während sie in die Luft hopste.

Nein, sie war perfekt. Sie war sein Meisterwerk.

Zufrieden setzte er sich in den Sessel und betrachtete die Wand mit seinen Werken. Er hatte sich von Mal zu Mal verbessert, war mutiger und farbenfroher geworden. Vermutlich lag das auch daran, dass seine Musen ihn in jeder Schaffensphase mehr inspirierten. Die Interaktion mit ihnen war einfach enorm wichtig, das hatte er jetzt mit Merle wieder gemerkt. Er brauchte ihre Schreie, die jedes Mal eine neue Idee aus ihm herauslockten. So war er von Werk zu Werk gewachsen und immer besser geworden.

Einige Stunden lang saß er einfach nur lächelnd vor der Wand und spürte eine tiefe Befriedigung. So musste sich Picasso gefühlt haben, wenn er etwas Großes vollendet hatte, dachte er und fragte sich im nächsten Moment, ob der große Meister wohl eine ähnliche Unruhe in sich gespürt hatte, wie er sie gerade fühlte. Er hatte einmal gelesen, dass Picasso wie ein Besessener gearbeitet hatte, dass er nicht aufhören konnte zu malen und manchmal nächtelang nicht aus seinem Atelier herausgekommen war.

Bei ihm selbst war sein Drang nach jeder Vollendung eigentlich erst mal befriedigt gewesen. Nach seinen ersten Bildern wollte er monate-, ja sogar jahrelang kein neues erschaffen. Das Glücksgefühl, das sich bei ihm einstellte, wenn er die Fotos von seinen Werken betrachtete, reichte ihm damals völlig aus.

Aber in der letzten Zeit spürte er, dass sich etwas verändert hatte. War es die Sorge, doch noch nicht das ultimative Meisterwerk erschaffen zu haben, die ihn antrieb, weiterzumachen? Oder war es der Applaus, der ihm fehlte und den sich jeder Künstler doch so sehr wünschte?

Er wusste es nicht. Aber er spürte, dass er schon bald etwas Neues beginnen musste. Er hatte auch schon eine Idee. Es sollte ein reines Bild werden, keine Collage, nichts Plastisches. Dafür würde er die Masse sehr fein pürieren müssen, damit sie zu einer streichfesten Farbe wurde, die auf der Leinwand keine Klumpen gab. Ein anständiger Häcksler würde schon gute Vorarbeit leisten. Nur das Kleid und die Haare, die würde er extra drapieren. Die durften nicht zerstört werden.

Voller Vorfreude rieb er sich mit den Händen über

die Oberschenkel. Vielleicht würde das dann sein ultimatives Meisterwerk werden, das Werk, mit dem er in die Geschichte eingehen würde. Er konnte es kaum abwarten anzufangen.

Und zum Glück hatte er auch schon eine neue Muse gefunden.

34

Am späten Nachmittag verließen Tom und Ira den Intercity am Kölner Hauptbahnhof. Sie hätten mit dem ICE auch bis nach Bonn weiterfahren können, wollten aber keine Zeit mehr verstreichen lassen und lieber direkt mit Justus Fenger sprechen.

»Wenn er unser Mann ist, dann steht er sicher noch unter dem Eindruck der Tat«, überlegte Ira laut, als sie die Stufen vom Gleis zur Bahnhofsunterführung hinuntergingen. »Kein Mensch kann sich doch komplett verstellen, wenn er vor gut vierundzwanzig Stunden eine Frau zerstückelt hat.«

»Das kommt ganz drauf an«, entgegnete Tom. »Ich habe schon Täter erlebt, die bei ihrer Verhaftung ausgesprochen erleichtert und froh waren, dass sie endlich nicht mehr weitermachen mussten. Umgekehrt habe ich es aber auch schon mit raffinierten Lügnern zu tun gehabt, die die Ermittler so an der Nase herumgeführt haben, wie Sie es sich nicht vorstellen können.«

»Aber wir haben es hier mit einem jungen Mann zu tun.«

»Und? Sie dürfen nicht vergessen, dass Menschen mit einer ausgeprägten Psychopathie die besten Manipulierer sind, die Sie sich vorstellen können. Das Talent zum Lügen ist denen quasi in die Wiege gelegt worden.«

»Wie gehen Sie vor, wenn Sie so einem Wahnsinnigen gegenübersitzen?«, fragte Ira.

Sie hatten inzwischen den Bahnhofsvorplatz erreicht. Seine Kollegin blickte hoch zum Dom, so wie es fast alle Reisenden taten, die den Kölner Hauptbahnhof verließen, der im Schatten der mächtigen Kathedrale stand. Nur Tom schenkte dem düsteren Bau keine Beachtung. Kirchen hatten ihn noch nie interessiert.

»Zum Beispiel bei diesem fürchterlichen Haar-Mörder, von dem Sie mir erzählt haben. Wie knacken Sie so einen Typen?«

»Ich dachte, Sie halten nichts von meinen Psychomethoden.«

Ira unterdrückte ein Seufzen. »Trotzdem interessiert es mich. Und? Setzen Sie solche Leute unter Druck, schleimen Sie sich bei denen ein, oder geben Sie sich als Fan aus?«

»Meistens beginne ich wie ein Hausarzt«, antwortete Tom. Sie hatten den Taxistand nun fast erreicht. »Wie geht es Ihnen körperlich? Haben Sie irgendwelche Beschwerden? Jeder Täter, der gerade verhaftet worden ist, hat irgendwelche und ist froh, wenn er von seinem Magendrücken oder Bluthochdruck erzählen kann.«

»Dadurch fühlt er sich dann ernst genommen«, sagte Ira. »Und Sie können Vertrauen aufbauen.«

»Ja. Beim Haar-Mörder war ich dann gleich sehr direkt. Ich will Sie kennenlernen, habe ich zu ihm gesagt, und wir brauchen hier keinen Eiertanz zu machen. Ich bin ein Profi auf meiner Seite, und Sie sind ein Profi auf Ihrer.«

»Ein Gespräch auf Augenhöhe, sozusagen.«

»Korrekt. Auch ein sadistischer Triebtäter möchte gerne wie ein normaler Mensch behandelt werden«, fuhr Tom fort und stieg mit Ira in ein Taxi. Seine Kollegin nannte dem Fahrer die Adresse von Justus Fengers Eltern, und der Wagen fuhr los.

»Wie können Sie Ihre Abscheu solchen Tätern gegenüber verbergen?«, fragte Ira.

Dass er diese Abscheu einfach nicht empfand, verschwieg Tom der Kollegin lieber. »Sie würde mir nicht helfen bei der Suche nach dem Warum. Und ohne zu wissen, was den Täter antreibt, kann ich einen Fall nicht vollständig aufklären. Wenn ich beispielsweise nicht herausgefunden hätte, dass Don Millers Haar-Fixierung im frühsten Kindesalter entstanden ist, wäre sein erster Mord wahrscheinlich immer unentdeckt geblieben. Miller war erst vierzehn Jahre alt, als er eine Mitschülerin tötete. Er erwürgte sie mit seinen bloßen Händen und hängte sie danach an einer Wäscheleine auf, weshalb alle auf einen Selbstmord tippten.«

»Denken Sie, dass der Blutkünstler auch schon in so jungen Jahren zugeschlagen hat?«

»Ja. Und der erste Mord ist immer der wichtigste. Oft wird er für den Täter zu einer Vorlage, die seine spätere Vorgehensweise prägt. Die Abläufe sind noch nicht so geschliffen wie bei den Taten danach, der Mörder hat noch keinen Erfahrungsschatz, noch keine Masche. Er verlässt sich zunächst auf seine Instinkte, die sich noch ganz ungebremst zeigen. Das verrät viel über ihn.«

Der Taxifahrer warf ihnen einen irritierten Blick durch den Rückspiegel zu. Tom dämpfte seine Stimme etwas.

»Die Situation damals bei dem Haar-Mörder ist aber nicht mit unserer zu vergleichen. Damals stand außer Frage, dass er der Täter war. Er war durch Kameraaufnahmen eindeutig überführt«, sagte Tom. »Für mich war nur entscheidend, seine Motive zu ergründen und herauszufinden, ob er noch weitere Taten begangen hatte. An diesem Punkt sind wir diesmal leider noch lange nicht.«

Sie hatten das Colonia-Hochhaus erreicht, in dem die Wohnung von Justus Fengers Eltern lag. Tom gab dem sichtlich irritierten Taxifahrer sein Geld und ließ sich eine Quittung ausstellen. Dann stiegen sie aus und gingen auf das Hochhaus zu, das mit seinen 147 Metern einst das höchste Wohnhaus Europas gewesen war. Sie zeigten dem Portier ihre Ausweise, fuhren mit dem verspiegelten Fahrstuhl in den vierten Stock und klingelten an der Wohnung der Fengers.

Eine gepflegte Frau um die sechzig öffnete ihnen. Nachdem Tom und Ira auch hier ihre Ausweise gezeigt und sich vorgestellt hatten, ließ Frau Fenger sie herein und begleitete sie ins Wohnzimmer. Obwohl sie erst im vierten Stock waren, war die Sicht auf den Rhein schon von hier aus bemerkenswert.

»Justus? Besuch für dich!«, rief sie und musterte die beiden misstrauisch. »Was will denn das BKA von ihm?«

Bevor Ira antworten konnte, betrat ein junger Mann den Raum. Er war vielleicht einen Meter achtzig groß und wirkte sehr sportlich. Seine Arme waren muskulös, die Schultern breit.

»Was hast du angestellt?« Die Stimme von Justus' Mutter wurde streng. »Wenn du Mist gebaut hast, dann kannst du was erleben!«

»Ja, ja, ist ja gut, Mutter«, sagte der junge Mann mit leiser Stimme. »Was wollen Sie von mir?«

Tom musterte ihn unauffällig. Trotz seiner sportlichen Statur wirkte er neben seiner Mutter eingeschüchtert und fast klein. Das Verhältnis zu ihr schien nicht das beste zu sein. Allein die Wahl der Ansprache – Mutter statt Mama oder Mami – wies auf eine nicht besonders enge Bindung hin. Kein Kind wählte von alleine diesen distanzierenden Ausdruck. Er musste einem Kleinkind, das zu sprechen anfing, extra beigebracht werden – Mama oder Mami auszusprechen, war für kleine Kinder viel einfacher. Und Erwachsene, die die liebevolle Ansprache vor anderen scheuten, wählten meist den Vornamen der Mutter. »Wir kommen leider mit traurigen Nachrichten«, begann Ira das Gespräch und erzählte von Merle Weilers Tod, ohne Details zu nennen.

Justus setzte sich betroffen in den Sessel. Tom bemerkte, wie unentspannt seine Haltung war. Weder lehnte er sich zurück, noch berührten seine Hände das Polster. Stocksteif saß er da.

Als wollte er nichts schmutzig machen, dachte Tom, dem die penible Sauberkeit und Ordnung im Wohnzimmer sofort aufgefallen war. Nirgends war auch nur ein Staubkorn zu sehen, alles war aufgeräumt und adrett dekoriert. Zwei Fernbedienungen lagen auf dem Marmortisch nebeneinander, als hätte jemand den Abstand zwischen ihnen mit einem Zollstock ausgemessen. Die Kissen lagen mit einem Knick in der Mitte auf der Sofagarnitur, und auf einem Beistelltisch standen zwei große Kerzen, die aussehen sollten wie echte, aber deren künstlicher Docht per Knopfdruck anzuschalten war. Auf der weißen Anrichte reihten sich glänzend geputzte Porzellanfiguren neben zahlreichen Familienbildern.

Mit einem Blick bemerkte Tom, dass Justus offenbar auch eine Schwester hatte. Ein gerahmtes Foto zeigte Frau Fenger neben einem dicken Mann, vor ihnen standen Justus und eine dunkelblonde junge Frau, die etwas gequält in die Kamera lächelten.

»Das ist ja furchtbar«, sagte Justus sichtlich mitgenommen. »Was ist denn passiert?«

»Dazu können wir Ihnen leider nichts sagen.« Tom nahm das Familienfoto in die Hand und betrachtete es interessiert. »Seit wann sind Sie wieder in Köln?«

»Justus ist am Sonntag gekommen. Warum wollen Sie das wissen?«, fragte Frau Fenger. Ihre Stimme wurde immer misstrauischer.

»Lebt Ihre Tochter noch bei Ihnen?« Tom wies auf das Foto.

Die Miene der Frau veränderte sich schlagartig. Auf ihrer Stirn erschienen sorgenvolle Falten. »Eigentlich ja. Aber im Moment ist sie wieder im Krankenhaus. Sie hat Leukämie, schon seit ihrer Kindheit. Jetzt muss sie sich zum wiederholten Male einer Chemotherapie unterziehen. Mein armes Kind.«

»Das tut mir leid«, sagte Ira mitfühlend.

»Seit wann leben Sie in Leipzig?«, fragte Tom, an Justus gewandt.

»Noch nicht lange. Erst seit etwas mehr als zwei Monaten.«

»Zu unserem großen Kummer hat Justus sein Medizinstudium abgebrochen.« Jetzt war die Stimme von Frau Fenger wieder fast schrill. »Und das kurz vor dem Examen! Das muss man sich mal vorstellen!«

»Es war einfach nicht das Richtige für mich«, sagte Justus bedrückt. »Ich bin nun mal kein Arzt.«

»Aber Künstler, oder was?« Frau Fenger schüttelte missbilligend den Kopf. »Du hättest in die Forschung gehen können, du hättest an einem Medikament für deine Schwester forschen können, aber nein! Der Herr will lieber Bilder malen!«

»Mein Schwerpunkt ist Kunstgeschichte.«

»Genauso brotlos!«

»Wieso haben Sie Ihr Studium so kurz vor dem Ende abgebrochen?«, hakte Tom nach.

»Ich ... kam da an der Uni einfach nicht klar. In Hamburg habe ich mich noch nie wohlgefühlt, und das Studium war einfach nichts für mich. Ich bin eher künstlerisch interessiert.«

»Und das haben Sie erst kurz vor dem Examen gemerkt?«, fragte Tom.

»Manchmal dauert es eben ein bisschen länger, bis man die wichtigen Dinge im Leben begreift. Warum wollen Sie das überhaupt wissen?«

»Wir versuchen uns ein möglichst genaues Bild von Merles Umfeld zu verschaffen«, erklärte Ira.

»Und warum?« Plötzlich wurde Justus Fenger ganz blass. »O Gott. Ich dachte zuerst, es wäre ein Unfall oder so etwas ... aber sie ist ermordet worden, oder?«

»Das ist richtig«, antwortete Ira.

»Und jetzt denken Sie, mein Sohn hätte etwas damit zu tun?« Frau Fenger war fassungslos. Entsetzt drehte sie sich zu ihm. »Hast du etwas damit zu schaffen, Junge? Was hast du getan?«

»Ich habe gar nichts getan, Mutter!«

»Warum halten Sie es für möglich, dass Ihr Sohn etwas mit dem Tod von Merle Weiler zu tun haben könnte?«, hakte Tom nach.

Frau Fenger schlug die Hände vors Gesicht. »Mir wird das alles zu viel ... Ich glaube, mir wird schlecht ...«

Sie geriet ins Taumeln, und Justus Fenger eilte zu ihr, um sie zu stützen. Aber sie schlug seinen Arm weg. »Fass mich nicht an!«

»Ist ja gut, Mutter.« Mit verzweifelter Miene wandte sich Justus Fenger an Tom und Ira. »Meine Mutter hat enorme Probleme mit ihrem Blutdruck. Vielleicht können Sie ein anderes Mal wiederkommen?«

Ira zog skeptisch eine Augenbraue hoch. Tom wusste, dass sie Fenger am liebsten sofort festgenommen hätte.

»Natürlich«, sagte Tom mit liebenswürdiger Stimme und wandte sich zum Gehen.

»Und wenn er jetzt untertaucht?«, zischte Ira ihm zu, als sie die Wohnungstür hinter sich zugezogen hatten.

»Wird er nicht«, antwortete Tom. »Es gibt nur zwei Dinge, die er jetzt tun würde. Er wird sich um seine Mutter kümmern.«

»Oder?«

»Oder sie umbringen. Aber davon gehe ich im Moment nicht aus.«

35

Zwei Stunden später trafen Ira und Tom wieder im BKA ein.

»Ich gehe direkt runter zu Nina«, sagte Tom. »Sie müsste die Studentin jetzt auf dem Tisch haben. Können Sie ein Protokoll von dem Gespräch mit Justus Fenger anfertigen? In fünfundvierzig Minuten treffen sich dann alle im Konferenzraum.«

»Ich sag den anderen Bescheid.«

»Gut.«

Unbewusst atmete er tief durch, als er die Pathologie betrat und den vertrauten Geruch des Todes wahrnahm. Wie immer arbeitete Nina mit Kopfhörern und hörte ihn nicht, als er den Raum betrat. Diesmal summte sie die Melodie leise mit. Hörte sie Mozarts *Zauberflöte*? Eine heitere Oper war wahrscheinlich das Beste, das man bei dieser Arbeit hören konnte, dachte Tom.

Nina hatte Merles Gliedmaßen inzwischen von den Drähten befreit und die einzelnen Leichenteile wieder zu einem Ganzen zusammengefügt. Erstaunlich genau passten die abgetrennten Stücke zueinander, der Blutkünstler musste sehr präzise gearbeitet haben. Einzig beim Durchtrennen des Rumpfes hatte er offenbar einige Schwierigkeiten gehabt. Die zerfetzten Gedärme hingen unschön an den Rändern heraus. Tom war sich sicher, dass sie den Sinn für Ästhetik des Blutkünstlers gestört hatten.

Vorsichtig tippte er Nina auf die Schulter. Sie war gerade dabei, mit groben Stichen den Brustraum zu vernähen, den sie für die Autopsie geöffnet hatte. Erschrocken stach sie sich mit der Nadel in den Finger.

»Autsch.« Sie zog sich die Kopfhörer herunter und betrachtete das Blut, das durch ihren Handschuh sickerte.

»Sorry. Ich wollte dich nicht erschrecken.«

»Das hast du letztes Mal auch gesagt.«

»Und es stimmt ja auch. Schlimm?«

»Mein Finger oder die Leiche? Letzteres ja.«

»Was konntest du herausfinden?«

»Die Frau ist verblutet, was angesichts ihres Zustandes wahrscheinlich keine Überraschung ist.« Nina zog den Handschuh herunter und drückte ein Stück Mull auf ihre blutende Fingerkuppe. »Allerdings war es dem Täter wichtig, sie so lange wie möglich am Leben zu erhalten.« Nina zeigte auf den oberen Rand des Oberschenkels. »Siehst du diese Striemen?«

»Ja. Stammen die von einem Seil?«

»Vermutlich. Er hat versucht, ihr den Oberschenkel abzubinden. Du siehst ähnliche Spuren hier an ihren

Unterschenkeln und oberhalb der Knie. Ich nehme an, dass er da erfolgreicher war. Die Striemen am Oberschenkel zeigen deutlich, dass er hier mehr Kraft aufgewandt hat.«

»Er geriet in Panik, weil sie zu verbluten drohte.«

»Was er offenbar verhindern wollte. Oberschenkelarterien werden oft unterschätzt. Wenn du die erwischst, geht es flott. Dann scheitern auch die erfahrensten Mediziner daran, so eine Wunde abzubinden.«

»Denkst du, der Täter hatte medizinische Vorkenntnisse?«

»Das ist absolut denkbar«, sagte Nina. »Schon bei den anderen Morden fiel auf, dass er die Opfer so lange wie möglich leben ließ. Dafür muss man genau wissen, welche Regionen man bei so einem Massaker ausspart.«

»Todeszeitpunkt?«

»Zwischen Sonntagmittag und Montagmorgen. Genauer kann ich es noch nicht eingrenzen. Jedenfalls muss sie am späten Freitagnachmittag das letzte Mal etwas gegessen und getrunken haben. Magen und Darm waren vollständig leer, und ihr Körper zeigte Anzeichen von starker Dehydrierung.«

Nachdenklich betrachtete Tom den zerstückelten Leichnam. »Warum hat er sie so lange am Leben gelassen?«

»Es könnte natürlich etwas mit seinem eigenen Zeitmanagement zu tun haben. So wie ich unseren Mörder inzwischen kennengelernt habe, kann es aber auch ästhetische Gründe dafür gegeben haben.«

Tom sah sie fragend an. »Kannst du das etwas spezifizieren?«

»Klar.« Nina streifte ihren Handschuh wieder über, packte den Rumpf dann mit beiden Händen und zog ihn auseinander. Die geöffneten Gedärme schwappten träge auf den Metalltisch. »Ich denke, wir können davon ausgehen, dass er diese Taten präzise geplant hat.«

»Absolut. So sieht kein Mord im Affekt aus.«

Nina lächelte. »Eben. Er wusste also, dass er den Rumpf in zwei Teile trennen würde. Und jetzt stell dir bitte mal die Sauerei vor, wenn der Darm mit Kot gefüllt gewesen wäre.«

Interessiert blickte Tom in den offenen Rumpf. Nina hatte recht. Der Mörder mochte ein Faible für Blut und Hirnmasse haben, aber der Darminhalt seiner Opfer hätte garantiert sein ästhetisches Empfinden gestört.

»Auch dafür musste er grob wissen, wie lange Nahrung im menschlichen Körper verbleibt.«

»Ja«, gab Nina ihm recht. »Aber dafür brauchst du nicht zwingend ein Medizinstudium. Das kannst du auch googeln.«

»Stimmt. Aber das gilt im Prinzip ja für alle Dinge.« Er bat sie, mit in den Konferenzraum zu kommen, um die Kollegen auf den aktuellen Stand der Dinge zu bringen.

»Okay. Dann nähe ich sie später zusammen.«

»Du willst sie wieder komplett zusammennähen?«

»Natürlich. Ihre Eltern wollen sich von ihr verabschieden. Ich glaube nicht, dass es eine gute Idee wäre, wenn sie ihre Tochter so sehen.«

Philipp, Ira und Katja warteten schon im Konferenzraum, als er mit Nina dazukam. Katja hatte ihm einen Kaffee an seinen Platz gestellt, und diesmal trank er ihn kommentarlos, auch wenn er befürchtete, dass es sie freute.

Nina begann als Erstes, über die Todesumstände zu berichten, bevor Ira den anderen die Fotos von der Auffindestelle der Leiche zeigte. Ein Raunen ging durch den Raum.

»Der Typ ist ja echt total krank«, entfuhr es Katja.

Tom überhörte den Einwurf. »Hat Jo Gerber alias Joachim Gerberling ein Foto von der Toten? War er in Leipzig?«, fragte er Philipp.

»Ich habe eben mit ihm gesprochen«, antwortete der Kollege. »Er hat diesmal keinen Tipp von seinen Scouts bekommen. Er vermutet, dass sie durch eure Befragung vorsichtiger geworden sind.«

»Irgendetwas Neues, was diesen Thomas Bült betrifft?«

Philipp schüttelte den Kopf. »Nein. Er ist immer noch nicht aufgetaucht. Aber die Wohnung wird jetzt observiert, ich bin da ständig auf dem neusten Stand.«

»Okay. Es gibt noch jemanden, den wir im Auge behalten sollten«, begann Tom und erklärte dann die Umstände, die sie auf Justus Fenger aufmerksam gemacht hatten. »Vieles weist darauf hin, dass er nicht gerade ein inniges Verhältnis zu seiner Mutter hat, deren ganze Sorge offenbar der krebskranken Schwester von Fenger gilt. Trotzdem sucht er die Nähe der Mutter, besucht die

Eltern regelmäßig in Köln und wollte die Frau auch heute nicht alleine lassen, als es ihr schlechter ging. Er versucht, ihre Aufmerksamkeit zu bekommen. Vielleicht nutzt er sogar bewusst die Gelegenheit, in der Nähe der Mutter zu sein, wenn die Tochter nicht da ist.«

»Mutter und Tochter«, murmelte Katja. »Du hast von Anfang an vermutet, dass so eine Konstellation irgendetwas damit zu tun haben könnte.«

»Die Tochter befindet sich aufgrund einer langjährigen Krebserkrankung mal wieder im Krankenhaus. Sie kämpft seit Langem gegen die Krankheit an. Ich gehe davon aus, dass sie wegen der Chemo alle Haare verloren hat«, sagte Tom.

»Daher die Fixierung auf blonde Zöpfe!«, rief Katja.

»Nicht so schnell. Macht euch bitte frei von irgendwelchen Vorverurteilungen«, mahnte Tom. »Sobald ihr jemanden im Kopf verurteilt, verliert ihr eure Objektivität. Das können wir uns nicht erlauben.«

»Aber du musst doch zugeben, dass Justus Fenger genug Anlass bietet, um in den Fokus unserer Ermittlungen zu rücken!«, rief Katja pikiert. »Er hat in Hamburg gelebt, also einem unserer ersten Tatorte, von wo aus Bremen, ein weiterer Tatort, leicht zu erreichen ist. Er hat Medizin studiert und erst vor wenigen Wochen die Nähe zu Merle Weiler gesucht. Schwieriges Mutter-Sohn-Verhältnis und vermutlich ein noch schwierigeres Verhältnis zur Schwester. Vermutlich hat er in seiner Kindheit kaum Aufmerksamkeit bekommen, weil sich alles um seine kranke Schwester drehte. Ich sage ja nicht, dass er unser Mann ist. Aber ich liege ja wohl nicht falsch, wenn ich sage: Wir sollten uns den noch mal genauer anschauen!«

Katja hatte sich in Rage geredet. Sie war schnell auf hundertachtzig, das hatte er schon bei ihrem One-Night-Stand gemerkt, da allerdings auf eine ganz andere Art.

»Reg dich ab, Katja«, sagte Tom. »Natürlich schauen wir ihn uns noch mal genauer an. Das sehe ich genauso. Ich will, dass ihr sein gesamtes Umfeld durchleuchtet. Ist er ein Einzelgänger, hat er Freunde in Hamburg gehabt, wurde er früher in der Schule gemobbt – das volle Programm. Katja geht ins Krankenhaus und spricht mit der krebskranken Schwester. Ich will wissen, wie sie zu ihrem Bruder steht. Philipp checkt die sozialen Netzwerke. Wo treibt der Kerl sich rum, was postet er, ist er im Darknet unterwegs – jedes Detail könnte wichtig sein.«

»Geht klar.«

»Ira sieht zu, dass sie die Eltern alleine erwischt. Ich will wissen, wie der Vater zu seinem Sohn steht und was die Mutter wirklich über ihn denkt.«

»Okay.«

»Wir haben keine Zeit zu verlieren. Wenn Justus Fenger wirklich der Blutkünstler ist, dann dürfte er sich nach unserem Gespräch unter Druck gesetzt fühlen. Und Druck können solche Typen nur auf eine Weise ablassen: blutig. Also an die Arbeit, Leute.«

36

Dieses Gefühl, das er so schnell nach Merle schon wieder verspürt hatte, war immer stärker geworden. Er hatte mal gelesen, dass Epileptiker es Aura nannten, wenn sie spürten, dass der Anfall kam, dass er nicht mehr abzuwenden war. Genauso war es bei ihm. Er spürte, dass seine Kreativität und sein Schaffensdrang nach draußen drängten. Er musste arbeiten. Und zwar so schnell wie möglich.

Seine Fantasie hatte tausend verschiedene Versionen hervorgebracht, die sich wie ein Film in seinem Kopf abspielten. Er hatte Tagträume, konnte nichts essen und sich nicht auf die einfachsten Sachen konzentrieren. Er hatte Schwierigkeiten, die Haustür aufzuschließen oder sich die Schuhe zuzubinden. Er konnte nur noch an sein neues Werk denken.

Nichts Dreidimensionales sollte es mehr sein. Ein reines Gemälde aus einer fein pürierten Masse schwebte ihm vor, wie Ölfarbe. Den Häcksler hatte er schon gekauft und zu dem verlassenen Bauernhof gebracht, den er entdeckt hatte. Er war sich nicht sicher gewesen, wie die Masse aussehen würde, und hatte einen Probelauf gestartet. Zwei Dutzend abgelaufene Tomahawk-Koteletts hatte er aus der Mülltonne der nahe gelegenen Fleischfabrik gefischt, und es hatte besser funktioniert als gedacht. Der Häcksler hatte sie in kleine Stücke gerissen, auch mit den Knochen keine Probleme gehabt, und diesen Brei hatte er hinterher mit einem Pürierstab in die Form gebracht, die er haben wollte.

Natürlich wollte er seine Muse nicht sofort zum Schweigen bringen. Sie sollte sehen, was er tat, sollte ihn mit ihren Kommentaren und Rufen anfeuern und ihn in den Trancezustand bringen, den er brauchte, um seine volle Schaffenskraft zu entfalten. Bei Merle hatte er gelernt, wie sehr man mit der Oberschenkelarterie aufpassen musste. Deshalb hatte er seinen ursprünglichen Plan, der Neuen erst das eine Bein abzunehmen und es dann vor ihren Augen zu pürieren, fallen gelassen. Das Risiko, dass sie ihm dabei starb, war ihm zu groß. Vielmehr würde er ihr beide Beine bis zu den Knien amputieren, die Wunden ordentlich abbinden und warten, bis sie wieder bei Bewusstsein war. Dann würde er sie vor ihren Augen in den Häcksler werfen. Dasselbe würde er mit den Armen machen und dann sein Bild beginnen, damit sie sehen konnte, was aus ihr erwachsen würde. Er schätzte, dass die Farbe für die Hälfte des Werkes reichen würde. Erst dann würde er ihr den letzten Atemzug gönnen und die Oberschenkel und schließlich auch den Torso in den Häcksler geben. Den Schädel würde er im Ganzen bewahren. Er sollte in der Mitte des Bildes platziert werden, damit die blonden Zöpfe besonders gut zur Geltung kamen. Einzig das gelbe Kleid bereitete ihm noch Kopfzerbrechen. Sollte er es einfach an dem Rahmen des Bildes befestigen? An der Seite oder an dem unteren Rand? Er wusste es noch nicht genau, war sich aber sicher, ganz automatisch den perfekten Ort zu finden, wenn der Rest erst einmal fertig war.

Das Kribbeln in seinem Bauch wurde immer heftiger. So stark hatte er seinen Drang noch nie verspürt, so detailliert hatte er sich sein neues Werk noch nie vorgestellt. Jetzt stand er in der ersten Etage dieser renovierungsbedürftigen Riesenhütte und blickte direkt auf die Villa der Verlegerin. Sie hatte ihren Sohn mal wieder in den Kleiderschrank gesperrt, das war gut. Darin würde er vermutlich bis morgen früh ausharren müssen. Für einen Augenblick dachte er daran, dass niemand den Jungen am nächsten Tag befreien würde. Die Putzfrau kam erst in drei Tagen wieder. Na, er konnte sich nicht um alles kümmern.

Er wartete noch ein bisschen, bis es richtig dunkel war und die Verlegerin ihre Flasche Wein getrunken hatte. Häufig öffnete sie dann noch eine weitere, aber dazu würde es diesmal nicht kommen. Zu viel Alkohol ist eh ungesund, dachte er, es konnte nicht schaden, wenn sie mal weniger trank.

Er zog die Jacke mit dem Logo des Sushi-Ladens an, in dem sie zwei- bis dreimal in der Woche etwas bestellte, und schob die Cap tief ins Gesicht. Dann nahm er die Kartons, die er von dem Lieferdienst besorgt hatte, verließ die Baustelle und ging zur Villa. Vor dem großen Tor stellte er sich so hin, dass die Kamera nur das Logo seiner Jacke einfangen konnte und sein Gesicht nicht zu erkennen war.

»Ja?«, hörte er die alkoholisierte Stimme durch die Gegensprechanlage.

»Köln-Sushi, hallo. Ihr Essen ist da!« Es war genau der Satz, den die Lieferanten sonst auch immer sagten.

»Aber ich habe gar nichts bestellt!«

»Ich habe eine große Sushi-Platte und noch eine Überraschung des Hauses, weil Sie eine unserer treusten Kundinnen sind. Sicher, dass Sie nichts bestellt haben?«

»Ganz sicher.«

Er gab sich zerknirscht. »Verdammt. Wie konnte das denn passieren. Das ist ja ärgerlich. Dann kann ich das alles wegschmeißen. Sushi kann man nur frisch ausliefern. Und das hier ist so was von frisch …«

»Das ist nicht mein Problem. Ich zahle nicht für etwas, das ich nicht bestellt habe.«

»Nein, natürlich nicht. Aber es ist so schade um den teuren Fisch. Und die tolle Überraschung. Die Kollegen haben sich so viel Mühe gemacht. Und wenn Sie es einfach so nehmen? Ohne zu bezahlen? Es wäre eine Schande, wenn das einfach im Müll landet.«

Einige Sekunden herrschte Stille am anderen Ende der Leitung. Dann hörte er das Summen des Öffners.

»Wenn Sie auf ein dickes Trinkgeld spekulieren, muss

ich Sie enttäuschen. Ich habe keinen Cent im Haus!«, sagte sie noch.

Lächelnd drückte er das Tor auf. »Hauptsache, die Überraschung macht Ihnen Freude«, sagte er leise und betrat das Grundstück.

37

Als sie am nächsten Morgen im Konferenzraum zusammenkamen, war die Lage schnell klar.

»Er ist in keinem sozialen Netzwerk zu finden«, trug Philipp als Erster seine Rechercheergebnisse vor. »Tatsächlich ist Justus Fenger aber im Darknet unterwegs. In der kurzen Zeit konnte ich noch nicht alles überprüfen. Fest steht aber, dass er sich dort Ritalin beschafft hat.«

»Wenn du kein ADHS hast, steigert das deine Konzentrationsfähigkeit und lässt dich stundenlang höchst fokussiert sein«, erklärte Nina. »Eine Eigenschaft, die der Blutkünstler in jedem Fall hat.«

»Früher war er ein Einzelgänger«, fuhr Ira fort. »Ich habe mir die Jahrbücher von seiner alten Schule angesehen und mit früheren Klassenkameraden gesprochen. Keiner hatte viel mit ihm zu tun. Die meisten fanden ihn irgendwie komisch, ohne das weiter erklären zu können. Jedenfalls war er nicht sonderlich beliebt. Nach dem Abi hat niemand mehr was von ihm gehört. Von einer Freundin wusste auch keiner was.«

»Und wie war es in Hamburg an der Uni?«, fragte Tom.

»Besser, aber einen richtigen Freundeskreis hatte er dort auch nicht. Er war insgesamt kein guter Student und hat wohl viele Vorlesungen geschwänzt.«

»Hast du mit seiner Schwester sprechen können?«, fragte er Katja.

»Ja. Sie ist drei Jahre jünger als er und in einer wirklich schlechten Verfassung. Sie ist praktisch schon ihr ganzes Leben lang krank. Als ich sie nach ihrem Verhältnis zu Justus Fenger gefragt habe, kamen ihr fast die Tränen. Sie hat sehr viel Mitleid mit ihrem Bruder, meinte, dass er es ihretwegen nie leicht gehabt habe. Als Kind war er wohl dauernd alleine, weil seine Eltern bei ihr im Krankenhaus waren. Aber es hörte sich nicht so an, als wäre ihre Beziehung problematisch, jedenfalls nicht im Sinne von Gewalt oder Missbrauch. Auch nicht vonseiten der Eltern.«

»Haben die noch was gesagt?«

»Herrn und Frau Fenger habe ich nicht erwischt.«

»Macht nichts. Was ich jetzt gehört habe, reicht mir, um noch mal mit Justus Fenger zu sprechen.« Tom stand auf. »Ira und ich fahren hin. Während wir uns auf den Weg nach Köln machen, sorgt Katja dafür, dass die Eltern nicht zuhause sind. Ich will den Kerl alleine antreffen.«

»Klar«, sagte Katja. »Aber das ist ein Anruf. Das

könnte auch Philipp erledigen, und ich könnte anstelle von Ira ...«

»Nein. Bis später.«

Ohne ein weiteres Wort zu sagen, verließ Tom den Raum und ließ Katja stehen, die ihn mit offenem Mund anstarrte. Im Flur kam ihm Müller entgegen, der sichtlich angespannt wirkte. Sein Gesicht war gerötet, und er strich sich immer wieder hektisch über seine Glatze.

»Ich brauche Ergebnisse, Herr Bachmann. Seit der Kollege in Leipzig sein Statement abgegeben hat, ist mir die Presse auf den Fersen.«

»Sind irgendwo Fotos von der Leiche aufgetaucht?«, fragte Tom.

»Nein. Aber die glauben nicht, dass das BKA wegen eines normalen Leichenfunds vor Ort ist. Die Journalisten sind da doch wie die Fliegen, die riechen das, wenn die Kacke am Dampfen ist.«

»Woher wissen die überhaupt, dass wir da waren?«

»Was weiß denn ich! Irgendeiner quatscht doch immer! Ich brauche jetzt bald mal was Handfestes. Drücken Sie ein bisschen aufs Gas, Bachmann!«

Hektisch ging Müller weiter. Seine unterschwellige Kritik prallte an Tom ab. Er wusste, dass Druck das falsche Mittel war, um eine Ermittlung voranzutreiben. Unter Druck passierten die meisten Fehler, dann verlor man den Blick für vermeintlich Nebensächliches und konzentrierte sich nur auf das Offensichtliche. So war es auch bei dem Fall des mordenden Lesbenpaars in den USA gewesen. Aufgrund der brutalen Vergewaltigungen waren alle Kollegen von einem männlichen Einzeltäter ausgegangen, der impotent war und deshalb die Penetration mit einem scharfen Gegenstand durchführte, wodurch den Mädchen der Unterleib innerlich zerstückelt wurde. Der Druck auf die Ermittler war damals gewaltig gewesen, ein Sexualstraftäter nach dem anderen wurde hektisch überprüft. Aber eine Sache wurde in dieser stressigen Phase völlig übersehen: Die Verletzungen konzentrierten sich ausschließlich auf die Vagina der jungen Frauen. Das war für Triebtäter, die körperlich nicht mehr in der Lage waren, ihr Opfer zu vergewaltigen, höchst ungewöhnlich. Normalerweise wurde für solche Täter alles zur Spielwiese, was den weiblichen Körper ausmachte. Das war damals der erste Punkt gewesen, der Tom stutzig gemacht hatte und an der Theorie des männlichen Einzeltäters zweifeln ließ. Und während seine Kollegen verzweifelt nach dem Täter fahndeten, nahm er sich die Zeit, sich mit homosexuellen Frauen zu beschäftigen, die mit ihrer Sexualität haderten. Viele dieser Frauen gaben an, dass sie in dieser Phase ihre Vagina geradezu gehasst hätten. Hätte Tom sich damals nicht die Zeit und Ruhe für diese Befragungen genommen, wären seine Überlegungen vielleicht niemals in diese Richtung gegangen, die schlussendlich zur Festnahme der beiden Täterinnen geführt hatten.

»Warum wollen Sie nicht, dass Katja bei den Befragungen dabei ist?«, riss Ira ihn aus seinen Gedanken, als sie in den Wagen stiegen.

»Sie waren bei der ersten Befragung dabei, deshalb ist es sinnvoll, wenn Sie auch bei der zweiten dabei sind.«

»Hm.« Offensichtlich gab Ira sich mit der Antwort nicht zufrieden. »Katja ist eine gleichwertige Ermittlerin ...«

»Sie ist noch neu im BKA.«

»Hat aber sehr viel Erfahrungen im Morddezernat gesammelt. Es gibt keinen Grund, sie nur fürs Kaffeeholen einzusetzen.«

Er warf ihr einen genervten Blick zu. »Ich habe sie nie gebeten, mir einen Kaffee zu bringen. Nur damit das mal klar ist.«

»Okay.« Ira unterdrückte ein Grinsen und fuhr auf die Autobahn Richtung Köln. »Scheint ein heikles Thema zu sein.«

»Ist es nicht.«

»Sie wollen nicht mit ihr alleine unterwegs sein, stimmt's? Weil da irgendetwas ist ...«

»Hören Sie auf, so einen Schwachsinn zu reden. Ich brauche Katja im Präsidium. Und damit ist das Thema erledigt.«

»Okay.« Ira drückte aufs Gaspedal.

Tom ärgerte sich über den Eindruck, der durch das Gespräch entstanden war. Es stimmte, er hatte keine Lust, mit Katja länger alleine zu sein. Nicht, dass er ihre Annäherungsversuche nicht abzublocken wüsste, das war nicht sein Problem. Es war ihm auch egal, ob er sie mit seiner brüsken Art verletzen könnte oder nicht. Nein, was ihn störte, war vielmehr die Tatsache, dass sie ganz offensichtlich etwas für ihn empfand. Er wollte das nicht, er konnte nicht damit umgehen, wenn jemand ihn liebte. Es war ihm schon schwergefallen zu akzeptieren, dass Eva und Georg ihm so etwas wie Liebe entgegenbrachten. Er hatte seine Ziehmutter als Teenager einmal gefragt, ob sie ihn genauso liebten wie ihren leiblichen Sohn, den sie bei einem Verkehrsunfall verloren hatten, als er noch ein Kind war. Eva hatte ihm damals sehr ehrlich geantwortet.

»Wir werden nie wieder jemanden so lieben können wie unseren Claus«, hatte sie mit feuchten Augen zu ihm gesagt. »Aber wir haben dich so fest in unser Herz geschlossen, Tom, du bist uns wahnsinnig wichtig!«

Mit der Antwort hatte er gut leben können, sie hatte ihn beruhigt. Er wollte nicht so geliebt werden wie der verstorbene leibliche Sohn. Er hatte keine guten Erfahrungen mit elterlicher Liebe gemacht. Er wollte überhaupt keine Liebe. Auch nicht von Katja.

Als Ira den Wagen vor dem Colonia-Haus parkte, klingelte Toms Telefon. Es war Philipp.

»Noch ein Treffer im Darknet«, sagte er. »Neben Ritalin stand auch Koks auf seiner Bestellliste. Und er hat sich auf illegalen Gewaltseiten herumgetrieben. Über den Inhalt kann ich aber noch nichts sagen.«

»Snuff-Videos? Kinder?«

»Keine Ahnung. Kann sein, muss aber nicht. Es gibt jede Menge merkwürdiges Zeug im Darknet. Ich kriege nur Zugang über eine Gruppe. Da muss ich mich jetzt erst mal einzecken, dann kann ich vielleicht schon bald einen Trojaner starten, und wir wissen mehr.«

»Danke, Philipp. Hat Katja die Eltern weggelockt?«

»Ja. Ein angeblicher Notfall im Krankenhaus. Etwas geschmacklos, aber effektiv.«

»Gut.« Tom beendete das Gespräch. »Wir gehen rein«, sagte er zu Ira und stieg aus dem Wagen.

Justus Fenger öffnete ihnen in Sportkleidung die Tür. Es sah so aus, als wollte er gerade die Wohnung verlassen.

Interessant, dachte Tom. Seine Eltern werden zu einem vermeintlichen Notfall gerufen, und er will erst mal eine Runde Sport treiben.

»Was wollen Sie denn schon wieder?«, fragte Justus Fenger misstrauisch. »Ich habe jetzt keine Zeit für Ihre komischen Fragen.«

»Die werden Sie sich wohl nehmen müssen«, entgegnete Tom.

»Und wenn ich mich weigere?«

»Dann laden wir Sie vor«, sagte Ira streng.

Seufzend trat Fenger schließlich einen Schritt zurück und ließ die beiden in den Flur. Demonstrativ blieb er dort stehen und versperrte ihnen den Weg ins Wohnzimmer.

»Fassen Sie sich kurz«, sagte er übellaunig. »Ich bin im Kletterpark verabredet.«

»Wo waren Sie am letzten Wochenende? Genauer gesagt von Freitagabend bis Sonntagnachmittag, als Sie zu Ihren Eltern gefahren sind?«, fragte Ira.

Er schien kurz nachzudenken, bevor er ihnen antwortete. »Freitag war ich mit Freunden aus, Samstag habe ich dann lange geschlafen und viel Sport gemacht, und Sonntag bin ich zu meinen Eltern gefahren.«

»Mit wem haben Sie sich am Freitagabend getroffen?«

»Na mit den anderen, mit Finn und den Mädels.«

»Wie lange waren Sie mit denen unterwegs?«

»Keine Ahnung. War ein feuchtfröhlicher Abend, da guckt man doch nicht auf die Uhr.«

Tom musterte ihn. Justus Fenger wirkte nervös, hatte seine Arme vor der Brust verschränkt und räusperte sich immer wieder.

»Komisch. Ihre Freunde haben uns gesagt, dass Sie sich früh verabschiedet haben«, sagte Tom.

Fenger zuckte scheinbar gleichgültig mit den Schultern. »Ich hatte noch eine andere Verabredung.«

»Mit wem?«

Er zögerte. »Ähm ... ich weiß nicht mehr genau, wie sie hieß. Sandy, glaube ich ... Ich weiß nur ihren Vornamen.«

Ira runzelte die Stirn. »Sie treffen sich mit einer Frau und kennen ihren Namen nicht?«

Im Gegensatz zu Ira hatte Tom kein Problem mit der Antwort. Wenn er an die Nacht mit Katja zurückdachte, dann war sie für ihn zu dem Zeitpunkt auch ein namenloses Wesen gewesen. Allerdings war sie es gewesen, die ihn in der Bar angesprochen hatte. Häufig waren es die Frauen, die den ersten Schritt taten. Tom wusste, dass er bei den meisten gut ankam. Aber alles, was sie bisher über Fenger wussten, sprach für das Gegenteil. Ein

Einzelgänger, der womöglich noch nie eine Freundin hatte, würde sich den Namen seines Dates vermutlich merken.

»Ich habe ihre Handynummer«, sagte Fenger. »Wenn Sie wollen, rufe ich sie an und frage nach ihrem Nachnamen.«

»Wir würden gerne selbst mit ihr sprechen«, entgegnete Tom. »Wenn Sie uns also bitte ihre Nummer geben würden?«

»Klar. Mein Handy ist im Wohnzimmer.« Fenger wollte in das Nebenzimmer gehen, blieb aber stehen, als Tom ihm die nächste Frage stellte.

»Und wo waren Sie am Samstag, nachdem Sie vom Sport zurückgekommen sind?«, hakte er nach. »Sie werden doch nicht den Rest des Tages in Ihrer Wohnung verbracht haben.«

»Doch. Das mache ich meistens, wenn ich am Abend vorher unterwegs war. Verkatert auf dem Sofa liegen und meinen Lieblingsfilm gucken. Ist doch das Beste, das man in so einer Situation machen kann.«

»Welchen Film haben Sie denn geschaut?«, fragte Tom, ohne dass es ihn interessierte. Aber er wusste, dass man so eine Frage direkt beantworten konnte, wenn die Antwort nicht gelogen war.

Wieder zögerte Fenger. »Weiß ich nicht mehr. Ich hab' so rumgezappt.«

»Ich dachte, es wäre Ihr Lieblingsfilm gewesen?«, hakte Tom nach.

»Das ist doch nur so eine Floskel.«

»Sie sind erst am späten Nachmittag in Köln angekommen. Was haben Sie bis dahin gemacht?«, fragte Ira.

»Ich habe lange geschlafen.«

»Aber doch nicht bis in den Nachmittag hinein«, entgegnete sie. »Waren Sie bis zu Ihrer Abreise noch irgendwo?«

»Nein. Ich war in meiner Wohnung. Warum ist das überhaupt wichtig?«

»Weil vermutlich zu dem Zeitpunkt Merle Weiler ermordet wurde«, sagte Tom.

Fenger wurde blass. »Also doch. Ich hab's geahnt ...« Er drehte sich um und ging einen Schritt zu dem kleinen Fenster, durch das etwas Tageslicht in den Flur fiel. »Musste sie lange leiden?«, fragte er und knetete seine Hände.

Ira sah Tom stirnrunzelnd an, und er wusste, was sie dachte. Das war eine ungewöhnliche Frage. Normalerweise würde jeder zuerst fragen, wie sie ermordet worden ist, und nicht, ob sie leiden musste. Tom versuchte, einen Blick auf Fengers Gesicht zu werfen. War er erregt? Angespannt? Freute er sich?

»Ja«, antwortete er und beobachtete jede Reaktion in Fengers Gesicht. »Sie musste sehr lange leiden.«

Fenger senkte seinen Kopf und wirkte fast verlegen. »Armes Mädchen«, sagte er dann leise. Seufzend drehte er sich langsam wieder zu ihnen um.

»Wie kam es eigentlich, dass Sie sich mit Merle und ihrer Clique angefreundet haben?«, fragte Ira.

Fenger schwieg für eine Weile und schien noch ganz

in Gedanken. »Wer macht so was bloß«, sagte er dann leise.

»Haben Sie meine Frage verstanden?«, hakte Ira nach, deren Stimme langsam deutlich strenger wurde.

»Ja, natürlich.« Fenger atmete tief durch. »Sie waren mir auf dem Campus aufgefallen, weil sie immer rumgealbert haben und so viel Spaß zusammen hatten. Da habe ich mich einfach irgendwann dazugesetzt und ein bisschen mit ihnen gequatscht. Was hat das denn alles mit Merles Tod zu tun? Glauben Sie etwa, es könnte einer aus der Clique gewesen sein?«

Tom und Ira sahen Fenger schweigend an. Der schien langsam, aber sicher Böses zu ahnen.

»Sie glauben doch nicht ...?« Entsetzt zeigte er auf sich.

»Wir glauben gar nichts«, entgegnete Tom. »Für uns zählen nur Beweise. Haben Sie die Drogen, die Sie im Darknet geordert haben, eigentlich nur für sich selbst gebraucht?«

»Oder haben Sie Merle welche davon gegeben?«, setzte Ira nach.

Schweißperlen bildeten sich auf Fengers Stirn. Er gab sich fassungslos und schüttelte empört den Kopf. »Sie haben doch einen Lattenschuss«, sagte er tonlos. »Ich hole jetzt mein Handy, dann können Sie ja diese Sandy anrufen. Die wird Ihnen schon sagen, wo ich Freitagabend die ganze Zeit war.«

»Tun Sie das«, sagte Tom. »Aber danach begleiten Sie uns aufs Präsidium. Ich möchte eine Speichelprobe von Ihnen, damit wir einen DNS-Abgleich vornehmen können.«

»Ja, ja ...«, murmelte Fenger und ging ins Wohnzimmer. Während er dort nach seinem Handy suchte, beugte sich Ira zu Tom, damit Fenger sie nicht hören konnte.

»Wir haben doch überhaupt keine DNS-Spuren gefunden«, flüsterte sie ihm zu.

»Das muss er ja nicht wissen«, antwortete Tom mit gedämpfter Stimme. »Wenn er denkt, er hat einen Fehler gemacht, dann macht er auch noch einen zweiten.«

»Vielleicht hätten wir ihn noch konkreter auf die Morde ansprechen sollen«, sagte Ira leise. »Auf die Inszenierung, quasi auf seine Kunst.«

Tom schüttelte den Kopf. »Das wäre zu früh gewesen. Wenn er doch nicht unser Mann ist, hätten wir ihm wichtiges Wissen preisgegeben, das er womöglich an die Presse weitergeben könnte.«

Ira schien nachzudenken. »Glaubst du, er ist es?«

Tom seufzte unschlüssig. »Ich weiß es nicht. Er benimmt sich verdächtig. Täter mit psychopathischem Wesen sind aber in der Lage, so gut zu lügen und zu manipulieren, dass sie erst mal völlig unverdächtig erscheinen. Das hat er ganz offensichtlich nicht so gut drauf.«

»Weil er vielleicht kein Psychopath ist?«

»Mag sein. Aber der Blutkünstler ist einer.«

Das Geräusch von zerbrechendem Glas ließ sie beide aufschrecken. Sie drehten sich zum Wohnzimmer um und sahen, dass die Balkontür vom Wind aufgestoßen worden war und eine Bodenvase umgeworfen hatte.

Tom und Iras Blicke trafen sich. Fast gleichzeitig stürmten sie in den Raum und eilten auf den Balkon.

Justus Fenger stand auf dem Geländer des Balkons ein Stockwerk unter ihm und hielt sich krampfhaft am Mauerwerk fest.

»Sind Sie wahnsinnig?« Tom warf Ira einen Blick zu. Die verstand sofort und rannte zurück in die Wohnung.

»Sie werden sich noch den Hals brechen«, rief Tom. »Steigen Sie auf den Balkon, und kommen Sie rein!«

»Leck mich am Arsch ...«, brachte Fenger ächzend hervor.

»Meine Kollegin ist in einer Minute bei Ihnen. Was immer Sie auch vorhaben, es ist zwecklos!«

Aber Fenger dachte gar nicht daran, aufzugeben. Er versuchte, auf dem Balkongeländer weiter zur nächsten Wohnung zu balancieren, von wo aus er den zweiten Stock erreichen würde. Von dort aus konnte er springen, ging es Tom durch den Kopf. Und ihnen womöglich entkommen.

»Lassen Sie uns reden, Fenger! Man kann über alles reden!«

»Sie haben doch keine Ahnung!« Fenger hob seinen Kopf und blickte Tom an. Seine Augen zeigten die Verzweiflung, die in ihm wütete. »Wenn meine Eltern mitkriegen, was ich alles gemacht habe ... Das kann ich nicht zulassen!«

Bevor Tom darauf etwas erwidern konnte, sah er, wie Fenger ins Wanken geriet. Der junge Mann verlor das Gleichgewicht, rutschte mit einem Fuß vom Geländer und versuchte panisch, sich weiter an der Fassade festzuhalten. Aber es gelang ihm nicht. Mit einem lauten Schrei stürzte er in die Tiefe.

38

Ella Verne versuchte, in der Dunkelheit etwas zu erkennen. Sie spürte die Fesseln an ihren Armen, die straff nach hinten gebunden und mit einem Strick an ihren Füßen verknotet waren. Sie konnte sich keinen Zentimeter bewegen. Der Geruch von Benzin stieg ihr in die Nase, und sie hörte die Geräusche eines Motors. In kurzen Abständen wurde ihr Körper von einer Seite zur anderen geschleudert, ohne dass sie es kontrollieren konnte.

Dass sie nicht um Hilfe rufen konnte, war ihr sofort klar gewesen, als sie das Bewusstsein wiedererlangt hatte. Der Knebel steckte so tief in ihrem Hals, dass sie nur schwer Luft bekam. Wie lange war sie hier schon gefangen? Sie wusste es nicht und versuchte krampfhaft, ihre Gedanken zu ordnen. Was war passiert?

Langsam kam die Erinnerung wieder. Der verdammte Sushi-Lieferant. Er hatte sie gebeten, die Überraschung auf der Kommode im Eingang abstellen zu dürfen, weil etwas überlaufen könnte, wenn er ihr die Boxen in die Hand drücken würde. So hatte sie ihn ins Haus gelassen. Und sobald der Kerl die Hände frei hatte, hatte sie den Schlag im Gesicht gespürt. Als sie mit dem Kopf auf dem Marmorboden aufschlug, verlor sie das Bewusstsein.

Timon, ging es ihr durch den Kopf. Ihr kleiner Sohn. Hatte er ihn auch entführt? Oder hockte er immer noch im Kleiderschrank? Ihre Putzhilfe würde morgen früh kommen und ihn spätestens dann finden. Eine Nacht im Schrank würde er schon überstehen.

Sie horchte in sich hinein. Nein, sie spürte keine Sorge um ihn. Es war wie verhext, aber selbst in dieser Situation konnte sie keine Muttergefühle empfinden. Sie wusste, dass sie dem Jungen viel zumutete, dass er eine schlimme Kindheit hatte und unter ihr litt. Sie war eine intelligente Frau, ihr war klar, dass sie die beschissenste Mutter der Welt war. Aber sie konnte es nicht ändern. Sie empfand nichts für ihn, außer negativen Gefühlen.

Ella hatte Timon nie gewollt. Er war das Ergebnis eines Übergriffs gewesen, den sie nicht Vergewaltigung nennen wollte, weil sie sich nicht sicher war, ob das überhaupt stimmte. Sie war einfach zu betrunken gewesen, um sich noch an irgendetwas zu erinnern. Es war auf einer Feier nach der Buchmesse passiert, er war ein erfolgreicher Autor, einflussreich und mit internationalem Renommee. Und sie die kleine Erotik-Kunst-Verlegerin, über die sich die Branche so gerne lustig machte. Nein, es war ihr nicht egal, was sie für einen

Ruf hatte und dass man sie trotz ihres kommerziellen Erfolgs nicht ernst nahm. Sie wusste, dass sie mit ihrem Aussehen aneckte, dass sie auffiel zwischen den ganzen schwarz gekleideten Schlaumeiern, die sich mit ihren dunklen Brillengestellen einen intellektuellen Touch geben wollten und über ihre erotischen Kunstbücher lästerten. Sie war hübsch und sexy und zeigte das auch gerne. Warum auch nicht? Ihr gefiel es und den Männern auch. Timons Vater war jedenfalls nicht der Einzige gewesen, der sie an dem Abend angemacht hatte. Aber was dann passiert war, hätte sie am liebsten ungeschehen gemacht. Sie konnte sich nicht mehr an Einzelheiten erinnern, hatte am nächsten Tag nur die Schmerzen gespürt und die Nacht sofort zu vergessen versucht. Als dann ihre Periode ausblieb, hatte sie auch das verdrängt. Bis es für eine Abtreibung zu spät war.

Ihre Schwangerschaft hatte sie so lange geheim gehalten, bis sie nicht mehr zu übersehen gewesen war. Um dem Gerede in der Branche zuvorzukommen, hatte sie behauptet, dass Timon ein absolutes Wunschkind sei. Natürlich war das eine Lüge.

Eines Tages wird er meine Millionen erben, sagte sie sich. Die werden ihn für seine Mutter entschädigen.

Mit voller Wucht wurde ihr Körper an die Decke des Kofferraums geschleudert, und sie spürte, wie ihre Nase brach. Blut lief ihr in den Rachen, und das Atmen fiel ihr immer schwerer.

Du denkst an dein Balg, während dein Leben in Gefahr ist, schimpfte Ella in Gedanken mit sich selbst.

Wenn deine Nase jetzt zuschwillt, erstickst du hier elendig. Du musst hier raus!

Das Auto bremste hart, und sie wurde erneut an die Wand des Kofferraums geworfen. Sie hörte, wie der Motor abgeschaltet wurde, eine Tür geöffnet und wieder zugeschlagen wurde und wie sich Schritte näherten.

Der Typ wollte ihr Geld, davon war sie überzeugt. Alle wollten immer ihr Geld. Timons scheiß Erzeuger wäre doch auch nicht mit ihr ins Bett gegangen, wenn sie nicht die Suite im Frankfurter Hof bewohnt hätte. Wäre sie eine kleine Verlagsangestellte gewesen, hätte er sie niemals beachtet.

Der Deckel des Kofferraums wurde geöffnet, und eine Taschenlampe leuchtete ihr ins Gesicht, sodass sie nichts erkennen konnte. Mit einer Hand packte der Kerl sie und zerrte sie aus dem Wagen.

War das wirklich der Sushi-Lieferant? Dieser schmächtige unscheinbare Typ? Oder war das ein anderer Mann? War sie in die Hände einer Bande geraten?

Ohne ein Wort zu sagen, packte er sie am Kragen ihrer Bluse und zog sie rücklings über den Boden. Sie spürte, wie die spitzen Kieselsteine ihre Kleidung zerrissen und die Haut zerfetzten. Ein brennender Schmerz durchfuhr ihren ganzen Körper. Sie versuchte verzweifelt, sich aus seinen Fängen zu befreien. Ohne Erfolg.

Vor einem dunklen Haus ließ er sie los, schloss die Tür auf und packte sie dann erneut, um sie ins Innere zu zerren. Schließlich warf er sie mit Schwung auf ein Sofa, drehte sich um und machte Licht.

Ella konnte inzwischen nur noch durch ein Nasenloch atmen, das andere war vollkommen zugeschwollen. Der Mann schien das zu bemerken. Mit ausdrucksloser Miene betrachtete er sie.

»Ich nehme den Knebel ab, damit du besser Luft bekommst«, sagte er leise. »Sobald du schreist, kommt er wieder rein. Dann musst du ersticken. Verstanden?«

Sie nickte und verspürte eine große Erleichterung. Er wollte nicht, dass sie erstickte. Er wollte, dass sie lebte. Das war ein gutes Zeichen.

Wie ein Taucher, der nach langer Zeit endlich wieder an die Wasseroberfläche kam, schnappte Ella nach Luft, als er ihr den Knebel aus dem Mund zog. Er wandte sich von ihr ab und ging zu einer Tasche, die am anderen Ende des Raumes stand. Sie sah sich um.

Offensichtlich befand sie sich in einem verlassenen Haus, vielleicht war es mal ein Bauernhof gewesen, sie wusste es nicht genau. Jedenfalls lebte hier schon lange niemand mehr, das war ziemlich eindeutig. Die Bodenfliesen waren zersprungen, die Wände feucht und mit Schimmelflecken übersät, und das Dach schien an einigen Stellen undicht zu sein. Das alte Sofa, auf dem sie lag, war ebenfalls feucht. Den muffigen Geruch konnte sie trotz ihrer geschwollenen Nase wahrnehmen. An einem Holzbalken unter der Decke war ein Metallhaken angebracht, der neu aussah. An ihm hingen glänzende Ketten, offenbar waren sie vor nicht allzu langer Zeit angebracht worden. Eine riesige Leinwand stand auf einer Staffelei, daneben ein Holzeimer mit mehreren

Pinseln. In der anderen Ecke befand sich ein Häcksler, ein ähnliches Modell wie das, mit dem ihr Gärtner den Grünschnitt im Herbst in feine Späne verwandelte.

Ellas Herz raste. Sie war ein ausgesprochen nüchterner und rationaler Mensch, Angst gehörte eigentlich nicht zu ihrem Gefühlsrepertoire. Mit Gefühlen hatte sie es nicht so. Aber das war jetzt ganz anders. Allein die Tatsache, dass sie jede Kontrolle verloren hatte, ängstigte sie. Auch wenn der Kerl sie am Leben lassen würde, verhießen die Ketten an der Decke nichts Gutes.

Mit einem gelben Kleid in der einen und einer Haarbürste in der anderen kam er wieder auf sie zu, zog sie in eine aufrechte Position und setzte sich neben sie.

Du musst mit ihm sprechen. Du musst ein Vertrauensverhältnis zu ihm aufbauen!

Langsam begann er, ihre Haare zu bürsten.

»Was … was haben Sie vor?«, fragte Ella leise.

»Pscht.«

Mit der Bürste blieb er immer wieder an ihrem Hinterkopf hängen, was ihn sichtlich irritierte.

»Das sind Extensions«, sagte Ella. »Da kann man nicht so einfach durchkämmen …«

Seufzend ließ er die Bürste sinken und griff wieder nach dem Knebel. »Ich hatte dir gesagt, dass du ihn wieder in den Hals kriegst, wenn du nicht ruhig bist.«

»Aber ich schreie doch gar nicht«, sagte Ella leise und versuchte, die Verzweiflung in ihrer Stimme zu unterdrücken. »Wenn es Sie stört, sage ich nichts mehr, versprochen. Bitte keinen Knebel, bitte.«

Prüfend sah der Mann sie an, und Ella senkte automatisch den Blick. Sie wollte nicht, dass er glaubte, sie würde sich etwas von seinem Gesicht einprägen. Er sollte sich in Sicherheit wiegen.

»Gut. Keinen Knebel mehr. Wenn du noch ein Wort sagst, schneide ich dir die Zunge ab.« Er sagte das so ruhig und mit einer solchen Ernsthaftigkeit, dass ihr die Panik den Rücken hochkroch.

Stirnrunzelnd begutachtete er die Extensions an ihrem Hinterkopf. »Lang genug«, murmelte er dann leise und riss sie mit einem Ruck heraus.

Ella biss sich auf die Zunge, um nicht laut loszuschreien. Sie spürte, dass er mit den künstlichen Haaren einen Teil ihrer Kopfhaut abgerissen hatte. Blut lief ihr den Nacken herunter, der Schmerz war brennend und scharf. Tränen stiegen ihr in die Augen, und sie zitterte vor Angst.

Er wollte nicht, dass sie erstickte. Aber er hatte kein Problem damit, dass sie Höllenqualen litt. Ella war sich nicht sicher, ob das die bessere Alternative war. Sie ahnte, dass ihr noch einiges bevorstand.

Kräftig fuhr er mit der Bürste durch ihre Haare, nahm keine Rücksicht auf die blutende Wunde und teilte den Schopf zu einem Scheitel. Dann begann er, ihr erst auf der linken Seite einen Zopf zu flechten, dann auf der rechten. Dabei stellte er sich so geschickt an, dass sich Ella sicher war, dass er so etwas nicht zum ersten Mal tat.

Vielleicht war er Friseur?, dachte sie. Oder er hatte eine kleine Tochter, der er regelmäßig Zöpfe flocht? Auf jeden Fall würde sie der Polizei von der Flechterei berichten, so viel war sicher.

Mit bunten Kleinmädchen-Haargummis schloss er die Zöpfe. Zufrieden betrachtete er sein Werk.

Ella überlegte, ob sie doch noch mal das Wort an ihn richten sollte, in der Hoffnung, dass sie dann vielleicht etwas Einfluss auf ihn nehmen konnte. Sie würde ihn ja nicht vollquatschen, das würde sie nicht wagen. Sie wollte nur, dass er sie als Mensch wahrnahm und nicht als Objekt. In diversen Krimis hatte sie gesehen, wie wichtig das war und dass die Entführer ihre Opfer eher laufen ließen, wenn diese es geschafft hatten, eine Beziehung zu ihnen aufzubauen. Die meisten fragten, ob sie zur Toilette gehen dürften, was ihnen fast immer erlaubt wurde. Denn auf Urin und Fäkalien hatten auch die schlimmsten Verbrecher in der Regel keine Lust. Es war auf jeden Fall einen Versuch wert, sie konnte sich schließlich nicht einfach so ihrem Schicksal hingeben.

»Entschuldigen Sie …«, begann sie ganz leise und devot. Und wusste im nächsten Augenblick, dass sie einen fatalen Fehler begangen hatte.

»Was habe ich gesagt? Kein Wort.« Er wirkte kalt und emotionslos. Dann griff er in seine hintere Hosentasche, zog eine Zange und ein Messer hervor.

»Bitte, nein, ich wollte nur …« Tränen liefen ihr über das Gesicht. Er würde doch nicht wirklich …? Nein, das konnte er nicht tun!

Ella biss die Zähne zusammen, aber mit einem gezielten Griff in ihre Kieferknochen lockerte er ihren Mund.

Er stieß ihr die Zange hinein, sodass ihr künstlicher Schneidezahn abbrach. Dann zog er ihre Zunge hervor.

»Du wolltest keinen Knebel, ich wollte kein Wort mehr hören, da bleibt uns nur eins.«

Der Mann holte mit dem Messer aus. Ella spürte zunächst nichts. Sie merkte nur, wie der Druck, den die Zange auf der Zunge hinterlassen hatte, nachließ. Mit ausdrucksloser Miene hielt er ihr die abgeschnittene Zunge unter die Augen. Die Spitze sah fast normal aus, so wie sie sie kannte, wenn sie sich über die Lippen leckte. Aber aus dem hinteren Teil lugten Adern und Kapillaren hervor, was ausgesprochen fremd und merkwürdig aussah. Blut lief aus ihrem Mund und strömte ihr gleichzeitig den Rachen hinunter. Ihr Gehirn brauchte einen Moment, um zu begreifen, was es da sah. Dann gab es Ella den Befehl zu schreien. Aber mehr als einen undefinierbaren Laut brachte sie nicht mehr hervor.

39

»Er hat einen mehrfachen Schädelbruch, Hirnblutungen und diverse Frakturen«, erklärte Ira den Kollegen.

Alle Kollegen hatten sich im Konferenzraum des BKA versammelt. Selbst Bernhard Müller war gekommen, um sich auf den aktuellen Stand der Ermittlungen bringen zu lassen.

»Justus Fenger liegt im Koma«, fuhr Tom fort. »Und laut dem behandelnden Arzt ist es nicht abzusehen, wann oder ob er daraus wieder erwacht.«

Philipp meldete sich mit einem Handzeichen zu Wort, und Tom nickte ihm auffordernd zu.

»Die Gruppe, der Fenger sich im Darknet angeschlossen hat, tauscht Videos über Leichensezierungen aus«, erklärte er. »Zum Teil heimlich gefilmt bei Medizinstudenten, aber auch kranker Scheiß, der illegal irgendwo durchgezogen wurde.«

»Sicher, dass es Leichen waren?«, fragte Tom. »Kein Snuff?«

Philipp schüttelte den Kopf. »Keine Schreie, keine Reaktionen. Auch nichts Sexuelles. Wer auf Nekrophilie oder Snuff steht, ist da falsch. Da geht es nur darum, Leichen anständig auseinanderzunehmen.«

»Das passt zum Blutkünstler«, überlegte Tom laut. »Sex ist nicht seine Passion, darum ging es ihm nie.«

Müller wirkte zufrieden. »Und auch alles andere, was Sie erzählt haben, passt«, sagte er anerkennend. »Justus Fenger ist ein Einzelgänger mit einer dominanten Mutter, die sich immer nur um die kranke Schwester gekümmert hat ...«

»... der wenig Freunde und keine Freundin hat, dafür aber einen hübschen Drogenkonsum ...«, ergänzte Katja.

»... und ein Medizin- und Kunststudium! Dazu kommen noch der waghalsige Fluchtversuch und diese Leichenvideos – herzlichen Glückwunsch!« Müller strahlte ihn an.

»Hört sich so an, als hättest du ihn«, sagte Katja und klopfte auf den Tisch. Die anderen fielen in diesen Applaus ein.

»Gut gemacht, Herr Bachmann. Da sind Sie Ihrem Ruf als Seelenleser ja wieder mal gerecht geworden. Ich bin wirklich froh, dass Sie an Bord sind.« Müller schüttelte ihm die Hand und klopfte ihm auf die Schulter. »Den Bericht hätte ich nach Möglichkeit gerne bis morgen, dann kann ich zeitnah die Pressekonferenz einberufen. Gute Arbeit, Leute!« Zufrieden verließ Müller den Konferenzraum.

Tom sah ihm kopfschüttelnd nach. »Ich bin mir nicht

sicher, ob wir ihn wirklich haben«, sagte er nachdenklich.

»Aber es passt doch so vieles zusammen«, meinte Katja.

»Und so vieles nicht«, entgegnete Tom. »Der Blutkünstler hat sich uns bisher als lupenreiner Psychopath gezeigt. Davon hat Fenger fast gar nichts. Ein Psychopath würde nicht so einen waghalsigen Fluchtversuch unternehmen. Er wäre davon überzeugt, einen Ermittler mit seinen Lügen hinters Licht führen zu können.«

»Vielleicht hat er gemerkt, dass er damit nicht mehr weiterkam«, sagte Katja, aber Tom schüttelte energisch den Kopf. »Nein. Ihr habt recht, es gibt viele Matches. Aber das reicht mir noch nicht.«

»Videos, in denen Leichen seziert werden«, sagte Nina, die bisher nur zugehört hatte, »hätten den Blutkünstler auch nicht unbedingt weitergebracht. Er muss wissen, wo die wichtigen Arterien liegen, damit seine Opfer nicht zu schnell verbluten. Aber wo Leber oder Milz sind, kann ihm vollkommen egal sein. Bis auf die Gehirnstücke hat er den Körpern nie etwas entnommen.«

»Ganz genau.« Tom nickte Nina zu, und ihre Blicke trafen sich. »Vielleicht hat Fenger sich die Videos einfach nur angeschaut, um in seinem ungeliebten Medizinstudium ein bisschen punkten zu können? Einen ähnlichen Grund könnte es für seinen Koks- und Ritalin-Konsum geben.«

»Viele Studenten nehmen das Zeug, um durch die Prüfungen zu kommen«, bemerkte Philipp.

»Man kann für alles Gegenargumente finden«, warf Katja ein, die etwas enttäuscht wirkte.

»Deshalb ist es ja so wichtig, handfeste Beweise zu haben. Müller will den Fall abschließen und der Öffentlichkeit einen Schuldigen präsentieren«, sagte Tom. »Davon sollten wir uns nicht unter Druck setzen lassen. Ira, kümmern Sie sich bitte darum, dass die Wohnung von Justus Fenger in Leipzig durchsucht wird. Die sollen sie komplett auf links drehen. Falls es Schlüssel zu Garagen oder Kellerräumen gibt, werden auch die durchsucht.«

»Das Blut«, sagte Ira. Sie verstand.

»Ja. Merle Weilers Blut ist nach wie vor verschwunden. Er könnte es natürlich in die Toilette gespült haben, aber das passt nicht zum Vorgehen dieses Serienmörders«, sagte Tom. »Ich bin mir sicher, er hat es irgendwo aufbewahrt. Philipp, zeig Nina bitte die Videos, die Fenger sich angeschaut hat. Ich will wissen, ob es Parallelen zu den Opfern gibt. Irgendwelche Schnitte, die er eindeutig von den Videos haben könnte.«

»Schaue ich mir gerne an«, sagte Nina.

»Danke. Und ich werde jetzt noch mal mit den Eltern von Fenger sprechen.«

Als Tom eine gute Stunde später die Uniklinik in Köln betrat, traf er das Ehepaar im Warteraum vor der Intensivstation an. Die beiden waren wie versteinert, sahen blass und übermüdet aus. Ausdruckslos starrte Frau Fenger Tom an, während ihr Mann nur auf seine Hände blickte.

»Was wollen Sie denn noch«, brachte sie tonlos hervor. »Haben Sie nicht genug angerichtet?«

Tom setzte sich neben sie und bemühte sich um einen verständnisvollen Gesichtsausdruck. »Wie geht es ihm denn?«, fragte er mit möglichst mitfühlender Miene.

»Im Moment ist er stabil«, antwortete die Frau leise und schlug sich dann verzweifelt die Hände vors Gesicht. »Wir hätten seine Depressionen ernster nehmen müssen. Ich mache mir solche Vorwürfe ...«

»Ihr Sohn leidet an Depressionen? Seit wann?«

»Schon seit ein paar Jahren. Ziemlich zu Beginn seines Medizinstudiums fing es an. Er war einfach kreuzunglücklich in Hamburg. Vielleicht hätten wir das ernster nehmen müssen ...«

»Warum hat er sich denn überhaupt für das Studium entschieden?«

Frau Fenger unterdrückte ein Schluchzen. »Ich muss zugeben, dass wir ihn ganz schön dazu gedrängt haben ... Das war vermutlich auch falsch ... Aber wir waren damals davon überzeugt, dass es das Richtige für ihn ist, und haben dann darauf bestanden, dass er es durchzieht. Man kann doch nicht einfach was anfangen und es dann wieder abbrechen!«

»Doch. Wenn es nicht das Richtige für einen ist.«

Frau Fenger schluchzte auf. »Ja, das sehe ich jetzt auch so.«

»Sie kennen unseren Sohn nicht«, sagte ihr Mann mit heiserer Stimme. »Es fiel ihm nie leicht, etwas durchzuziehen. Deshalb war es uns ja so wichtig, dass er wenigstens das Medizinstudium zu Ende bringt. Hat er dann aber auch nicht geschafft …«

Tom ließ den beiden einen Augenblick, um sich zu beruhigen und zu sammeln.

»Hat sich Justus in seiner Kindheit irgendwie auffällig verhalten?«

»Was meinen Sie mit auffällig?«, fragte Frau Fenger nach.

»Hat er vielleicht mal Tiere gequält oder gerne gezündelt und Sachen in Brand gesteckt?«

Entsetzt sah sie ihn an. »Um Himmels willen, nein!«

Auch ihr Mann machte ein erschrockenes Gesicht. »Wie kommen Sie denn auf so was? Justus war immer ein sehr liebes Kind. Er musste viel zurückstecken, weil unsere Tochter so früh erkrankt ist, aber das hat er immer klaglos hingenommen. Er war nie aggressiv, weder Tieren noch Menschen gegenüber. Es fiel ihm manchmal schwer, sich zu konzentrieren, aber das war auch alles.«

»Das hört sich so an, als hätten Sie eine sehr enge Beziehung zu ihm«, sagte Tom, und der Mann nickte. »Bei unserem ersten Zusammentreffen hatte ich ehrlich gesagt den Eindruck, dass Ihr Verhältnis schwierig ist.« Er sah Frau Fenger auffordernd an.

Die drückte sich ein Taschentuch auf den Mund, um ein weiteres Schluchzen zu verbergen. Ihr Mann antwortete für sie.

»Es fällt uns manchmal nicht leicht, mit seinen Depressionen umzugehen. Erst kommt er stundenlang nicht aus dem Bett, dann treibt er wie ein Verrückter Sport. Wir konnten das nie besonders gut verstehen.«

Toms Handy klingelte. Er entschuldigte sich bei den Fengers, stand auf und ging ein paar Meter zur Seite. Es war Ira.

»Ich habe diese Sandy sprechen können, mit der Justus Fenger an dem Abend, an dem Merle Weiler verschwunden ist, angeblich zusammen war.«

»Und?«

»Sie ist eine Prostituierte und arbeitet in so einem Saunaclub. Fenger war tatsächlich bei ihr. Er hat fast die halbe Nacht in dem Laden verbracht und kommt regelmäßig da vorbei. Eine gute Stunde, nachdem die WhatsApp von Merles Handy verschickt wurde, in der sie mit Kopfschmerzen abgesagt hat, war er schon da.«

»Wenn er Merle niedergeschlagen, aus der Wohnung geschafft und zum Tatort gebracht hat, hat er dafür mehr als eine Stunde gebraucht«, sagte Tom mit gedämpfter Stimme. »Und dass er sexuell so aktiv ist ... Das passt nicht zum Blutkünstler. Wenn die Opfer Prostituierte wären, okay, aber so ...«

»Die Durchsuchung von Fengers Wohnung in Leipzig läuft. Details kann ich noch nicht sagen, aber Blut haben sie bisher nicht gefunden.«

»Danke.« Tom legte auf.

Nachdenklich kam er zu den Eltern zurück. »Eine letzte Frage, dann lasse ich Sie in Ruhe. Hat Ihre Tochter früher als Kind hellblonde Zöpfe getragen?«

»Nein. Charlotte hatte als Kind eher rotbraune Haare. Warum?«

»Rufen Sie mich an, wenn Ihr Sohn ansprechbar ist«, sagte Tom und reichte ihnen seine Karte. »Alles Gute.«

Nachdenklich verließ er die Uniklinik. Der Gedanke, dass Fenger nicht der Blutkünstler war, verfestigte sich immer mehr. Auch die Depressionen wollten nicht zu dem Bild passen, das er von dem Täter gewonnen hatte.

Sein Handy piepte. Obwohl die Nummer des Absenders unterdrückt war, wusste er sofort, von wem die Nachricht war.

»Ich weiß, wo der Blutkünstler ist, Tommy. Du solltest dich beeilen. Er macht sich gerade an die Arbeit.«

40

Mit einem Ruck zog er an den Ketten, sodass ihr Körper Richtung Decke schnellte. Wie er es erwartet hatte, kam sie durch diese Bewegung wieder zu Bewusstsein. Mit panisch aufgerissenen Augen starrte Ella Verne ihn an.

Er mochte diesen Blick. Dadurch fühlte er sich noch motivierter, etwas wirklich Herausragendes zu kreieren. Und dieser Ort war hervorragend dafür geeignet. Der leer stehende Bauernhof war schon etwas verfallen, das Dach hatte einige Löcher, aber hier, in seinem provisorischen Atelier, würden sie selbst bei Regen trocken bleiben.

Die Verlegerin brachte einen jaulenden Laut hervor, der ihm ein leichtes Grinsen entlockte. »Ohne Zunge spricht es sich nicht so gut, nicht wahr?«

Die Frau schluchzte auf. Sie weinte und machte dabei jämmerliche Geräusche.

»Kein Grund, so rumzuheulen. Auf dich wartet Großes!« Er sah sie aufmunternd an. »Ich werde dafür sorgen, dass du für immer existieren wirst. Du wirst in die Kunstgeschichte eingehen.« Er wies auf die riesige weiße Leinwand, die in der Mitte des Raumes stand. Den Häcksler hatte er daneben gestellt.

Inzwischen wusste er genau, was er malen wollte. Er sah das fertige Bild exakt vor sich, jedes Detail hatte er in seinem Kopf bereits festgelegt. Aus der pürierten Masse würde er einen Frauenkörper auf die Leinwand zaubern, nicht den seiner Mutter, sondern den, den seine Schwester heute hätte. Er konnte sich genau vorstellen, wie er aussehen würde, kannte jede Kurve und jeden Makel. Den Kopf würde er nicht malen, sondern dafür den der Verlegerin nehmen. Die blonden Zöpfe waren bereits fertig, und dass die Zunge nun fehlte, würde man gar nicht bemerken. Der Schädel würde perfekt auf den gemalten Körper passen. Und das gelbe Kleid, das noch ordentlich gebügelt und gefaltet auf dem Sofa lag, würde er über den Körper tackern, sodass es aussah, als trüge sie es tatsächlich.

Er lächelte die Verlegerin an. Die Vorfreude auf sein Werk war groß und sein Tatendrang so übermächtig, dass er am liebsten sofort losgelegt hätte. Aber noch galt es einige Vorbereitungen zu treffen. Auf keinen Fall durfte die Frau ihm zu schnell verbluten. Sie sollte doch miterleben, wie ihr erstes Bein durch den Häcksler wanderte und er mit dem Malen begann. Deshalb wollte er ihr das Bein zuerst abbinden, bevor er es unterhalb des Seils abtrennte. Dann müsste der Blutverlust wesentlich geringer sein als bei der dünnen Merle.

Sein Blick fiel auf ihre Brüste. Irritiert stellte er fest, dass sie unnatürlich nach oben standen, als trotzten sie der Schwerkraft.

»Sind das Implantate?«, fragte er mit bedrohlicher Stimme.

Der Angstschweiß stand der Frau auf der Stirn, als sie langsam nickte.

Er seufzte und schüttelte den Kopf. »Die müssen raus«, sagte er. »Sonst ist die Konsistenz nachher nicht richtig. Ich will nichts Künstliches in meiner Farbe.«

Die Verlegerin wimmerte vor Angst, aber das überhörte er. Normalerweise mochte er diese Geräusche, aber jetzt war er viel zu sehr mit der Frage beschäftigt, wie er die verdammten Implantate aus ihrer Brust bekommen sollte. Er hatte keine Lust, die Brüste anzufassen. Er hatte nur grobes Werkzeug dabei, aber mit der akkubetriebenen Handkettensäge, die sich bei Merle so bewährt hatte, konnte er der Verlegerin nicht die Brust auftrennen. Die Gefahr, dass er damit Herz oder Lunge erwischen würde und sie sofort tot wäre, war viel zu groß. Und wenn er mit einem Schraubenzieher einfach ein paar Löcher in die Brust stieß, damit das Silikon auslaufen konnte? Schraubenzieher hatte er dabei, die hatte er für die Leinwand gebraucht. Aber was, wenn es feste Implantate waren, die nicht auslaufen konnten?

Er ärgerte sich. Mit einer derartigen Komplikation hatte er nicht gerechnet. Er mochte es gar nicht, wenn er seinen gut überlegten Plan nicht problemlos umsetzen konnte.

Seufzend sah er sein Werkzeug durch. Schließlich nahm er die Schere heraus, mit der er die Kleidung vom Körper der Frau hatte trennen wollen. Sie war lang und scharf.

Ich schneide ihr die Brüste einfach ab, dachte er. Das Silikon geht in den Müll und der Rest direkt in den Häcksler.

Er nickte zufrieden. Und begann mit seiner Arbeit.

41

Ira näherte sich dem Hof von der linken, Katja von der rechten Seite, während Tom von vorne kam. Über Funk waren sie miteinander verbunden. Inzwischen war es stockdunkel. In ihrer schwarzen Kleidung waren sie fast unsichtbar.

»Hat einer Sichtkontakt?«, fragte Tom leise.

»Negativ.« Das war Ira. »Sind Sie sicher, dass wir hier richtig sind?«

»Ja.«

»Woher haben Sie überhaupt den Hinweis?«

»Egal. Katja, was siehst du?«

»Die Hintertür scheint offen zu stehen«, hörte er sie leise durch den Knopf in seinem Ohr sagen. »Ich gehe rein.«

»In Ordnung. Ich nehme die Vordertür.«

Tom war jetzt nur noch wenige Meter vom Hauseingang entfernt. Er näherte sich der Tür, und erst da sah er einen schwachen Lichtschein aus dem Fenster des

Nebengebäudes scheinen, das an das alte Bauernhaus angeschlossen war. Es musste sich um einen alten Stall oder eine Scheune handeln, und es war nicht zu übersehen, dass sich dort jemand aufhielt.

»Personen im Nebengebäude«, gab Tom leise an die anderen durch. Ohne auf eine Antwort zu warten, zog er seine Waffe und schlich weiter auf das Haus zu. Als er durch das Fenster ins Innere des Gebäudes blickte, wusste er endgültig, dass sie hier richtig waren.

Eine Frau hing nackt von der Decke, ihre Arme waren nach oben gebunden. Sie blutete aus dem Mund und an der Brust, und ihr Gesicht war stark geschwollen. Aber Tom erkannte, dass sie noch atmete, ihr Brustkorb hob sich deutlich. Er konnte allerdings nicht sehen, ob sie bei Bewusstsein war. Zwischendurch glaubte er, ein Zucken in ihrem Gesicht wahrnehmen zu können, aber vielleicht täuschte er sich auch.

Vor der Frau stand ein Mann. Er trug Schutzkleidung und hatte eine kleine Kreissäge in der Hand, die er immer wieder vor dem Gesicht der Frau aufheulen ließ.

Wollte er sie zusätzlich in Angst und Schrecken versetzen, oder hoffte er, sie mit diesem martialischen Gebaren bei Bewusstsein zu halten?

Tom tippte auf Letzteres. Denn die Angst seines Opfers war für den Blutkünstler vermutlich nur dann interessant, wenn er eine Reaktion in dessen Gesicht erkennen konnte.

Der Serienmörder selbst trug einen langärmeligen Schutzoverall. Seine Hände steckten in Gummihandschuhen, und sein Gesicht verdeckte eine Maske, wie sie Schweißer bei der Arbeit trugen. Auch seine Haare hatte er unter einer Mütze versteckt.

Kein Wunder, dass sie keine DNS-Spuren an den Tatorten sichern konnten, dachte Tom. Ein Ganzkörperkondom hätte den Mann nicht besser schützen können.

Jetzt kam es auf jede Sekunde an. Wenn er mit der Kreissäge loslegte, konnte es innerhalb von wenigen Augenblicken mit der Frau vorbei sein.

»Ira? Katja? Zugriff im Nebengebäude. Ich komme von vorne. Wo seid ihr?«

Tom vernahm nur ein krächzendes Geräusch. Dann hörte er Ira kurz aufstöhnen und dann einen dumpfen Schlag. Vermutlich war sie auf dem Boden aufgeschlagen. Kurz danach war ein ähnlicher Laut zu hören. Katja hatte es offenbar ebenfalls erwischt. Das war überraschend. Ganz ruhig versuchte Tom, die Situation zu analysieren, ohne dabei den Blutkünstler aus den Augen zu lassen. Katja und Ira waren ausgeschaltet worden, so viel stand fest. Und nicht vom Mörder selbst, denn dessen ganze Aufmerksamkeit galt immer noch der nackten Frau, die blutend von der Decke baumelte. Hatte er doch einen Komplizen? Eigentlich war sich Tom sicher, dass er ein Einzeltäter war. Aber vielleicht hatte er sich getäuscht oder irgendetwas übersehen? Jedenfalls musste er jetzt noch mehr auf der Hut sein, damit der zweite Täter nicht auch ihn überraschte.

Was war mit Ira und Katja passiert? Wenn er jetzt nach ihnen schauen würde, ging ihm der Blutkünstler womöglich durch die Lappen, oder die Frau könnte sterben. Oder beides. Entweder waren seine Kolleginnen tot, dann brachte es sowieso nichts, nach ihnen zu sehen. Oder sie waren nur bewusstlos, dann würden sie auch noch ein paar Minuten ohne ihn klarkommen.

Er hatte keine andere Wahl, er musste zugreifen. Bevor der mögliche Komplize hier auftauchte. Erneut ließ der Blutkünstler die Handkreissäge aufheulen. Aber diesmal gab das Gerät nur einen jämmerlichen Ton von sich. Er versuchte es noch mal, aber das Jaulen wurde immer leiser. Tom konnte nicht verstehen, was der Mann daraufhin sagte, aber es schien so, als verfluchte er die schlechte Qualität des Akkus. Schimpfend wendete er sich von der Frau ab und ging in den Nebenraum, während er den Akku aus der Säge wechselte.

Lautlos eilte Tom in den Raum. Mit wenigen Handgriffen befreite er die Frau von ihren Ketten und ließ sie vorsichtig zu Boden gleiten.

»Ruhig«, wies er sie leise, aber streng an, als sie einen ängstlichen Laut von sich gab. »Ich hol Sie hier raus.«

Die Frau nickte schwach, sie schien kurz davor zu sein, ihr Bewusstsein zu verlieren. Schnell zog Tom sein Hemd aus und deckte sie damit zu. Die offenen Wunden auf ihrer Brust bluteten noch, eine Arterie schien aber nicht verletzt worden zu sein. Der Blutkünstler hatte ihr offenbar die Brüste abgetrennt, der Blutverlust war ordentlich, erschien Tom aber nicht lebensbedrohlich. Sie würde noch eine Weile durchhalten müssen, jetzt musste er sich erst um ihren Peiniger kümmern.

In dem Augenblick hörte er Schritte. Tom sprang auf und richtete seine Waffe auf die Tür zum Nebenraum. Seine Atmung war ruhig, er war voll fokussiert. Im nächsten Augenblick betrat der Blutkünstler den Raum. Er hielt die wieder funktionsfähige Kreissäge in der Hand.

»Sofort stehen bleiben!« Toms Stimme war laut und fordernd. Seine Miene zeigte keine Regung. »Lassen Sie das Ding fallen, und nehmen Sie die Hände hinter den Kopf!«

Der Blutkünstler ging noch einen Schritt auf die am Boden liegende Frau zu und blieb dann neben ihr stehen. Obwohl Tom sein Gesicht unter der Maske nicht erkennen konnte, wirkte er erstaunlich gelassen auf ihn. Er schien weder in Panik auszubrechen noch an Flucht zu denken. Demonstrativ ließ er die Kreissäge in seiner Hand aufheulen.

»Ein Hieb damit, und sie ist tot«, sagte er kalt. »Das wollen Sie doch nicht, oder?«

Die Stimme. Tom war sich sicher, dass er sie schon einmal gehört hatte. Aber wo?

»Dann sind Sie auch tot. Ich bin ein astreiner Schütze«, antwortete er ruhig.

»Kann schon sein. Das Dumme ist nur, dass mir mein Tod völlig egal ist. Aber ob die Frau hier überlebt oder nicht, dürfte Ihnen vermutlich nicht egal sein.«

Tom musterte den Mann. Die weiche, aber trotzdem kräftige Statur erinnerte ihn an jemanden. In dem Augenblick machte der Blutkünstler einen Satz nach vorne und stürzte sich auf ihn. In letzter Sekunde gelang es Tom, der kreischenden Säge auszuweichen, sonst hätte sein Angreifer ihm damit den Schädel gespalten. Er schlug sie ihm aus der Hand und verpasste ihm mit voller Wucht einen Hieb gegen die Leber. Schmerzgekrümmt ging der Mann zu Boden. Einen Wimpernschlag später hatte Tom ihm die Maske vom Gesicht gerissen.

»Ich wusste doch, dass wir uns kennen«, sagte er ruhig. Tom zerrte den Mann vom Boden hoch und presste ihn mit aller Kraft gegen die Wand, während er ihm die Waffe unter das Kinn drückte. »So sieht man sich wieder, Herr Kröner.«

In seiner Schutzkleidung sah er ganz anders aus als damals, als sie den vermeintlichen Computer-Nerd in seiner kleinen Messie-Wohnung in Alfter aufgesucht hatten. Wie ein Chamäleon hatte er sich seiner Umgebung angepasst und einen völlig unscheinbaren Eindruck hinterlassen, während er jetzt die Aura eines kaltblütigen Killers ausstrahlte.

Frederick Kröner verzog den Mund zu einem spöttischen Lächeln. »Tja. Ich hätte gut darauf verzichten können.«

»Das kann ich verstehen. Ich hätte Sie gerne schon eher getroffen, und zwar bevor Sie Merle Weiler kennengelernt haben.«

Stolz schien in Kröners Gesicht auf. »Fanden Sie nicht auch, dass sie wunderschön geworden ist?«

»Lassen wir diese Mätzchen doch«, antwortete Tom.

»Sie wissen genau, dass ich hier nicht als Bewunderer Ihrer vermeintlichen Kunst stehe.«

Kröner lachte spöttisch. »Das nehme ich Ihnen auch nicht übel. Nicht jedem ist künstlerisches Verständnis gegeben. Schade, dass die Unordnung Sie davon abgehalten hat, weiter in meine Wohnung zu kommen. Sonst hätte ich Ihnen meine Galerie zeigen können. Auch wenn es vermutlich das Letzte gewesen wäre, was Sie in Ihrem Leben gesehen hätten. Aber ich bin ein begnadeter Fotograf und mir sicher, dass die Bilder Ihnen gefallen hätten.«

Er hat seine Opfer nach den Morden fotografiert und die Fotos wie Trophäen zuhause bei sich aufgehängt, dachte Tom. Ein typisches Verhalten für psychopathische Täter.

»Die ganze Messie-Nummer war also nur eine Tarnung«, stellte Tom fest.

»Selbstverständlich. Die Wohnung hat noch vier weitere Zimmer. In denen sieht es natürlich nicht so aus wie im Wohnzimmer. So will doch keiner leben.«

Nicht ungeschickt, dachte Tom. Auf diese Weise hielt er jeden davon ab, die Wohnung zu betreten.

»Warum der Kontakt zu diesem Reporter, Jo Gerber?«

»Warum sollte ich Ihnen das erzählen?« Wieder dieser spöttische Blick.

Tom presste die Waffe stärker gegen Kröners Kinn. »Weil ich Ihnen dann vielleicht Ihr Gesicht lasse.« Seine Stimme klang jetzt bedrohlich. »Haben Sie eine Vorstellung davon, wie es sich anfühlt, wenn eine Kugel Ihren Kiefer zerfetzt?« Kröners Augenlider zuckten kurz. Dann schüttelte er den Kopf. »Wenn Sie ohne diese Erfahrung weiterleben wollen, dann reden Sie jetzt mit mir! Also, warum der Reporter?«

Kröner seufzte. Er schien hin und her zu überlegen. »Er sollte über mich berichten«, sagte er schließlich. »Jede Kunst braucht Öffentlichkeit.« Seine Miene verfinsterte sich. »Aber der verdammte Typ hat es bisher ja nicht fertiggebracht, über mein Werk zu schreiben.« Er blickte auf die Frau am Boden. »Nun, wenn wir hier fertig sind, wird er schon zum Schreiben kommen. Dann werden alle Zeitungen über mich berichten.«

»Ja, das ist gut möglich«, sagte Tom. »Zu einem gewissen Ruhm werden Sie sicherlich gelangen. Und ich muss zugeben, auch wenn ich mit Ihren Werken nichts anfangen kann, die Inszenierung der Taten hat mich schon fasziniert.«

Kröner lächelte stolz. »Danke. Das weiß ich zu schätzen.«

»Die Haare und das Kleid ...« Tom runzelte nachdenklich die Stirn. »Das kommt von Ihrer Schwester, richtig?«

Sein Gegenüber blickte überrascht auf. »Wow. Chapeau. Wie sind Sie darauf gekommen?«

»Wir verstehen doch beide unser Handwerk, oder?« Er sah ihn auffordernd an. »Was ist damals passiert? Mit Ihrer Schwester? Als Sie ein Kind waren?«

Für einen Moment verdunkelte sich Kröners Gesicht. Er starrte ins Nichts und schien seinen Gedanken nachzuhängen.

»Also?« Tom erhöhte erneut den Druck mit seiner Waffe. Kröner verzog den Mund.

»Ich erzähle es Ihnen nur, wenn Sie aufhören, mir die Knarre so ins Gesicht zu drücken!«

Wenn er ihm nicht ein kleines Stück entgegenkam, dann würde er womöglich niemals erfahren, was den Blutkünstler zu seinen Taten getrieben hatte, dachte Tom. Und allzu viel Zeit durfte er sich jetzt nicht mehr lassen. Er warf einen raschen Blick auf die blutende Frau, die inzwischen bewusstlos war. Sie brauchte dringend einen Arzt. Er musste die Sache hier schnellstmöglich zu Ende bringen.

Tom trat einen Schritt zurück, während er weiter die Waffe auf Kröners Gesicht gerichtet hielt, der sich mit der Hand über das schmerzende Kinn rieb.

»Erzählen Sie es mir jetzt?«, fragte Tom.

Kröner atmete tief durch. Er zögerte, und seine Augen blickten starr ins Leere. »Ich war damals ungefähr sechs Jahre alt«, begann er schließlich leise. »Meine Schwester war erst drei. An einem heißen Tag sind wir zusammen auf einen Baum im Garten geklettert. Ich habe ihr dabei geholfen, sie ermutigt, immer weiter nach oben zu steigen.«

»Warum?«

»Ich weiß es nicht. Als wir ganz oben waren, habe ich gesagt, sie solle mir ihre Hand geben ...« Kröners Stimme veränderte sich, als er weitersprach. Sie wurde plötzlich fast kindlich, als spräche der sechsjährige Frederick aus ihm. »Komm, wir machen ein Spiel. Bei drei springen wir, so weit wir können, vom Baum hinunter und fliegen ... wie Peter Pan. Hab keine Angst, ich bin bei dir und pass auf dich auf.« Seine Augen glänzten, während er in den Erinnerungen schwelgte. »Eins, zwei, drei – springen!« Er starrte ins Nichts.

»Ihre Schwester ist alleine gesprungen, während Sie oben auf dem Ast sitzen geblieben sind?«

»Ja. Und von oben habe ich auf sie hinabgesehen. Ich sehe es noch genau vor mir, wie sie auf dem Boden der Einfahrt liegt, die Arme und Beine merkwürdig verdreht. Das leuchtend gelbe Sommerkleid auf dunklem Asphalt, der geplatzte Schädel, aus dem graue Masse hervorquillt, die immer größer werdende rote Blutpfütze unter den langen blonden Zöpfen ...«

»Ein leuchtendes Farbenspiel«, bemerkte Tom. »Das muss ein beeindruckender Anblick gewesen sein.«

Kröner nickte. »Solche Farbkombinationen kannte ich nur von meiner Mutter.«

»Sie war Künstlerin?«, fragte Tom.

»Ja. Ich stamme aus einer richtigen Künstlerfamilie. Meine Mutter war Malerin und Bildhauerin. Mein Vater Tierpräparator und auf seinem Gebiet sicherlich einer der Besten. Er hat wahre Kunstwerke aus den Tieren gemacht.«

»Und Sie haben ihm manchmal bei seiner Arbeit zugesehen und dadurch Ihr anatomisches Wissen erlangt?«

»Ja. Er hat mir viel über den Blutkreislauf beigebracht. Ihm durfte ich über die Schulter gucken. Meiner Mutter nie. Sie hatte immer nur Augen für meine Schwester. Nur an diesem Tag, da änderte sich alles, da hat sie auch mich bemerkt. Es war das erste Mal, dass sie mich richtig angeschaut hat.«

Für einen kurzen Augenblick spürte Tom so etwas wie Mitleid mit dem Mann, der als kleiner Junge keine andere Möglichkeit sah, als seine Schwester zu opfern, um endlich Aufmerksamkeit von seiner Mutter zu bekommen. Aber das Gefühl verging schnell wieder.

»Mit Ihren Werken wollten Sie wieder die Aufmerksamkeit erlangen, die Sie damals von Ihrer Mutter bekommen hatten. Das kann ich sehr gut verstehen.« Tom wartete, bevor er weitersprach, damit Kröner mit seinen Gedanken wieder in der Gegenwart ankommen konnte. »Aber es hat nicht richtig funktioniert. Sie konnten die Aufmerksamkeit Ihrer Mutter nicht dauerhaft auf sich ziehen.«

Der Blutkünstler blickte zu Boden. »Nein. Leider ist mir das nur für kurze Zeit gelungen. Ein paar Monate lag sie heulend auf dem Sofa und ließ sich von mir und meinem Vater trösten. Das war die schönste Zeit meines Lebens ...« Ein glückliches Lächeln ging über sein Gesicht.

Tom behielt Kröner im Auge und versuchte gleichzeitig, auch den Raum hinter sich nicht völlig aus dem Blick zu verlieren. Was war mit dem Mann, der Ira und Katja ausgeschaltet hatte?

»Leider ahnten meine Eltern sehr schnell, dass ich etwas mit dem Tod meiner Schwester zu tun hatte.«

Schlagartig hob Kröner den Kopf und sah Tom ernst an. »Meine Mutter wurde dann depressiv. Nahm Tabletten, immer mehr, bis es schließlich zu viele waren.«

»Sie hat sich umgebracht.«

»Ja. Mein Vater hat dann das Saufen angefangen und ist ein paar Jahre später an Krebs gestorben. Aber das war kein großer Verlust. Ich habe für ihn nie dasselbe empfunden wie für meine Mutter.«

Tom dachte an das Equipment, das der Blutkünstler für die Vorbereitung und auch Durchführung seiner Taten benutzt hatte. »Und das Erbe konnten Sie vermutlich ganz gut brauchen.«

Kröner lächelte. »Das ist richtig. Mit dem Geld konnte ich mir das Leben ermöglichen, von dem ich immer geträumt hatte. Ein Leben als Künstler.«

»Aber noch waren Sie ein Kind und konnten nicht so leben, wie Sie wollten.«

Kröner seufzte laut. »Sie werden mir sicherlich recht geben, dass die Kindheit die beschissenste Zeit im Leben ist. Als meine Eltern tot waren, wurde das auch nicht besser. Erst kam ich zu einer Tante, die vierzehn Wellensittiche in einer Voliere hielt. Nach ein paar Monaten hatte ich ein hübsches Vogelmassaker angerichtet, da steckte sie mich ins Heim.«

»Und auch da blieben Sie nicht lange.«

Kröner zuckte gleichgültig mit den Schultern. »Nein. Ich war insgesamt in sechs verschiedenen Heimen. Und dann irgendwann endlich alt genug, um alleine leben zu können.«

»Und um Ihre Künstlerkarriere zu starten …« Tom warf ihm einen verständnisvollen Blick zu. »Sie wollten sich den Moment, in dem Sie sich von Ihrer kleinen Schwester befreit haben, künstlerisch wieder in Erinnerung rufen.«

»Ja. Ich sehe sie jede Nacht in der Einfahrt liegen«, sagte Kröner tonlos. »Jede Nacht. Nur wenn ich ein neues Kunstwerk plane und erstelle, dann verschwindet sie für eine Weile aus meinen Träumen.«

»Hat es Ihnen nicht geholfen, wenn Sie sich die Fotos in Ihrer Galerie ansahen?«

»Am Anfang schon. Ich habe mir die Bilder stundenlang, teilweise sogar über Tage angeschaut und mich an ihrer künstlerischen und ästhetischen Kraft erfreut. So konnte ich meine Schwester aus meinem Kopf verbannen. Aber dieser Zustand hielt nie lange an. Ich muss arbeiten, künstlerisch tätig sein, nur das gibt mir Befriedigung.«

Auch dieses Verhalten kannte Tom von anderen Serienkillern. Töten wurde zu einem Drang, der sich immer weniger aufhalten ließ.

»Die Frauen, die Sie ausgewählt haben, sind zwischen zwanzig und fünfzig Jahre alt gewesen. Haben Sie versucht, Ihre Schwester in verschiedenen Lebensabschnitten in Szene zu setzen?«

Der Blutkünstler wirkte sichtlich zufrieden. »Ich freue mich, dass Sie mein Werk so gut verstanden haben. Ihre Interpretation ist vollkommen richtig. Eine schwangere und eine alte Frau fehlen mir noch. Gerade als werdende Mutter stelle ich mir meine Schwester sehr schön vor. Ich habe mir schon genau überlegt, wie ich den Embryo in Szene setzen werde. Außerhalb des Mutterleibs natürlich.«

Hielt der Blutkünstler womöglich irgendwo eine schwangere Frau gefangen? Grundsätzlich konnte Tom nicht ausschließen, dass Kröner seinen nächsten Mord bereits vorbereitet hatte, aber er hielt es trotzdem für unwahrscheinlich. Bisher hatte der Blutkünstler nie parallel gearbeitet, das passte nicht zu dem Drang, der in ihm wütete.

»Haben Sie schon ein passendes Opfer im Auge?«, fragte er ihn dennoch.

»Ach, Opfer ...« Kröner schüttelte missbilligend den Kopf. »Das klingt immer so negativ. Ich bevorzuge die Bezeichnung Muse. Aber nein, ich habe leider noch nichts Passendes gefunden.«

»Sie muss irgendetwas mit Kunst zu tun haben. Alle ihre *Musen* kamen irgendwie aus der Kunstszene.«

»Ja, natürlich. Das ist die Hommage an meine Mutter. Ob eine Straßenkünstlerin oder diese Verlegerin für erotische Kunst«, er stieß gegen die blutende Frau, die am Boden lag und keine Reaktion zeigte, »jede muss auf irgendeine Weise in der Kunstwelt verankert sein. Mutter hätte diese Kontinuität in meinen Werken geliebt.«

»Das Blut war auch immer ein zentrales Motiv für Sie«, sagte Tom. »Auch heute scheint es nicht unwichtig zu sein«, fügte er mit Blick auf die Frau hinzu. »Nur bei

Merle Weiler haben Sie eine Ausnahme gemacht. Warum?«

Kröner sah ihn verständnislos, fast verächtlich an. »Sie haben ja wirklich überhaupt keine Ahnung von Kunst«, sagte er dann. »Merle wurde zu einer schwebenden Skulptur! Das Blut hätte doch überhaupt nicht dazu gepasst!«

»Haben Sie das Blut irgendwo aufbewahrt?«

»Nein, warum zur Hölle sollte ich das tun? Ich bin doch nicht irgendein kranker Perverser, der einen Bottich mit Blut aufbewahrt!« Kröner schüttelte den Kopf. »Den Trog habe ich in die Kanalisation geleert. Vielleicht hatten ein paar Ratten noch Freude daran.«

»Okay.« Tom hatte die ganze Zeit die Waffe auf Kröner gerichtet. Jetzt hob er sie noch mal leicht an, um ihn genauer ins Visier zu nehmen. »Dann beenden wir das jetzt. Runter auf die Knie und Hände hinter den Kopf.«

»Nein.«

Mehr sagte Kröner nicht. Mit einem überraschenden und gezielten Tritt traf er Toms Hand und schleuderte seine Waffe gegen die Wand. Der Angriff passierte so plötzlich, dass es Tom diesmal nicht gelang, Kröner mit einem gezielten Schlag außer Gefecht zu setzen. Im Gegenteil. Nun war es Tom, der die präzisen Schläge abwehren musste.

Dass der Blutkünstler ein gewisses Maß an Kraft besaß, war Tom bewusst gewesen. Aber er hatte nicht damit gerechnet, dass er einen Kampfsport beherrschte.

Er selbst besaß zwar den grünen Gürtel im Karate, der ihn als mittelguten Kämpfer klassifizierte, aber er hatte schon lange nicht mehr trainiert und den Sport eigentlich nur während seiner Anfangszeit beim FBI ausgeübt. Danach hatte ihm das Laufen gereicht. Ein paar Sachen hatte er noch drauf, aber Frederick Kröner schien ihm mit seiner Technik haushoch überlegen zu sein. Ein weiterer Fußtritt traf Tom an der Schläfe und brachte ihn ins Schwanken.

Wenn du umfällst, bist du tot, ging es ihm durch den Kopf. Er versuchte mit aller Kraft, auf den Beinen zu bleiben.

Kröner schnappte sich wieder die Kreissäge und schaltete sie ein. Dann stürzte er sich damit auf ihn. Im letzten Augenblick konnte Tom sich zur Seite drehen, sodass sich die Säge laut kreischend in den Holzboden fraß. Dort blieb sie stecken. Kröner brauchte einen Moment, um sie wieder herauszubekommen. Tom nutzte die Gelegenheit, um sich auf ihn zu werfen und von der Säge wegzureißen. Er holte aus und traf Kröner mit einem Faustschlag im Gesicht. Einen Wimpernschlag später landete der Ellenbogen des Mannes mit voller Wucht auf seinem Kehlkopf. Tom blieb die Luft weg. Kröner bearbeitete seinen Kopf mit den Fäusten und traf präzise die sensibelsten Stellen. Tom spürte, wie seine Nase brach, hörte sein Jochbein knirschen und schmeckte das Blut, das seinen Rachen hinunterlief.

Die Situation ist völlig aus dem Ruder gelaufen, ging es ihm durch den Kopf. Es dauert nicht mehr lange, und du verlierst das Bewusstsein. Und damit dein Leben. Dann macht er dich fertig.

Tom versuchte, Kröner mit den Füßen von sich herunterzutreten, während er mit den Armen seinen Kopf vor den Schlägen schützte, die wie ein Gewitter auf ihn niederprasselten. Kröner war wie entfesselt, und seine unbändige Aggression überraschte Tom. Offensichtlich verfügte der Blutkünstler doch noch über so etwas wie Emotionen, ging es ihm durch den Kopf. Reiß dich zusammen!, ermahnte er sich im nächsten Augenblick. Es war nicht die Zeit, um die Psyche seines Gegenübers zu analysieren. Jetzt musste er sich auf sein Überleben konzentrieren.

Aber Tom spürte, wie seine Kräfte immer mehr nachließen. Sein Kopf war von den zahlreichen Schlägen inzwischen so benommen, dass es ihm schwerfiel, noch einen klaren Gedanken zu fassen. Er konnte sich nicht mehr wehren. Er hatte den Kampf verloren. Er würde es nicht mehr schaffen, Kröners Gewaltorgie zu beenden.

Es war vorbei.

Tom ließ seine Arme sinken und schloss die Augen. Er akzeptierte, was nun passieren würde, verspürte keine Angst, sondern erwartete den Tod ruhig, ja fast gelassen. Er konnte sowieso nichts mehr daran ändern.

Das war's also, dachte er, als ihn der nächste Schlag traf. Jetzt würde er sterben.

Dann hörte er ein dumpfes Geräusch. Im nächsten Augenblick fiel der Blutkünstler zu Boden.

»Hey, bist du in Ordnung?«

Wie von weit her nahm er Aarons Stimme wahr. Mühsam öffnete Tom seine geschwollenen Augen und blickte in sein Gesicht.

»Gott sei Dank! Ich dachte schon, es hätte dich erwischt, Brüderchen!«

»Ich bin nicht dein Bruder …«, brachte Tom mühsam hervor.

»Ja, ja. Komm, ich helfe dir hoch.«

Vorsichtig half Aaron ihm auf die Beine. Tom schwankte, und sein alter Freund stützte ihn. Es dauerte etwas, bis sich sein Kreislauf stabilisiert hatte. Dann spürte er wieder Kraft in seinem Körper und schlug Aarons Hand weg. Stattdessen hielt er sich an der Wand fest, atmete tief durch und sammelte seine Gedanken.

Frederick Kröner lag mit einer blutenden Wunde am Hinterkopf auf dem Boden. Aaron musste ihn von hinten niedergeschlagen haben. Ohne Frage, er hatte ihm das Leben gerettet.

Aaron hob Toms Waffe auf und zielte auf den Blutkünstler. »Du weißt, dass wir ihn aus der Welt schaffen müssen«, sagte er ruhig. »Wenn er am Leben bleibt, wird es noch viele Opfer geben.«

»Er wird den Knast nie wieder verlassen.«

»Erstens gibt es dafür keine Garantie. Ausbrüche passieren immer wieder. Und zweitens wird er sich dann sein nächstes Opfer im Knast suchen. Du weißt genau, dass so einer wie er niemals aufhört zu morden. Nein, wir müssen die Welt von ihm befreien. Er hat kein Recht weiterzuleben.«

»Du wirst ihn nicht erschießen.«

»Das hatte ich eigentlich auch nicht vor.« Aaron reichte Tom die Waffe. »Du wirst das übernehmen. Du wirst dafür sorgen, dass der Blutkünstler nie wieder einen Menschen ermordet.«

Tom starrte auf die Waffe in seiner Hand und blickte dann erneut auf den bewusstlosen Mann am Boden. Aaron hatte recht, der Blutkünstler würde nie aufhören zu morden. Vielleicht würde er es die ersten Jahre hinter Gittern nicht schaffen, weil man ihn genau im Auge behalten würde. Aber Tom wusste, wie manipulativ psychopathische Täter waren. Er würde den Wärtern und Gutachtern vorspielen, wie geläutert und einsichtig er war, er würde sie davon überzeugen, dass er ein anderer Mensch geworden wäre. Und dann würde er innerhalb der Gefängnismauern immer mehr Freiheiten bekommen, irgendwann vermutlich auch in der Gefängnisküche oder im Garten arbeiten dürfen. Und spätestens dann würde er ein neues Opfer finden. Tom sah es jetzt schon vor sich. Es würde ein schmaler, femininer Typ sein, blond natürlich, einer der schwächeren Insassen. Und der Blutkünstler würde ihn übler hinrichten als alle seine Opfer zuvor. Denn bis er wieder ein neues Werk entstehen lassen konnte, musste er seinen Drang so sehr unterdrücken, dass er wie ein Vulkan explodieren würde.

Ja, Aaron hatte recht. Das durfte er nicht zulassen.

»Weißt du eigentlich, was wir beide erreichen könnten? Dein Profilerwissen verbunden mit meinen Kenntnissen übers Jagen und Töten – zusammen könnten wir richtig aufräumen! Wir könnten all die Typen ausschalten, die Unschuldige auf dem Gewissen haben.« Aaron blickte ihn eindringlich an. »Als Kinderficker bist du nach ein paar Jahren wieder draußen. Wenn du überhaupt in den Bau gehst! Wenn du bis zu deiner Verhaftung ein anständiger Bürger warst, dann brauchst du gar nicht hinter Gitter. Während die Kinder für den Rest ihres Lebens innerlich gefangen sind. Die sind nie wieder frei. Nie.«

»Ich weiß.« Tom spürte, wie viel Wahrheit in Aarons Worten lag. Die Justiz war nicht perfekt, wahrscheinlich konnte sie das gar nicht sein, denn nichts, was Menschen machten, war je perfekt. Es passierte nicht nur immer wieder, dass Mörder hinter Gittern erneut zuschlagen konnten, auch die Rückfallquoten waren hoch, wenn die Straftäter wieder in Freiheit gelangten. Auch wenn Tom davon überzeugt war, dass der Blutkünstler niemals aus der Haft entlassen werden würde, blieb dieser Mann eine tickende Zeitbombe, die irgendwann hochgehen würde. Und egal, wo die Explosion dann stattfinden würde, sie würde in jedem Fall jemanden mit in den Tod reißen.

Warum nicht das Recht selbst in die Hand nehmen? Vielleicht war Aarons Idee wirklich nicht so schlecht.

»Lass uns gemeinsam abtauchen und die Welt von diesen Sadisten befreien«, redete Aaron weiter auf ihn ein. »Du weißt, wie viele pädophile Vergewaltiger ich schon ausgeschaltet habe. Und nicht nur Kinderficker stehen auf meiner Liste.« Er warf einen Blick auf die Frau. »Ehrlich gesagt, hatte ich mir die da auch schon genauer angeschaut. Du ahnst nicht, was ihr kleiner Sohn durchmachen muss. Wir können nicht zulassen, dass so viele Kinder gequält werden!«

Tom kämpfte mit sich. Aarons Worte hatten ihn nicht unberührt gelassen. Dennoch versuchte er, so rational wie nur möglich zu denken.

»Du hast jedes Maß verloren, Aaron. Es ist doch etwas anderes, einen brutalen Kinderschänder zu ermorden oder eine Mutter zu töten, die ihr Kind misshandelt!«

»Natürlich ist das etwas anderes. Aber beides rettet ein Kind vor weiteren Qualen!«

Aaron schien ihm anzusehen, dass er mit sich rang. Er ahnte offenbar, dass er ihn fast auf seine Seite gezogen hatte. Er packte ihn an den Schultern und kam ihm so nah, dass sich ihre Nasenspitzen fast berührten.

»Wir beide sind ein Spitzenteam«, sagte er leise. »Wir werden perfekt zusammenarbeiten. Und dafür musst du jetzt den Grundstein legen. Erschieß ihn, Tommy. Jetzt sofort!«

Tom zuckte zusammen.

Tommy.

Der Name war wie ein Weckruf für ihn. Plötzlich konnte er wieder glasklar denken, fühlte sich wach und fokussiert auf alles, was gerade geschah.

Tommy.

»Außer dir hat nur mein Vater mich Tommy genannt.« Toms Stimme klang tonlos. »Ich werde es niemals zulassen, dass er gewinnt und mich zum Mörder macht, so wie er es wollte.«

Aaron nahm seine Hände von Toms Schultern und ließ die Arme sinken. Die Erinnerungen an seinen alten Peiniger berührten ihn sichtlich. »Was hat das Schwein mit der Sache hier zu tun?«, fragte er leise.

»Alles«, antwortete Tom. »Mein Vater wollte herausfinden, ob man einen Menschen zum Killer machen kann oder nicht. Die Experimente, die Qualen, die ganze Hölle in dem Heim hatte nur ein Ziel: uns zu Mördern zu machen. Ich werde es nicht zulassen, dass er gewinnt, dass er es tatsächlich schafft. Mich macht er nicht zum Killer. Mich zieht er nicht auf die dunkle Seite.«

Aaron lächelte ihn schwach an. »Ach, Tommy. Weißt du denn nicht, dass du da schon längst bist?«

Tom schüttelte energisch den Kopf. »Ich nicht, Aaron. Aber du. In dem Moment, als du Juli getötet hast, hast du die Grenze überschritten.«

Aaron sah ihn forschend an. »Damit hast du vermutlich recht.«

Tom überlegte, ob er ihm die Frage stellen sollte, die seit damals an ihm nagte. »Warum hast du das getan?«, fragte er schließlich. »Du hast genau gewusst, was die Katze mir bedeutet hat.«

Aaron atmete tief durch. »Ich hatte keine andere Wahl, Tommy.«

»Man hat immer eine Wahl.«

Er schüttelte den Kopf. »Nein. Hat man eben nicht. Dein Vater hat genau gewusst, wie er mich dazu bringen konnte.«

»Hat er dich bedroht?«

»Nein. Er hatte meinen Schatz.« Aaron griff in die Innentasche seiner Jacke und zog sein Portemonnaie hervor. »Er hatte das letzte Erinnerungsstück, das es von meiner verstorbenen Mutter noch gab.« Aaron zog ein Foto aus der Geldbörse und hielt es Tom hin. Auf dem Bild war eine vor Glück strahlende junge Frau zu sehen, die ein ebenso strahlendes Kind auf dem Schoß hielt und es innig herzte. Aaron war auf dem Bild vielleicht sechs Jahre alt, schätzte Tom. »Kurz nachdem diese Aufnahme entstanden war, hat mein Vater sie ermordet. Auf diesem Foto waren wir das letzte Mal glücklich.« Aaron musste schlucken.

»Mein Vater hat es dir weggenommen?«

»Ja. Er hat gedroht, es zu verbrennen, wenn ich die Katze nicht töte. Es tut mir leid, Tommy. Ich hatte leider wirklich keine Wahl.«

Tom war froh, dass er Aaron gefragt hatte. Endlich verstand er, warum sein damals bester Freund getan hatte, was er offenbar tun musste. Von jetzt an würde Tom mit dieser Geschichte abschließen können.

»Mein Vater wird für den Rest seines Lebens im Knast schmoren«, sagte Tom. »Für das, was er dir, mir und all den anderen angetan hat. Irgendwann werde ich ihm vielleicht noch sagen, dass er mit mir keinen Erfolg hatte, dass ich nicht zum Mörder geworden bin. Vielleicht werde ich ihm dafür einen letzten Besuch abstatten.«

Die Enttäuschung in Aarons Gesicht war nicht zu übersehen. »Du willst den Blutkünstler nicht erschießen?«

»Nein. Ich werde ihm jetzt Handschellen anlegen, und dann wird er ebenfalls für den Rest seines Lebens in den Bau gehen.«

Tom steckte die Waffe ein, zog seine Handschellen hervor und kniete sich zu Frederick Kröner, der immer noch bewusstlos auf dem Boden lag. Doch bevor er ihn fesseln konnte, stand Aaron plötzlich neben ihm.

»Das wird nicht nötig sein«, sagte er mit kalter Stimme.

Tom blickte auf und sah, dass Aaron seine eigene Waffe gezogen hatte. Ohne zu zögern oder auch nur mit der Wimper zu zucken, setzte er die Waffe auf Frederick Kröners Stirn und drückte ab.

»Nein!« Toms Schrei vermischte sich mit dem Knall. Innerhalb von Sekunden bildete sich eine dunkle Blutlache unter dem Kopf von Kröner.

»Wir sind untrennbar, Tommy. Du und ich, wir sind Brüder.« Mit diesen Worten drehte Aaron sich um und verschwand in der Dunkelheit.

42

Tom kniete sich neben die Frau, zog das Hemd zur Seite, mit dem er sie zugedeckt hatte, und blickte auf die beiden faustgroßen Wunden auf ihrem Brustkorb, die einmal ihre Brüste waren. Zum Glück bluteten sie kaum noch. Er überprüfte ihren Puls und ihre Atmung, beides schien stabil. Neben dem Sofa sah er ein Stück Fleisch liegen, das wie eine Zunge aussah. Daher also die Blutung aus dem Mund, dachte er. Vielleicht konnte man sie ihr wieder annähen.

Er deckte sie wieder zu, nahm sein Handy und wählte den Notruf, beschrieb dem Mann am anderen Ende der Leitung die Verletzungen und gab ihm die Adresse des Bauernhofs durch. Tom schätzte, dass es höchstens zwanzig Minuten dauern würde, bis der Rettungswagen vor Ort war. Das musste reichen.

Er nahm das Handy des Blutkünstlers und tippte auf einen Kontakt.

»Ja?«

»Jo Gerber? Oder besser Joachim Gerberling?«

»Ja. Wer spricht da?«

»Tom Bachmann. Wir hatten eine Abmachung. Sie erinnern sich?«

Er konnte die Aufregung des anderen hören. Seine Atmung ging schneller, und seine Stimme klang gepresster.

»Warum rufen Sie von diesem Handy an?«

»Der Blutkünstler hat wieder zugeschlagen. Er liegt bewusstlos vor mir. Sie haben nicht viel Zeit. Wenn Sie ihn sprechen wollen, müssen Sie sofort kommen.« Tom gab ihm die Adresse des Bauernhofs durch.

»Die Ecke kenne ich. Das ist nicht weit von mir. Ich bin in zehn Minuten da.«

»Gut.« Er legte auf und steckte das Handy wieder in Kröners Tasche. Dann rief er mit seinem eigenen Handy Müller an und erklärte ihm, was passiert war.

»Justus Fenger war also gar nicht unser Mann?«, fragte sein Chef erstaunt.

»Nein. Es war Frederick Kröner. Er hat die Taten gestanden.« Tom wollte weitere Fragen von Müller verhindern und nannte auch ihm die Adresse. »Mein Akku ist gleich leer. Alles andere besprechen wir vor Ort«, sagte er und legte auf.

Er nahm Kröners Maske und legte sie so über seinen Kopf, dass man die Einschusswunde auf der Stirn nicht erkennen konnte. Die Blutlache versuchte er so gut wie möglich mit der Leinwand zu verdecken. Dann vergewisserte er sich noch einmal, dass die verletzte Frau am Leben war, und verließ das Gebäude.

Draußen war es stockdunkel. Er schaltete die Taschenlampe an seinem Handy ein und leuchtete die Umgebung um sich herum ab.

Katja fand er als Erste. Reglos lag sie auf dem Boden, mit dem Gesicht nach unten. Blut lief aus einer Platzwunde an ihrem Kopf, aber sie atmete. Tom kniete sich neben sie und drehte sie vorsichtig auf den Rücken.

»Katja? Kannst du mich hören?«

Langsam schlug sie die Augen auf und sah ihn schmerzerfüllt an.

»Ja …«

»Bist du okay?«

»Mein Schädel explodiert gleich … Was ist passiert?«

»Jemand hat dich niedergeschlagen.«

»Wer?«

»Keine Ahnung«, log Tom. »Weißt du, wo Ira ist?«

»Nein …«

Katja setzte sich vorsichtig auf und befühlte die Wunde an ihrem Kopf. »Aua.«

»Nicht so viel daran rumfummeln. Der Krankenwagen kommt gleich. Ich suche Ira.«

Tom stand auf, aber Katja hielt ihn zurück. »Hast du ihn?«

»Ja. Es ist vorbei.«

Tom ging zügig um das Haus herum und stolperte fast über Ira, die mitgenommen an einem baufälligen Mäuerchen lehnte. Ihre linke Gesichtshälfte war so dick geschwollen, dass sie ihr Auge nicht mehr öffnen konnte.

»Sie hat es ja ordentlich erwischt«, sagte Tom, nachdem er sich davon überzeugt hatte, dass Ira ebenfalls nicht lebensgefährlich verletzt war. »Ich dachte, Sie seien so eine begnadete Thaiboxerin.«

»Wenn Sie wie aus dem Nichts von einer Holzlatte erwischt werden, hilft Ihnen kein Boxgürtel der Welt weiter«, sagte Ira undeutlich. Mit ihrem geschwollenen Mund und den aufgeplatzten Lippen konnte sie nur schwer sprechen.

»Da haben Sie vermutlich recht. Können Sie aufstehen?«

»Ja.«

Ira schlug Toms Hand aus, die er ihr zur Hilfe anbot, und rappelte sich alleine hoch. Sie schwankte etwas und musste sich auf die Mauer setzen.

»Bleiben Sie hier sitzen. Der Notarzt kommt gleich«, sagte Tom, der einen Wagen über den Schotterweg fahren hörte. »Das müsste unser Freund sein.«

Ira warf ihm einen fragenden Blick zu, schien dann aber sofort zu verstehen. »Jo?«

Er nickte.

Mit einer Kamera in der Hand eilte der Reporter auf das Haus zu. Tom kam ihm gelassen entgegen und wies auf das Nebengebäude.

»Er ist da drin«, sagte er. »Kann sein, dass er noch bewusstlos ist.«

»Kein Problem. Dann schieße ich erst die Fotos. Wann kommen Ihre Kollegen?«

»Frühestens in einer Stunde«, log Tom, der jede Minute mit ihnen rechnete.

Jo Gerber konnte seine Aufregung nicht verbergen. Gespannt wie ein kleiner Junge, der zum ersten Mal ins Kino geht, betrat er den Raum. Sein Blick fiel zuerst auf Frederick Kröner. Die Blutlache, die sich um seinen Kopf gebildet hatte, war trotz Maske und Leinwand zu sehen.

»Ist das Blut?«, fragte Gerber irritiert.

»Keine Sorge, es ist nicht seins. Sie sollten jetzt schnell die Bilder machen, ich kümmere mich um den Blutkünstler und sorge dafür, dass er wieder zu Bewusstsein kommt.«

»Okay ...« Gerbers Stimme klang skeptisch. »Wenn der Typ tot ist und Sie mich reinlegen wollen, dann wissen Sie ja, was passiert.«

Tom bemerkte aus dem Augenwinkel, wie Ira das Gebäude betrat. Als Gerber das Hemd von der verletzten Frau zog und auf ihren blutigen Brustkorb blickte, entfuhr ihm ein merkwürdiger Laut, eine Mischung aus Begeisterung und Entsetzen.

»Das werden Spitzenfotos ...«, murmelte er und begann, zahllose Bilder zu schießen.

In dem Moment trat Bernhard Müller hinter Ira in den Raum, gefolgt von zwei Kollegen.

»Was machen Sie da? Festnehmen, sofort!«, wies Müller seine Mitarbeiter an.

»Hey, was soll das?! Ich habe nichts Verbotenes gemacht!«, rief Jo Gerber. Im selben Augenblick eilten zwei Rettungssanitäter herein. Sie erkannten sofort, dass Frederick Kröner nicht mehr zu helfen war, und wandten sich der verletzten Frau zu. Mit professioneller Stimme gab der Notarzt dem Sanitäter Anweisungen, kontrollierte Puls und Atmung und gab ihr eine stabilisierende Spritze.

»Wie lange ist die Frau schon in diesem Zustand?«

»Kann ich leider nicht genau sagen«, antwortete Tom. »Eine Stunde mindestens. Da vorne liegt ein Stück ihrer Zunge.«

Während Notarzt und Sanitäter die Frau auf eine Trage legten, die Zunge auf Eis packten und beides vorsichtig aus dem Gebäude brachten, schrie Jo Gerber wütend Toms Kollegen an.

»Ich habe nichts gemacht! Dieser Kerl da hat mir ein Interview mit dem Blutkünstler versprochen, damit ich die Schlampe von Ermittlerin nicht verrate!«

»Der Blutkünstler ist tot«, stellte Müller trocken fest. »Warum sollte der Kollege Ihnen ein Interview mit einem Toten versprechen?«

»Angeblich war er ja gar nicht tot! Aber wissen Sie, wer es definitiv ist? Der Zuhälter, den diese feine Dame erschossen hat!« Grinsend zeigte Gerber auf Ira.

»Ich habe wirklich keine Ahnung, wovon Sie reden«, sagte Tom, der sich Handschuhe übergestreift hatte und jetzt dem toten Kröner das Handy aus der Tasche zog. »Ihre Nummer ist die letzte, die der Blutkünstler gewählt hat«, sagte er und drückte die Wahlwiederholung. Gerbers Handy klingelte. »Ich bin gespannt, wie Sie das erklären wollen«, fügte er noch hinzu und steckte das Handy in einen Plastikbeutel.

Gerber machte ein fassungsloses Gesicht. »Sie haben mich doch angerufen!«

»Das wüsste ich aber.«

»Sie wollen verhindern, dass ich über Iras Vergangenheit auspacke!«

»Die Vergangenheit meiner Kollegin interessiert mich nicht im Geringsten.«

»Mich im Übrigen auch nicht«, sagte Müller. »Aber was Sie mit dem Blutkünstler und den Morden zu tun haben, interessiert mich dafür brennend. Bringen Sie den Mann weg.«

Unter lautem Protest wurde Gerber von den zwei Kollegen abgeführt. Ira sah ihn ernst an, als er an ihr vorbeiging.

»Ich mach euch alle fertig!«, schrie Gerber noch. Dann war er fort.

Ira warf Tom einen Blick zu, in dem eine Mischung aus Dankbarkeit und Respekt lag. Er nickte kurz, um ihr zu signalisieren, dass sie richtiglag. Sie konnte ihm vertrauen.

»Wer hat den Kerl erschossen?«, fragte Müller. Auch Katja war inzwischen in den Raum getreten. »Und wer hat unsere Kolleginnen so zugerichtet?«

Für einen Moment dachte Tom nach. Er hätte die Frage ganz einfach mit Aaron Schindler beantworten und seinen alten Freund verraten können. Dann wäre auch Aaron für immer aus seinem Leben verschwunden, und Tom könnte endlich mit seiner dunklen Vergangenheit abschließen.

Er blickte auf den Blutkünstler, der niemandem mehr etwas zuleide tun konnte.

»Ich weiß es nicht«, sagte Tom schließlich. »Offenbar gab es einen Komplizen, der sich ja auch um Ira und Katja gekümmert hat. Vielleicht wurde ihm die Nummer zu heiß, oder er geriet mit dem Blutkünstler in Streit. Kröner hat mich bewusstlos geschlagen. In der Zeit muss ihn der andere erschossen haben.«

»Verdammt«, ärgerte sich Müller. »Sie haben auch vorher nichts von ihm gehört oder gesehen?«

Tom dachte an Aaron und schüttelte den Kopf. »Tut mir leid. Ich habe nicht die geringste Ahnung, wer das gewesen sein könnte …«

– Ende –